U0869379

大鱼

有爱的青春陪伴者

GEBI YI BAN

隔壁一班纪同学 2

JI TONGXUE

青梅竹马　甜甜　校园初恋

一枕　著
YIZHEN

百花洲文艺出版社
BAIHUAZHOU LITERATURE AND ART PRESS

图书在版编目（CIP）数据

隔壁一班纪同学. 2 / 一枕著. — 南昌 : 百花洲文艺出版社, 2019.7
ISBN 978-7-5500-3299-6

Ⅰ. ①隔… Ⅱ. ①一… Ⅲ. ①长篇小说 - 中国 - 当代
Ⅳ. ①I247.5

中国版本图书馆CIP数据核字(2019)第139554号

隔壁一班纪同学 2

一枕 著

责任编辑 余丽丽
特约编辑 廖晓霞
装帧设计 刘 艳 西 楼
特约绘制 MOOMONSTER
出 版 者 百花洲文艺出版社
社 址 江西省南昌市红谷滩世贸路898号博能中心A座20楼 邮编：330038
电 话 0791-86895108（发行热线） 0791-86894790（编辑热线）
网 址 http://www.bhzwy.com
E-mail bhzwy0791@163.com
经 销 全国新华书店
印 刷 湖南凌宇纸品有限公司
开 本 880mm×1230mm 1/32
印 张 9.5
字 数 258千字
版 次 2019年9月第1版
印 次 2019年9月第1次印刷
书 号 ISBN 978-7-5500-3299-6
定 价 36.80元

赣版权登字：05-2019-148

目录

GEBIYIBANJITONGXUE 2

目录

GEBIYIBANJITONGXUE2

G E B I
YIBAN
JITONGXUE2

第一章/校庆日

下课后，桑苑会一个人去打水，会一个人去图书馆。

她不在的时候，周围同学或是自己做着自己的事情，或是聊天。

但是从来没有响起针对她的声音，好像这次比赛，她比她的朋友们更出风头，更亮眼，并不是一件大不了的事情。

小团体风平浪静。

三月的最后两天，正好是周四周五，学校组织了新学期开学后的第一次月考。

考室是按照成绩排的，桑苑和纪亦一个考场。

上次考试匆匆忙忙的，桑苑一听到“距离考试结束还有最后15分钟”的提醒，就止不住心慌意乱。

不知道接下来的时间要怎么分配，也不知道结束铃声到底什么时候会打响，哪儿还有半点时间余裕。

现在能通过手表明确感知考试时间，自信心噌噌上涨，她甚至能在检查完所有题后，还剩下几分钟空闲时间。

她往前排第一张桌子看去。

纪亦支着额头，全神贯注地转笔。

不得不说，他转笔技术实在太烂，她能换着花样转，他却连基础的转笔动作都做不好。

她在结束铃响起时收回目光。

这次桑苑考得不错。

年级排名又爬到了第三的位次。

第二名是横空出现的黑马，尖子班的学生。

和桑苑一样，他成绩波动性较大，如果后期成绩没有稳定下来的话，可以暂时不把他当成需要特别关注的对手。

她成绩是回去了，可陆之遥还掉在年级十几名，红榜上的名字都透着股一蹶不振的蔫蔫味儿。

四月再来学校，接到的第一个通知就是校庆活动。

今年 4 月 21 日是博喻英中建校十五周年纪念日。

据说上级很重视这一次校庆，分配了一整天时间庆祝，早上是高一表演，下午高二表演。

按照往年惯例来说，高三是不参与这些活动的，但今年特殊年份，所以高三每个班级有一个小时的观看时间。

一班李老头在讲台上把校庆通知传达之后，点了一下："文娱委员，我们班的表演就交给你全权负责了。早点决定好，早点开始排练。"

文娱委员干瞪着眼睛点了点头，等一下课，他就号着冲到倒数第二排："兄弟，救我！"

纪亦在看杂志，闻言抬眉一笑："怎么？"

李甘也转过身来。

文娱委员一把鼻涕一把泪："刚才老李横了我一眼，我觉得他是在警告我今年必须搞个一鸣惊人的节目。"

他蹲在桌边，去握住纪亦的手："去年那个活动，已经把我十余年的存货都掏空了，今年我完全没头绪！"

他虽然是文娱委员，可他只是擅长唱歌跳舞而已，艺术策划细胞可以说为零。

纪亦把手抽回来，身体往后靠了靠："表演不就那些，唱歌、跳舞、小品、相声、魔术，你要是愿意，还可以搞个手影戏、口技、杂技什么的。"

文娱委员瞪他："咱们是正经的博喻本部，又不是隔壁艺术校区，你去表演杂技啊！"

纪亦问他："你想搞个什么风格的？"

"亮眼的。有文化底蕴，有流行元素，有格调，还能突出咱们学校特色的。"

李甘说："周杰伦的歌怎么样，又能唱又能跳。"

文娱委员从桌子的水平线上向他看去："我觉得大方向是歌舞没错，但是唱周董歌的人肯定特别多，咱们还是搞个不常见的。"

纪亦沉默一会儿，一挑眉："我想到一个人，他的歌应该可以满足你的一切要求。"

他说出个名字。

文娱委员眼睛立刻一亮："可以可以！你俩放学别走，咱们好好商量一下，要行的话今天就把节目定下来！"

七班同样在通知下来第一天就毫不迟疑地将节目定了下来，第二天，该策划的策划，该排练的排练，该准备的准备。

下午下课后，桑苑去洗笔刷，刚一走出教室，后面脚步轻快地接近她。

然后，有人遮住她眼睛。

那人带着极其清淡的柑橘气息，手指修长，微微弯起，将她视野遮完后，还颇有余裕。

体温暖热，她觉得自己睫毛触到了对方手心。

她去拉他的手："纪亦，你多大了？幼儿园的小朋友？"

纪亦放下手，绕到她身边，一笑：“你们班校庆表演什么？”

他没看她，不知为何，笑容也和之前不太一样。

桑苑疑惑地注视着他，在她直接的视线中，他别过眼睛，耳尖一点一点地红起来。

他刚才恶作剧似的去遮她眼睛，离得太近，她发丝上有如蜂蜜一般的香味被风暧昧地送过来。他猛然想到，如果手不是放在眼睛的位置，而是落到肩膀或者更往下的地方的话，那就像是——从背后拥抱她。

他不敢再深想，光是“拥抱”这个模糊的旖念就让他心里像是有只小鹿到处乱撞。

“你们班校庆表演什么？”

他觉得自己刚才想到的画面不太好，尤其是在桑苑纯粹又仿佛洞悉一切的目光下，他不自觉紧张起来，怕她察觉到他不纯洁的心思，他赶紧又问一次。

“哦……”桑苑回过头，狡黠地笑了笑，“你这么紧张，不会是想从我这里刺探情报吧？”

“怎么可能！”纪亦当即反驳，“我紧张只是因为……”

他差点被带偏，声音停了下，心跳声大到像是要冲破耳膜了：“我只是来关心关心你。”

桑苑又抿嘴笑了笑。

真好玩。

她想。

她没再提起这一茬，回答他的问题：“我们班是综合类节目，魔术加上歌舞。”

“又是陈静表演魔术？”纪亦对七班和她身边的人了如指掌。

她点头。

他问：“除了陈静呢？”

“还有班长、王清清、李思、田娆。对了，还有陆之遥，他担任魔术助手。”

事实上，班长也同样是魔术助手。

陆之遥更像是为了吸引注意力，被老师强行征募的吉祥物。只要他站在那里，哪怕冷着脸什么都不做，下面的女生就该蠢蠢欲动了。

纪亦不关心陆之遥，只关心她：“那你呢？”

两个人已经走到洗手台旁边,桑苑拿起手上东西在他面前晃了晃:“如你所见，我负责背景板，还有表演时的后台接应。”

他顺手把她的画笔拿过去，自然而然地打开水龙头清洗：“你在后台负责后勤……你到时候会看表演吧？”

桑苑想了想，脑袋一歪：“看不看呢？说不定没时间去看。”

“你一定要看。”

“为什么？”

水龙头中的水柱,因为他的走神而撞在坚硬的笔杆上,变成水珠溅开,纪亦从水雾细沫后看到她似笑非笑的嘴角。

他垂下头：“我希望你看。为了排练这个，我把学生会主持的邀请都推了。”

原来今年不当主持人。

还要上台表演。

桑苑逗够了，才点着头：“那我勉为其难地看看。”

纪亦开心了不到三秒,就想到至关重要的事,转而小心翼翼起来:“对了，你准备这个活动，你外婆没说什么吧？”

没说什么。她几乎下意识就要这样回答，但是，她知道自己瞒不住眼前这个人。

她还是说了实话：“昨天一回家就被说了。她挺生气的，但我和她保证我成绩绝不下滑，她才打住。”

一回家就被说了。

他叹口气：“你说你们班眼线到底是谁？”

“我觉得可能是……”她一斟酌，摇摇头，“算了，乱猜不太好。”

一班今天不用排练，纪亦帮她把笔洗好也没离开，跟着她一路到了七班教室里。

李露和胡诗怡都在,她们一个负责绘画,一个负责剪纸手工等杂活儿。

陈静家里有事，请假。

教室里都是熟人，说话做事方便很多。

纪亦打个招呼，干脆不走了。他看着桑苑动作，巴巴地说：“我来帮你吧。”

“不用。”桑苑挽起袖子，“这是我们班的事儿，你一个外班学生，掺和什么。”

纪亦立刻不满：“我可不认你们班我们班的，我只认你的事。你的事就是我的事。”

李露被暴击，捂住耳朵，冲他喊：“纪亦，我要把我哥叫过来！”

纪亦露出一排小白牙，笑得无辜：“正好我也想叫他，那就麻烦你给他打电话吧。大家一起忙活会快一点，省点时间，也能让桑桑多做两道题。”

李露瞠目结舌看了他半天，见他没有反省的意思，她立刻愤愤。

桑桑，桑桑，他脑袋里是不是就只装得下桑桑两个字。

几个人都在忙碌。

胡诗怡把彩纸剪完,去了一趟活动室,把下一块要用的木板取出来。

这东西看起来薄薄的一块，没想到还挺重，她走几步就把东西放下来休息一会儿。

第三次放下休息的时候，一双手伸过来，顺手帮她把东西拿起来。

“回教室？”

她听到李甘的声音，还残留着变声期的沙哑。

她一点头：“嗯。”

李甘说：“露露给我打电话，让我来帮忙。”

“我知道。”

他俩有点沉默。

胡诗怡最近在团体中话多了一点，可两两单独相处的时候，还是会感到尴尬。

她想办法找了个话题："你和纪亦都要参加表演？"

"啊，是。"

"你们班是歌舞表演吗？"

"对，不过有分工，一部分人跳舞，一部分唱歌。我和纪亦都负责跳舞。"

她抿了下嘴："你们以前学过跳舞？"

"我在少年宫学过，他倒是没正式学。"

李甘弯着嘴角笑了笑："不过去年咱们校不是有个学生考进中戏了吗？那是他表哥。"

"他和桑菀冷战的时候，跟他表哥学了点基础，后来又跑去学了不少 SMAP 的舞，想哄人家姑娘开心，结果……"李甘嗤一声，"尿得连话都没敢和别人搭过。"

胡诗怡不可避免地想到去年夏天补习班上的光景。她感叹一句："纪亦真厉害，他好像天生就比别人厉害。"

"也不是。"李甘很认真，"他又不是超人。只是心有所属，有源源不断努力的动力而已。"

过了一周，背景板工作基本收尾。

纪亦和李甘都要排练一班的节目，不能每天过来帮忙。难得又有空，两个人立刻混到七班，准备今天帮她们把所有工作结束掉。

几个人正忙得热火朝天，门被人敲了敲。

田娆伫立在后门往里面看，见到两个一班学生的时候，嘴角一歪："你俩在这里干吗呢？"

李甘先回答："帮忙。"

"一班的来帮七班的？怎么看都不合理。"

“反正校庆活动又不评优，顺手帮个忙又不会少块肉。”

纪亦认真画着云纹，头也不抬，只有李甘和她说话。

田娆往那边看了一眼，斜阳染着纪亦的发丝，镀了镏金。

桑苑站在窗边，似乎在纸上描着什么，也没有回头。

她感觉自己无悲无喜地俯视着众生芸芸。

他们知道她在高处站着，可他们根本不搭理，无所谓的态度，让她怀疑自己只是在观察几团空气。

田娆忍不住拧起了眉：“陈静呢？她没和你们在一起？”

听到她这句话，桑苑才转过身，走到纪亦旁边，把手里画好的素描纸递给他。

陈静一下课就匆匆忙忙离开了——他们以为她是去排练了。

几个人互相看了一眼。

“没有。”桑苑回答。

田娆更加不悦，口吻都变得强势起来：“她要是不能来排练的话，就直接退出好了。这样拖着大家谁都不好过。”

胡诗怡咬了下嘴唇：“我们班会魔术的就她一个吧。”

田娆抬眸扫她一眼。

田娆叹了一口气：“我知道你们几个关系好，但是你们也不能这样包庇她。她是对是错，不是由你们评价来定的，事实就是，她影响了我们班节目。”

她那一眼有些凶狠，胡诗怡脑袋立刻垂下了。

纪亦终于抬起头，笑得满不在乎：“我们还什么都没说呢，你这大帽子扣下来，我们也委屈。冷静点，有话好好说。”

田娆那天生微勾的嘴角竟然有点赌气的意味了。

一个总是大大咧咧嬉笑打闹的女生，脸上突然弥漫出悲伤和倔强，倒是让人忍不住想要反思一下自己是不是做了什么过分的事。

她瞪着眼睛，目光逡巡。

李甘有点为难，时不时瞟胡诗怡一眼，看起来是想要安慰对方，又碍于面子不好开口。

纪亦则是弯着嘴角，一脸八卦地看着李甘差点写在脸上的小表情。

不知为何，田娆有种浓浓的无力感。

这里唯一关注着她的人是桑苑。

桑苑一如既往地冷静：“我明天去问问陈静，我们确实不知道她没去排练的事情。”

田娆绷着脸：“那我明天等你答案。”

她说完，挺直了腰背，转身就走。高高束起的长马尾来回甩动，透着股骄傲劲儿。

纪亦看了门口一眼：“她好像和你们关系不太好？”

李露烦躁道：“她和所有女生关系都不好，刚一转来就这样。”

纪亦安抚：“好了露露，别生气，别生气。”

他像是在哄什么小朋友。

末了，他又抬头去看桑苑，眼睛黑白分明，声音轻轻：“她没欺负你吧？”

“没有。”桑苑摇摇头，“她只是不搭理我们，态度就你们看到的那样，不过没做过什么坏事。”

纪亦了然，过一会儿，把话题转移开：“对了，我之前去看你们班的排练，有个男生我以前没见过。”

“应该是田娆的朋友，弹钢琴的。”

他好奇：“既然是弹钢琴，你怎么不去？”

桑苑露出头疼的样子：“他们弹的曲目是《幻想即兴曲》，我最怕那支曲子，一想到就浑身起鸡皮疙瘩。”

李露也赞同：“那曲子简直是噩梦，谁爱弹谁弹去。”

纪亦笑起来。

结果，桑苑根本就没有和陈静商量的机会。

第二天早上到了学校，桑苑尚且没有开口，陈静就站到了班长面前，眼观鼻鼻观心地道歉一通，最后请求退出这次的表演。

她精神有点不太好。

等她回来之后，桑苑立刻转了过去：“你怎么了？”

陈静眼睛盯着桌子，神情恍惚，听到桑苑的声音，好像才刚刚从梦游之中回过神来。

“没事儿。就是突然不想参加了。”陈静笑了笑。

阳光轻软,桑苑盯着她的脸,把注意力集中在了她眼睛下面的皮肤上。

不是她看错了，那里真的闪烁着细碎的光亮。

她没有戳破，只是担心着：“你最近回家都很早，是不是遇到什么事情了？”

“没有。”陈静一口否认，“只是最近家里理发店特别忙，我妈让我回去帮忙。”

陈静冲着她笑，眼睛直勾勾地看着她。

桑苑不太确定陈静说的到底是真是假，最后点点头：“你不参加表演的话，节目是不是也要变动？”

“不用。”陈静摆手，“我把技巧告诉她们，她们多练练就可以了。”

“那你要是遇到事情了一定要告诉我，我也能帮你出谋划策。”

“放心。”陈静一拍她脑袋，笑出声，“我家苑苑真是爱操心。”

放学后，陈静第一个离开班级的状态一直持续着，她似乎突然间领悟了她名字的真谛，变得安静起来。有时候看向桑苑几人的目光，隐隐约约透出股羡慕的劲儿。

等桑苑看回去，陈静又和往常一样麻雀般地笑闹起来。

桑苑希望一切都是自己想多了。

半个多月的准备对于一班学生来说，也许过于紧绷，但是对于七班来说就绰绰有余。

到了校庆当天，每个参加表演的学生脸上都是一派自信，仿佛如果这次活动评优的话，他们妥妥能拿到第一名似的。

活动在艺术校区的三层大剧院举办，这里能容纳 2200 个观众，舞台构造也相对复杂。

桑苑一行后勤人员在节目开始前就早早到了后台，穿梭在狭窄和粉尘浑浊的空间中，匆匆确认着表演器材，然后各自分配工作。

要表演的人则是去换衣服。

桑苑一只手扶着背景板，一只手垂在身侧，站在通道旁边，百无聊赖地等着舞台上音乐结束。

过了没有一分钟，耳畔突然被“呼”地吹了一口气。

她吓了一跳，回过头要看，垂下来的那只手里却被塞了个四四方方的东西。

她下意识地握住。

纪亦立在她身侧，抿着嘴对她笑着，舞台那边透过来的点点光芒在他眼睛里面闪烁。

桑苑看了看手里的纸盒，写着“椰汁”两个字。

她往旁边看了一圈，周围要么是熟人，要么是忙碌着的人，根本没人注意到她这边。

她这才压低了声音：“这是什么？”

纪亦嘴角眉梢都是甜的，连带着声音都带了甜味：“我们班统一发的福利，你尝尝，挺好喝的。”

桑苑皱了皱眉。

她很想板起脸，但不知道为什么，她发现自己在纪亦面前越来越难保持严肃认真的模样。

她眉头皱褶都没拧出来，就很快舒展开了。

她只能用言语表达：“我不喝。”

她手一伸要还回去。

纪亦却趁她注意力在椰汁上面的时候，双手从她面前横过去，握住木板一提，轻轻松松接了过来。

他得意地示意自己现在两手不空。

桑苑吸了口气，认真地和他计较："你拿回去。你还给我。"

前者针对椰汁，后者针对背景板。

纪亦冲她眨着眼睛："我要是还给你了，我还能帮你什么？"

"你可以什么都不做，回到观众席上好好看节目。"

"桑苑同学，你怎么样我都能包容你，但唯独你的霸道我不能惯着。你这是在剥夺我想要成为一个有价值的人的权利。"

她被他的无赖气得哭笑不得。

眼看着没人将视线落在这边，她又要上手去拧他。

纪亦往旁边躲了一下，却没松开拿背景板的手："桑桑，陈静在那边干吗呢，她不是退出表演了吗？"

桑苑没转身去看，似笑非笑地盯着他："纪亦，你行啊，还会转移话题了？"

"我没有，我发誓。"他睁大了眼睛，眸子里的黑白线条清晰得不可思议，"我认真的。"

桑苑这才疑惑地往陈静那边看一眼。

陈静虽然退出表演了，但她还是这次节目的策划兼指导，老杨钦点的。

这会儿她来回踱着步子，一副气急败坏的模样。

桑苑转回去，面对着她的方向。

陈静对面是田娆，逆光看不清对方的表情。

她俩似乎说了几句话，陈静的脸色越来越差，五官几乎狰狞。最后，陈静恶狠狠地指了指田娆，头也不回，往这边跑来。

桑苑想要等陈静跑近了，问问她发生了什么事情。

毕竟田娆对女生们虽然态度微妙，却从来没有爆发过任何矛盾。她瞧不上女生，也不和女生接触。

不过桑苑根本没来得及张嘴，陈静就如旋风一般卷到她身边，一把抱住她的手，泫然欲泣："苑苑，只有你能救我了！"

"怎么了？"

陈静又气又急，说话跟鞭炮似的：“还能怎么，那位田同学，平时鼻孔朝天看，关键时候就她掉链子！”

“她怎么了？”

“她那朋友来不了了！”陈静差点没跺脚，“咱们节目还怎么表演，表演哑剧啊！”

桑苑耐心地安抚着她：“只是前半段魔术表演需要伴奏吧？那个是必不可少的吗？”

“要是没有音乐遮掩，就他们的技术，大变活人的动静早就被听穿帮了！”陈静握着她的手不放，“苑苑，我知道你钢琴弹得好，你帮帮忙好不好？”

桑苑很为难：“不是我不帮你，你们要是弹别的曲子我就上了，可《幻想即兴曲》我真不行。我考级的时候练了百八十次都练不熟，别说你现在突然让我弹……”

“还不都是田娆，她选的曲子，自以为有难度有格调。”陈静一吸鼻子，“她还一副为她兄弟自豪的样子，结果呢，她兄弟临阵脱逃，留下一堆烂摊了！”她后面半句话故意放大了声音，几乎就是说给田娆听的。

舞台那边咚咚作响的音乐终于停了下来。

仿佛死亡的讯号，陈静整个人都僵住——等幕布一合上，他们就必须要上台了。

“怎么办？”陈静记得像热锅里的蚂蚁，思绪散乱着喃喃。

桑苑想了想：“纪亦，你能弹吧？”

听到这里，陈静眼睛立刻亮了起来，眼巴巴地看过去。

纪亦犹豫着：“我能是能……”

“你能就好！”陈静根本不想等他说完，夺过他手里东西，顺手往旁边路过的那同学面前一塞，拽着他校服衣摆就跑。

她连招呼都来不及和桑苑打，只顾着将纪亦拖走：“纪亦我跟你说，你要是帮了忙，你就是我的救命恩人，你以后想要什么我都给你！”

“那我要人呢？”

“我帮你追！”陈静恨不得拍着胸脯保证。

他笑了笑：“对了，我衣服还没……”

“来不及换了！”陈静将他推到钢琴前，一按他肩膀，让他坐下，“就穿校服，很帅，非常帅，校草！”

七班学生们七手八脚地把遮挡板和道具搬运上来。

他们班班长过来交代一句：“纪亦，一会儿你看我给你比手势，你就开始弹。”

“好。”他点头。

桑苑和陈静一起抬着个道具箱上来，摆放好后，起身对他笑了笑。

灯光穿过幕布送过来，给桑苑描着朦胧光影，她眼睛微微眯起，笑容像是慵懒又狡猾的猫。

纪亦傻傻盯着她，目送着她走回后台。

他想，班上那群浑小子又要瞎起哄了，李老头估计也要找他麻烦。

不过算了。那些都不是事儿。

桑苑笑得真好看啊……哪怕她让他在这里表演一个小时单手倒立，他也愿意。

谁都会因为自己有几个了不起的兄弟，而感到自豪。

纪亦的兄弟们如此。

田娆也如此。

原本帮她弹钢琴的那个兄弟，很小的时候就已经考了十级。她带着那哥们儿过来的时候，不由自主生出一种仿佛自己也同样闪闪发光的感觉。

选曲的时候，她故意选了特别难的《幻想即兴曲》，钢琴十级考试曲目。

她并不是故意为难自己的哥们儿。

实际上她自己都不知道自己怎么了，好像在和什么人较劲儿一般。

她并不在意身边的女生们，她无视掉她们，她们也无视掉她，这是最理想的结局。

但有些时候，往往事与愿违。

她想起高一时被她无视掉的女生们，还有初中时更加凶悍的女同学们。

她明明刻意远离了她们的群体，露出一副“桥归桥路归路，大家互不干扰”的样子，但围绕在她身上的恶意讨论还是未曾减少。

她越是表现突出，她们就越是针锋相对。

田娆不记得她们长什么样子了，但她们微笑时暗涌着不甘不平的神情，还时不时会浮现出来。

但现在她座位旁边的一圈女生，和她以前接触过的人都不太相同。她们明显是不喜欢她的，但她们并不会去讨论她，而是当她不存在。

这被当成透明人的感觉让田娆心里蔓延着说不出来的滋味。

她不在意。对，她一点也不在意。

眼前这现状她很满意。

她站在舞台黑色的背景布后面，透过两块帘子中间的缝隙往舞台上看。

随着前面红色幕布缓缓拉开，观众席上杂乱的声音顿时响了起来！

光线聚拢，打在几个魔术表演者身上，陆之遥穿着燕尾服，身形修长，这稍微正式的着装，让他原本的冷淡中多出一些别的什么意味。

高一女生互相拍着对方，激动地尖叫。

高二学生侧重的方向则不太一样。

一班大部队中站起来几个人，跟突兀冒出头的桩子似的，一边鼓掌一边往斜后方看。

他们文娱委员用不大不小的声音叫：“七班的，怎么说，是不是想打一架？拐走我们班‘班宝’几个意思？”

七班男生哈哈大笑：“怎么就你们班‘班宝’了，明明是共享资源。我们兄弟帮我们一把，有错吗？”

纪小端正坐着，腰背都挺直，笑出一双酒窝。

舞台聚光灯下三个人对观众鞠了躬，转过身。

七班班长对纪亦比了个开始的手势。

纪亦点点头，按下琴键。顷刻，钢琴声有如流水一般流泻出来。

他是整个舞台上唯一没换演出服的人，坐在灯光昏暗的角落，校服上浅蓝色的部分，因为光线朝浅灰过渡。

大概弹钢琴的人气质都十足，看起来不比西装华服的人逊色。

他笑容在钢琴曲开始的时候就逐渐收敛起来，低头垂眸，表情认真。

弹奏得轻松又轻快，完全契合了魔术主题，琴声仿佛在跳跃。

田娆还饶有兴致看着台上的表演，肩膀却被人拍了拍。

她挑着帘子的手指放下来，转过身。

她同桌站在身后，脸上淡得没有一分多余的表情。

桑苑和她说："升降台准备好了，你可以过去了，她们全在那边等你。"

陈静在桑苑旁边，故意扭头对准了幕布，不看她。

田娆点点头，也不多说，转身就走。

陈静撇了撇嘴，走到刚才田娆所站的位置，也学她的样子些微挑起帘子。

桑苑则仔细听着外面的演奏。

钢琴曲每个音都很清晰，一点也不含糊，配合旋律的渐变音也把握得很好。

与其说是在弹奏乐曲，不如说是在弹奏一首华丽的诗。

陈静看了几眼，拉拉桑苑的手："苑苑你过来看。"

桑苑凑到她旁边，和她一起偷偷摸摸观赏着台上："怎么？"

"感受到没有？"

"感受到什么？"

"你傻呀。"陈静一拍她手臂，"当然是陆之遥和纪亦啊！"

"感受到了，这俩我都认识，一个咱班的，一个一班的。"

"我是想问……你觉得谁更帅？"

谁都有过一段贪玩的经历，就算看起来对"玩"不怎么感兴趣的桑苑，也有一段贪玩的时期。

陪她一起玩的对象是纪亦——正如她之前所说的，她会在纪亦家练琴的时候，练着练着跑去玩游戏机。

插上黄色卡带，然后他俩一起玩《坦克大战》。

那阵他俩连汤普森简易钢琴谱都弹不好。

可钢琴老师只向她外婆告状，说她没有音乐天赋。

她外婆赔着笑脸和老师把话说完，一出办公室，巴掌就拍到了她脑袋上，满脸恨铁不成钢，说："你怎么这么笨，我为了你花了多少钱，你能不能争气点？"

她咬着牙，眼眶通红。

这只是数起辜负重望后受到的责骂中小小一桩。

可她下一次再去纪亦家的时候，纪亦像变了个人似的，没有不着调地邀请她一起玩《坦克大战》，而是从钢琴后面挪出一半位置，拍拍坐垫。

"我教你吧，我昨天把'汤普森'学会了。"他抿着嘴，包子似的脸颊极其严肃，和往常的模样完全不同。

正好是太阳徐徐落下的傍晚，夕阳色泽暖得不像话，他皱眉努力弹出每一个音符。

小孩子不用思虑太多东西，眼睛更加纯粹：琴键琴架，以及纪亦整个人都沐浴在接近橘色的碎金阳光之中。

那个年纪也能坦白地把自己想到的表达出来。

她对纪亦说："你真漂亮。"

纪亦顿时委屈起来，瞪大了眼睛据理力争："我不漂亮。男孩子怎么能叫漂亮呢，你才漂亮！"

"那……"她歪着头从贫乏的词库里找到个词，"那你真可爱。"

纪亦鼓着脸："我也不可爱，桑苑，你应该说我帅！"

桑苑摇摇头。

她觉得《七龙珠》里面的孙悟空才叫帅。

所以她诚实地说："我不觉得你帅。"

她记得纪亦被她气得想要撞墙的神情。

即使是那样……

也很可爱。

陈静又用胳膊肘撞撞桑苑。

桑苑回过神来，抿了下嘴角："陆之遥帅。"

"是吗？"陈静疑惑地偏着脑袋，抱起手臂，"大概今天纪亦解决了我的燃眉之急，帮了我大忙，我现在觉得他特帅。你看你看，这五官堪称完美！比陆之遥帅多了！"

"是吗？我可能对帅的定义不太敏感，我从来不觉得他帅。"

陈静拽她："再看看，再看看！"

她殷切的样子让桑苑忍不住笑起来。

桑苑想了一会儿，突然说："我小时候住在厂区老房子，墙壁薄，所以不怎么隔音。"

"嗯？"陈静茫然。

桑苑接着说："我四年级过生日的时候，因为奥数只考了七十分，被我外婆关在家里，一整天不许出门。"

陈静露出"好惨"的眼神，不敢置信地确认："生日？"

"对。"桑苑点了点头，"我在老家厨房的餐桌上算题，外婆在客厅看电视，我特别难过，就一直偷偷哭。然后，我听到对面楼有人弹钢琴，弹生日歌，弹了一晚上，直到我关掉厨房的灯为止。"

桑苑微微一笑。

陈静直起身，问题有如连珠炮："真的？给你弹的？谁呀？"

"一个现在个子很高，笑起来有酒窝，经常被说俊眉大眼的人。"

"噢——"陈静暧昧地笑起来，"小帅哥啊。"

桑苑笑了笑："我就是想说，我虽然知道他好看，但我从来没觉得他帅，反而觉得他是特可爱的类型。"

"可爱？"

桑苑一点头：“‘可爱’是我心里最好的赞美。”

七班大变活人，变出来三个打扮潮流时尚靓丽的姑娘。

钢琴曲正好收尾，最后一个琴键按下后，琴声戛然而止。

而后，舞台上风格陡然一变！

伴随着浓浓的重金属乐，灯光开始花里胡哨地闪动。这强烈的反差，让人有种从爱丽丝的仙境穿梭进入演唱会现场的荒谬感。

田娆宽松的上衣衣摆在腰上打了个结，露出一小截若隐若现的皮肤。

男生们因为那犹抱琵琶半遮面的遐想美感而蠢蠢欲动，傻乎乎地吹着口哨发出嘘声。

纪亦跟着魔术环节的几个人往后台走。

他视线找了一圈，没找到想见的人，猜测桑苑和陈静早就回了观众席。

他旁边和他并肩一起走的是陆之遥。

“今天谢谢你了。”

陆之遥说话时薄薄的嘴唇几乎没有太多动作，声音低沉，有如平缓拉过的大提琴。

纪亦笑一声：“小事儿。”

这个人和桑苑一样，有奇怪的亲和力。

但似乎又不太相同。

陆之遥难得话多了一点：“你们班什么时候上场？”

“早着呢，倒数第二个去了。”

陆之遥稍微提了下平缓的嘴角：“那就等你们班的惊喜了。”

“等着吧。”纪亦拍拍陆之遥的肩，悠悠往一班所在的区域过去。

兴奋又克制的喧哗很快淹没了他。

常和纪亦一起行动的那不知名单眼皮男生露出挤眉弄眼的表情：“这不是七班的钢琴手吗，怎么跑我们这里来了？”

一班文娱委员也痛心疾首，去揪他的校服领子：“纪亦，快说你还爱着我们！快说！”

“我爱你们。”纪亦给面子地回应了一声。

文娱委员一把抱住纪亦的肩膀，动容地拍了拍。

陆之遥鼻息间发出极淡的笑声，他坐回座位。桑苑在他正前方，认真地看着表演，脑后的小马尾一动不动。

晕着的光芒让人觉得，那发丝肯定又顺又滑。

七班表演结束后，田娆回到了座位上，她坐在男生扎堆的地方。

刚才表演的时候，下面呼喊连连，整个会场的气氛都火热了起来。显然学生们，至少男生们，对她们几个女生的表演是十分满意的。

唯一不满意的大概是学校各位老师领导们，张胖子一张脸都几乎要黑了。

不管大家怎么喜欢这种节目，他都觉得这是败坏学校风气！

田娆翘着嘴角。

她觉得自己并非是想要向别人炫耀自己有多优秀，或者故意出风头一类的。她只是不想让自己的人生索然无味而已。

努力把青春的每一步都走得绚烂多彩，回头看见一个个五彩斑斓的脚印，这才不是虚度人生。

只是为了自己而已。

她在男生的夸奖中保持着微笑，微微勾起的嘴角像是蛊惑人心的诱饵。

她视线不经意转动着。

陈静垂着脑袋，并没有去看台上的表演，看起来心事重重的样子。

桑苑倒是认认真真地看着舞台，像一尊石像，一动不动，没有一点波澜。

李露和胡诗怡则是凑在一起说话，不时笑一阵。

越过几排座位，斜前方的纪亦似乎被李老头愤愤然揉了下脑袋，后面头发乱翘了起来。

他抿嘴笑着，偷偷看向李老头的一眼又有点或是奸计得逞或是吊儿郎当的意味。

没人关注着她。

旁边男生给田娆递过来一盒牛奶。

她几乎是一瞬间看向桑苑——

那姑娘手里还握着一盒椰汁，时不时咬一下吸管，眼睛闪闪发光。

田娆把牛奶接了过来，笑了笑："谢谢。"

她声音发涩，有点羞恼的紧绷。

又过了一个半小时，终于到了倒数第二个节目。

主持人报幕："接下来请欣赏来自一班的歌舞串烧表演。"

红色的幕布往两边缓缓拉开，舞台上一片漆黑。

然后，突然"砰"的一声！

所有灯凝聚成两道强光猛然打下来！

舞台上站了两个人，都戴着黑色帽子，穿着黑色外套和裤子、白袜黑鞋。软质地的外套敞开，里面则是纯白的T恤。

一个人站在麦克风的落地支架前。

一个人则是摆出pose：一手扶帽，一手搁在跨前，左腿伸出来，脚尖轻轻点着地。

这个造型和动作实在是太经典了，下面发出"唔"的惊叹声。

桑苑突然笑起来："诗怡，是李甘！"

麦克风前面的人她们不认识，但是跳舞的人很眼熟。

话音落下后，桑苑微微一愣。

这句话她可以和旁边的陈静说，可以和妹妹李露说，但鬼使神差地，她居然越过她们和胡诗怡说了这句话。

连她也不知道为什么。

胡诗怡点了点头，手指不自然地交缠着。

紧接着，鼓点清晰的前奏响起来。

第四拍之后，李甘跟着节奏前后晃动，皮带闪闪发光。

节奏变化的一瞬间，他双手翻转绕动，整个人迅速转了一圈，双手张开！

仅仅是第一个动作做完，下面无意义的惊叹声就变成了“好”。

张胖子声音格外大：“好！好！这个好！”

唱歌的同学跟着剪辑过的音乐发出声音。

“Billie Jean is not my lover……”

陈静也跟着振奋起来，疯狂摇着桑苑的手：“迈克尔·杰克逊！好帅啊好帅啊！”

桑苑笑了笑：“他的歌我特熟。”

以前他们四个经常一起聚在纪亦家看杰克逊那堪比电影长度的MTV。

她记得有个和僵尸共舞的MTV，叫*Thriller*，每次看到僵尸伸手破窗而入的时候，李露都会抱着脑袋尖叫。

然后李甘会兴致勃勃地再看一遍。

不知道他们选曲里面会不会有*Thriller*。

结果没让桑苑等太久。

第一首歌是李甘一个人表演，第二首歌，他和另外一个男生一起跳。

正是*Thriller*。

另外一个男生不怎么擅长跳舞，动作有些僵硬。

站在李甘旁边，看起来逊色了不少，却有着大男孩的青春张扬。

陈静激动得不得了：“太了不起了这舞，帅到我想哭！”

所谓外行看热闹，内行看门道。

作为从小看着MJ跳舞长大的孩子，李露还是给出了中肯的评价：“其实我哥不太适合跳杰克逊的舞。”

也许是受他一直学的拉丁舞影响，他风格轻盈，转身跳动时对着台下一笑，仿佛有股子伴随Thriller（战栗）而生的柔媚，连他眼角都染着妖气。

可动作收尾的垂手等动作，显得不怎么有力，有时候甚至还会顺着惯性滑动一下。

偏偏MJ的舞极其有力。

桑苑笑了笑："我觉得他已经很不错了。"

李甘在舞台上很亮眼，因为刚才撩动人心的一笑，女孩们开始拼命挥起手！

第三首歌是*Bad*。

这次上台的是一班的班长和文娱委员。

刚才注意力集中在李甘身上，桑苑这才注意到，大家虽然都是同一颜色的搭配，可穿着实际上各不相同。

每个人身上都各有一抹亮色，或是领口，或是衣兜，或是帽子。

有特色，又不会杂乱。

*Bad*停下的时候，响起"嗖"的声音！

仿佛流星划过。

灯光暗了一秒，再亮起的时候，台上已经站着十来个新面孔。

这次是群舞。

纪亦站在靠末端的位置。

他外套袖子挽起来，露出一截手臂。

肩上有一排窄窄的亮饰，右手戴着手套，雪白。帽子下压，阴影遮住了眉眼，只能勉强看到鼻唇轮廓。

陈静死死抓着桑苑的手，语无伦次了："他身材真好，苑苑，我要死了，我觉得连他手臂都好帅！"

她只是单纯觉得纪亦帅，别无他想。

桑苑劝她："冷静点。"

但她觉得，一会儿跳起来之后，下面可能会有比陈静还激动的人。

这次音乐前奏比前面三首都紧凑不少。

是*Smooth Criminal*。

随着音乐踢腿抬手的时候，下面的观众果然控制不住尖叫起来，等他们往前几步到灯光明亮的地方时，下面控制不住，压根没掐着点，就爆发出极为热烈的掌声！

动作起来，肩膀上亮饰散发出的碎光灼灼。

纪亦跳舞的风格和李甘是两个方向，虽然同样不是百分之百 MJ 的样子，可相对来说，纪亦更适合这个风格。

不知为何，桑苑觉得他动作时有股特别熟悉的味道。

举手投足潇洒有力度，收放到位，干净利落。

他帽檐阻挡着人们视线，又故意在群舞中挑了不起眼的边缘位置，却不得不说，他依旧是十多个人中间最耀眼的一个。

前面几拍跳完后，有个扶帽抬头的动作，侧脸仰头暴露在灯光中的一瞬间，周围再次充斥着海啸式的欢呼！

陈静的尖叫被桑苑遏制住，她只能拼命念叨：“侧脸，侧脸！这是我见过最好看的侧脸了！”

高一女生尤为夸张，恨不得站起来，还有人举着手机不停拍照。

“有那么帅吗？”桑苑无可奈何地笑着。

陈静根本不看她：“你听听周围的声音，没有那么帅吗？”

在“Annie are you OK”的歌声中，不少人直白地喊着纪亦的名字。

桑苑张着嘴听了一会儿，发现自己原本要说的“不一定是说他帅”，根本就没法说出来。

表演在校领导们带头的喝彩声中结束。

桑苑看到前排的张胖子喜笑颜开地和周围领导说话，李老头也得意扬扬。

就算不在他们面前，她也能猜到他们说了些什么。

有文化底蕴，有流行元素，有情怀，有格调，还突出了博喻英中的学校特色。

要是这次校庆评优的话，一班绝对是第一名。

校庆最后一个节目是唱校歌。

学生们兴奋又心不在焉，最后，在校长致辞后做鸟兽散。

GEBI
YIBAN
JITONGXUE2

第二章/你的杰克逊，我的SMAP

桑苑晚上复习课文时接到了纪亦的电话。

对方装模作样关心了她复习进度之后，问了一句：“桑桑，你觉得今天怎么样？”

小心谨慎，又若无其事。

下午潮水似的尖叫回到脑袋里，她心情突然有些莫名其妙的烦躁。

她从椅子上站起来，踢掉拖鞋蜷腿坐在床上，抱过枕头。她知道纪亦问的是什么，可她就是不想让他如愿。

桑苑说：“什么怎么样？我今天挺好的。”

“你挺好的那就好……我不是说这个。我是说，你觉得我跳得怎么样？”

纪亦后半截声音软下去。

“那个啊。”桑苑叹了口气，“怎么说呢，和我想象中不一样。”

对面的人几乎是在她话音落下的一瞬间笑了起来，能想象到电话对面他灿烂的笑容。

桑苑皱了皱眉。

她可是很认真在欺负他，他怎么能笑呢？

她忍不住：“你笑什么？”

纪亦声音特别轻快：“我知道我没有杰克逊跳得好，我哪能和他比。但是……”

他又笑了一声，低声道：“至少我知道，你是看着我的对不对？不然你怎么知道我跳成什么样？”

桑苑瞠目结舌一会儿，慢慢说：“纪亦，你也太乐观了。”

纪亦献宝似的：“我们班节目是我选曲的，我把你说过好听的歌都给挑出来了。”

“我说过好听的歌多了去了。”

“那不一样。”他很有自信，“我选的都是我印象里面你说过三次以上‘好听’的歌。”

听到他用清新愉快的语调说出这样的话，桑苑一时间哭笑不得。

她记得看 MJ 的碟都是四五年前的事情了。

“你有这记性，能不能好好背背课文，你不是要当状元吗？”

纪亦很听话：“你想我背哪一篇，我明天背给你听。”

这人真是……

他怎么就老能不按常理出牌呢？

桑苑手机握了半天，终于妥协般地叹了口气。

“纪亦，”她说，“你今天表演挺好的，很可爱。”

这回，终于把纪亦滔滔不绝的声音堵住了。

他沉默半天。

“你怎么老说我可爱？我在你心里难道就没有一点……”

“一点什么？”

异性、男性的魅力。

不过这话太难说出口了，也不是现阶段应该问的问题。

纪亦泄气似的靠在椅子上，空闲的那只手挡在额头上，眯了眯眼睛：“没什么。”

那位迈克尔·杰克逊先生沉寂下来，舞台上闪闪发光的亮饰好像也失去了光彩。

桑苑将散开的及肩的发丝别到耳后，笑了笑。

"'帅'或者'美'这种形容，最经不住考验，不管是对方年纪增长还是做了不符合期待的事情，都能让人失望幻灭。但是'可爱'不一样，这个印象会一直伴随着对方，无论发生什么。"

纪亦心情一瞬间就好了起来。

他突然觉得"可爱"这个词都变得"可爱"起来。

他嘴角扬起："桑桑，你能再夸我一声吗？就夸我可爱。"

桑苑却说："纪亦，没什么事情的话，我挂电话了，我要看书。"

虽然没能得到想要的回答，但纪亦还是开心至极。

"你看你看，我不打扰你。"他咳一声，小心地恳求，"但是……能不挂电话吗？"

"为什么？"

"方便我俩随时讨论试题，说好了要一起进步。"他胡乱编了个理由。

他只是觉得，这样两个人好像靠得很近。

毕竟不在一起的时候，他想立刻飞到对方身边。

哪怕桑苑不说一句话，听到她偶尔的翻书声，还有拿东西时隐约的响动，就足够了。

"你真无聊。"桑苑板着脸，"不和你说了，再见。"

她说完，把手机放到床头——

手指在红色的按键上停了一会儿，但到底并没有挂断。

隔得远了，纪亦声音变得很小，却极为清晰："桑桑，我忘了说，你最可爱！"

周一早上升国旗，班上学生站成四列，两列女生，两列男生。

桑苑站在靠里侧，右手边恰好是陆之遥同学。

也不知道为什么，明明还只是四月的天气，这个人却已经开始穿起了夏季制服。在一排排长袖中，他露出的手臂格外显眼。

等八点整的升旗结束，领导开始讲话后，纪亦和其他几个学生开始考勤。

虽然上周 Solo、Center 的机会都留给了别人，表演时长也最短，但他的舞还是过于深入人心。迄今为止，肩膀上将舞台灯光打碎、沥出绚烂光芒的亮饰还历历在目，他就和那光芒一样耀眼。

他穿插在人群中时，总能引起些许窃窃私语。

最前面站着的高一女生天不怕地不怕地扭过头看他。

纪亦负责检查高二一班到十班。

走过六班就到了他心心念念的七班，他努力控制住自己的心跳和不自觉飘过去的视线，让脚步看起来频率没有太快。

然后，开始一排一排检查起来。

千盼万盼到桑菀面前，他笑容立刻就绽放开。

桑菀却没笑，甚至还横了他一眼。

她看着他的酒窝——

上周五晚上，听他的，没挂电话，结果就把通着电话这件事给忘掉了。

到了早上，她揉着眼睛起床，却听到一边些微发热，电量岌岌可危的手机里传来了一声惺忪沙哑的“早”。

桑菀慌忙把电话挂掉，然后满脸震惊，盯了手机半天。

她怀疑要是有什么套餐，能让两个人无限量免费通话的话，纪亦绝对会恨不得一天 24 小时保持通话。

她神色有点古怪。

心软绝对是自律的头号天敌，她说什么也不能再答应他这么荒谬的要求了。

当然，纪亦不会随着她的反省而同样自省。

他反而很高兴。

他很想和桑菀说说话，或者站在她旁边不走，可惜周围的视线太多，他只能从头到尾发散着他烂漫的笑容，偷偷对她眨两下眼睛。

时间如果能够凝固的话,就凝固在他站在桑苑身边那一秒就可以了。

但时间不能凝固，甚至连变缓慢都不可以。

从她身边经过后，他笑意放下去了一些，在心里叹了口气。

纪亦抬起头，表情回归平静，又扫一眼：“田娆，你的衬衫呢？”

田娆里面穿着的是粉色文化衫，并非学校统一的短袖。

她耸了耸肩：“我昨天大扫除，没留意把两件衬衫都洗了，现在还没干呢。”

她说着，瞟一眼纪亦，勾起半边嘴角，压低了声音：“杰克逊，可不可以通融一下？”

纪亦微微一笑：“从二班开始，你是第十一个让我通融的人，那我也只能第十一次回答，不能。”

他说着，在考勤册上龙飞凤舞写下“七班田娆”。

田娆“嘁”了声：“真不够意思。”

他笑了笑，收起笔，没多说，继续往后面查。

脊背是一条笔挺直线，肩骨恰到好处。他转过脸时，侧脸线条能轻易让人想到被舞台光影勾勒出来的轮廓。

田娆按着自己后颈活动了一下脖子，然后扭头喊人：“硕哥，过来一下。”

叫张志硕的篮球队成员和她身边的同学交换了一下位置，殷切地问：“什么事？”

田娆像个男孩似的搭上他肩膀：“硕哥，能不能帮我个忙？”

队伍后面窸窸窣窣的，有人在递东西。

这会儿正好传到李露手上。

李露打了个呵欠，还有点放假后的困顿，掂量一下，往旁边一递：“纪亦，帮忙递给陆之遥。”

纪亦说声“好嘞”，拎着口袋，几步又退回桑苑旁边，顺便再次附送笑脸。

背后窃窃私语的声音停了下来。

桑苑看他们手上物品的交接，随口问了声："这是什么？"

她问的是陆之遥。

"衣服。"陆之遥回答了一声。

"衣服？"桑苑一脸莫名其妙。

等纪亦离开之后，陆之遥将里面东西拿了出来，双手提着肩膀处抖开，蓝白校服完全展露出来，他将其穿上。

原来这个人也并不是热到那么夸张的程度。

校主任正在主席台上强调上周工作不足之处，这些官方话不外乎就是那么几句，升旗仪式到了最无聊的阶段。

桑苑被快发霉的无聊感驱使，居然生了点八卦的心思。她继续和陆之遥说话："你的衣服怎么会从后面递过来？"

"因为我的衣服刚才被别人拎着。"

"被别人拎着？"

"对。因为她帮我把衣服洗了，所以衣服在她那里。"

"洗衣服？"

"嗯。上周把衣服忘在她那里了。"

陆之遥说话简直就像是挤牙膏，问一句说一句。

八卦这种东西真是玄妙，不想听的时候它总是扑面而来，想要关注的时候，它却求而不得。

桑苑听见后面田娆噼里啪啦的说话声，希望陆之遥也能有田娆那种恨不得一口气把所有话说出来的精神。

她们的声音几乎同一时间响起。

田娆说："硕哥，你帮我约个人行不行，别人我觉得靠不住，只能指望你了，你一定要帮我！"

桑苑则是在陆之遥的吞吞吐吐下停止八卦，转而感叹："想不到你也有丢三落四的时候。"

背后张志硕问："你要约人？谁？什么事儿？"

陆之遥这次风轻云淡地把话说完了："周五班长请我们几个表演的人吃火锅，何瑶瑶也跟着去了。我吃饭前把衣服挂了起来，不过后来忘带走，她最后一个离开，就帮我把衣服带了回去。"他微微皱起眉，"火锅味重，她说顺便帮我洗了。"

田娆依旧在认真和张志硕聊天，只是声音刻意压了下来，透出鬼鬼祟祟的气息。

她说："你今天帮我约下纪亦。别说是我约他，直接喊他下午出来就是。我有话想和他说。"

张志硕狐疑地看着她，声音干涩古怪："你不会是……看上人家了吧，想让我帮你追他？"

田娆瞟他一眼："怎么，身为哥们儿，这点儿小忙都不肯帮？"

她摸摸自己下巴，想了想："我的目的很简单，就是想，下次没穿校服被他抓住时，我说能不能通融一下，他回答'我很乐意'。就够了。"

张志硕嗓音更怪："你就是看上他了。"

陆之遥话说完有一段时间了。

旁边异常安静，仿佛所发生的一切只是细小的水雾，悄无声息地融入她这片海域，惊不起一点水花。

可水雾从何而来？

也许是即将而来的暴风雨。

陆之遥眼眸微微转动，朝田娆的方向瞥一眼。

桑苑站得端端正正，面无表情。刚才所有的无聊、悠闲都一扫而空，她眉头依然高于眉尾，却没有往日的困惑感。

几绺碎发落在脸颊边，乌黑。和头发一样乌黑的眼睛此刻闪烁着，像是雪山上面冰冷的光。

等老师好不容易说了解散之后，她的小马尾在空中划动，由上到下起伏，然后，她保持着冷冰冰的神情，头也不回地往教学楼走。

纪亦的上午时光和以前无数个日子都一模一样。

升旗仪式盯着桑苑，课间操盯着桑苑。下课后去超市，故意路过七班，还要盯一盯桑苑。

他敏感地察觉到，他家桑苑今天心情不怎么好。

本想着中午套套她话，结果中午，他刚端着盘子开开心心在她旁边坐下来，姑娘就放下筷子：“我吃饱了。”

“才吃这么点？”纪亦睁大了眼睛，认认真真，“桑桑，你太瘦了，多吃点，尝尝这个牛柳，我觉得味道挺好……”

桑苑看着他，似笑非笑：“我太瘦了。我知道我身材不好，没有别人凹凸有致，不劳你提醒。”

“我不是那个……”

她似乎并不准备听完，端着盘子离开。

纪亦隐约有点不安，他决定去图书馆套话。

他把桌上桑苑刚刚看完的《这世界，相濡以沫》划拉过来，刚要翻开摆摆样子，书就被她抽走。

桑苑把书放回书架，在他的错愕眼神中重新塞给他一本《不如相忘于江湖》。

于是，纪亦决定下午大课间再作战。

周一是活动课开始以来，一班迎来的第一场篮球赛，他自然要出场。

他邀请桑苑观看后，她却微微一笑：“我没别的女生那么热衷篮球，我看不太懂，还真是不好意思。也许会有别的女生对你打篮球感兴趣。”

总之，问题很严重！

严重到纪亦不得不推出紧急对策。

可不管是李甘、李露兄妹，还是胡诗怡，都对此表示一头雾水。

甚至通过两位女生，委婉向陈静打听了一下，陈静也毫无头绪。

所以，他到底是做了什么坏事？他觉得他家桑桑和他说话时，眼睛里面都蹿着火苗。

百思不得其解。

李露回去的时候，拍了拍他的肩膀，叹了口气。

那一声叹息简直像重锤落在胸口。

没事，放学还能再战。

纪亦身在曹营心在汉，下午最后一节课下课铃刚响，他就忙不迭拎着包出门。

他想去校门口堵人。

可同样有人也在堵他。

等他一出现，七班那篮球队的男生就钩住他脖子："兄弟，什么都别说，跟我来。"

桑苑踩着人行道地砖之间的缝隙，努力让自己不偏离这条黑线。

四月白天不冷不热，不过傍晚开始起风，临近夜晚的凉意就一阵一阵被送过来。

她觉得自己幼稚无聊。

这描绘地面前进的方式像幼儿园的小朋友。

真烦。

她没来由地叹了口气。

田娆……

不，没什么。

她继续顺着直线前进。等地砖花纹陡然一换，直线被切断一米左右的长度时，她估量了一下，往前面一跳。

背后背包随着她蹦跶的动作，甩动着。

她跳得正好，完美地踩在了直线上。

唉！

她又叹了口气。

地砖时不时被别的花纹阻挡。

真烦。

这条线并不能陪伴她太长时间，等她转过街角，进入住宅区的时候，线条并没有跟着她转弯。

真烦。

新转入的街是窄窄的单行道，因为纯生活区域的关系，周围没有写字楼也鲜看见店铺。

路上一辆车都看不见，安静到似乎只剩下自己。

石子墙反射着夕阳，微微闪烁。

一点人烟都没有，让人生出浓浓的不安全感。

真……

她愣住。

窄街对面的人行道上，有人站在路灯旁，对她笑得天真甜蜜。

等她看过来后，那人挥了挥手，看看两侧，想要穿过街道跨过来。

桑苑却板着脸一指，意思是——

停下。不然我生气了。

纪亦乖乖站住。

她不再看他，往前面走。脸上一点表情都没有，可两颊又似乎有点鼓鼓的。

纪亦与她隔着不过三米多的街，从这边人行道陪她往前走。

街道也好，围墙也好，还有两侧三角梅都似乎成了模糊萤火。这条路没有尽头，前方安静透着微光，像是时间的隧道。

她一点余光也不分给他。

纪亦的脚步急促起来，跑了一段路，领先于她。

这样，她视野范围总算有了他影子。

他在前一个路灯停下来，转身看了看她。突然咳一声，他收了笑意，潇潇洒洒一拍手，做了段利落干净的动作，然后一吹自己刘海。

不过十秒钟不到的舞。

桑苑却像见鬼了似的看着他——

这舞和吹刘海的动作太眼熟了，是某个明星的标志性动作。

SMAP 队长。

她心里的烦躁突然一扫而空，抑制不住想弯起的嘴角，继续往前走。

若无其事。

纪亦再次跑到下一个路灯，隔了不远不近的距离，依然在她视野范围内。

这次是有点僵硬的舞姿，却透着股温文尔雅。在动作完成后整理一下头发。

是 SMAP 老三。

下一个路灯，他表情一股天然呆的味道。他摸了摸耳垂，看起来像是在摸耳钉。

是 SMAP 老四。

接着是阳光大男孩，咧开嘴角笑着，奶气十足。

是 SMAP 老幺。

如果说上周校庆时，他是大家的迈克尔·杰克逊，那么今天他是属于她一个人的 SMAP。

他用路灯灯柱挡住自己一半脸庞，略一歪头，弯着笑眼偷偷打量她。

石子墙后枝叶被风吹得轻轻晃动，翠绿缝隙间透过的光斑斜斜变成椭圆，在他身上摇晃。

眼角眉梢都亮得不像话。

桑苑觉得糟糕了，她强压的笑越来越难挡住，可她心情又很复杂，并不想让他看到自己展颜的样子。

她抿下嘴角，在纪亦停滞的时候，突然转身就跑！

如果这条路是时间的隧道，那就跑回小时候吧。

她混杂在来来往往纷乱人群中，也不知道自己在往什么地方去，也不知道拥挤人潮中纪亦到了哪里，一直到接近大桥的十字路口，她才被对面红色人行灯止住脚步。

旁边是下班的上班族，或打着电话，或三三两两说着话。

她茫然抬眼看看，背包在跑动时滑到臂弯，松垮懒散，她也懒得再背回去。

紧接着——

熟悉的气息自后笼罩住她，随之而来的还有他的手臂，藏在校服袖子下，看不见线条，却能感觉到十分有力。

又十分温柔。

从后面紧紧圈住她。

她后背贴在他胸膛上，似乎能听到心跳。

急促的。

没有车水马龙，没有人山人海，没有上班族。

城市在这一刻安静又空荡。

只有他俩存在。

GEBI
YIBAN
JITONGXUE2

第三章 / 人生百态

“我早就说过，我总能追上你。”纪亦声音和晚风一样轻柔。

他的话却让桑苑摸不着头脑，什么时候说过？什么时候听过这样一句话？

她沉默地站着，纪亦并没有解释。

不知道什么时候，有这样一句话悄悄走红：

“只要你肯迈出第 1 步，那我愿意把剩下的 99 步走完。”

甚至在初中毕业同学录上，都有女生小心翼翼给他写出这句话。

可纪亦对此并不赞同。

他在听到的第一时间就重新定义了它。

他故事的女主角从来只有桑苑一个，如果用于形容他和桑苑的关系，哪怕桑苑一步都不迈，他也愿意把剩下的路走完。

如果她朝反方向走，那他就加快脚步去追她。

反正桑苑没他跑得快，他总能追上她。

现在他追上了。

纪亦觉得她发丝上的蜂蜜香味中藏着酒，让人心醉神迷。

他略微垂着眸子。

桑苑个子真小。

纪亦抱她的时候，感觉她整个人都能窝进自己怀里，甜得想揉一揉。

他手指能稍微感觉到柔软身体的触感，从那里似乎蔓延出电流，在四肢百骸中奔窜。

抱着她就是抱着整个世界。

纪亦认为人生都圆满起来。

没错，人生。

刚才从班上出来，七班学生拦住他，那男生挠着头吞吞吐吐地说："纪亦，我有事儿找你。"

他心急如焚，又强装淡定："什么事儿？"

"大事儿。"

"多大？"

"特别大，第一大事。"

桑苑的身影在走廊另一端出现，影影绰绰，就那么一缕影子都能把他三魂七魄全部勾走。

纪亦再也等不及，冲他笑了笑："可我也有事，比第一大事还要重要。"

他郑重其事地强调："人生大事。"

他撇开朋友，匆匆追过来，怎么都没想到事情会发展成这个样子。

前段时间他光是想一想拥抱的画面，就忍不住面红耳赤，没想到现实会横冲直撞，让他一点准备都没有。

反应过来的时候，已经一步到位，如梦如幻。

可他没有想象中那么手足无措，甚至连他自己都不知道从哪里冒出来的勇气。

也许桑苑就是他的勇气。

他将她按在怀里，态度格外珍重："桑桑，王小波说过这样一句，我其实特喜欢。"

他声音清晰地背诵给她听："你生了气就哭，我一看见你哭就目瞪口呆，就像一个小孩子做了坏事在未受责备之前目瞪口呆一样，所以什么事你先别哭，先来责备我。”

桑苑安静地呼吸。

纪亦缓缓说:“所以下次,遇到事情的时候,你别生闷气,先来责备我,好不好？”

桑苑拧着眉，她不讲理地想，这不是闷气，这本来就该怪……

算了。

纪亦的怀抱太温暖。

她直勾勾地盯着对面，模糊看见红绿灯颜色发生了改变，她说：“纪亦，绿灯亮了。”

纪亦还维持着抱她的姿势，一动不动。

他声音轻颤，微哑中透出点撒娇的音调：“我们等下个绿灯再走。”

今天早上升旗仪式的时候，她似乎总结了一个经验。

心软是自律的头号敌人。

她当时决定好什么来的？

对，再也不对他心软了。

桑苑轻轻的：“嗯。”

愿望很美好，就是现实不听话，总会发生事与愿违的情况。

她感觉纪亦脑袋埋下来了一点，呼吸轻轻拂在耳后。

那若有似无的感觉直击心脏。

有个词叫——耳鬓厮磨。

风明明很凉，可她脸颊一点点热了起来。这词都是谁发明的，也不害臊。

“桑桑，我是不是做错什么事情了？”他轻声说，“对不起，我一定反省。”

可能是他的呼吸，也可能是他的声音，萦绕过来的时候，让他心脏柔软得不像话。

桑苑摇头。

他也不再追问。

绿灯亮了又熄灭。

纪亦松开一只手，摸了摸她的发丝，然后将手放在她脑袋上，唇瓣轻轻贴上自己的手背。

希望下次，这个吻不只是落在自己手背上。

他心里的迷鹿四处乱蹦，心跳声都快传到大脑之中，喉咙也一点点发干。

空气太燥热。

好半天，他喉头上下滚动一下，掩饰般地说："我现在真想快点毕业。"

只可惜话刚说出来，他立刻就后悔了。

他有点被自己声音吓到，微微沙哑，里面藏着蠢蠢欲动的东西，和本来的他不太一样。

好在桑苑没注意到他的任何异常，她冷静得不得了。

她说："纪亦，你说王小波，我才突然想到，有两本王小波的书我还没还给你。"

纪亦愣了愣，一时间不知道自己该做出什么样的反应。

他哭笑不得。

现在明明是他们俩的世界，偏偏王小波一而再再而三地插了进来——他的错。好端端的，提什么王小波。

他闷闷地回答："下次再还。"

桑苑点点头，小马尾拂在他脸颊上，又酥又痒。

她接着说："其实你刚才跳 SMAP 舞的时候，有个动作跳错了。"

王小波就算了，还塞进来一个 SMAP。

纪亦不吭声，抱着她装死。

然后，他听见桑苑说："对了，上周的迈克尔 · 杰克逊……"

他突然收紧了手。

像小时候她跟他学旱冰却盯着别人时，他所露出的咬牙切齿那样，一点都不凶狠，反而如同求宠的大型犬。

他打断她，难得霸道："桑苑，你现在只能提到你，或者我，不许提别人！"

"噢。"

桑苑停了一下："那……绿灯亮了，我们走吧。"

纪亦放下手，被她挫败到几乎跳脚。

可等看到她眉眼里熟悉的小恶魔的笑意时，他又傻乎乎咧开嘴角。

无所谓了。她开心就好。比什么都好。

日子轻飘飘溜走，桑苑认真准备着即将迎来的月考，除了学习不做他想。

她没把过多的关注放在她同桌身上，可她同桌和别人的聊天总能透出屡战屡败的味道。

桑苑倒是数次被陈静说"我家苑苑性格越来越开朗，心情也越来越好"。

四月月考结束后迎来的是五一长假。

纪亦和上次国庆节一样，借着看书做题的名头，再次把桑苑约到了图书馆一起自习。

午餐在图书馆外不远的饭馆解决。

据说老板是纪亦熟人，他家松鼠鳜鱼特好吃。这会儿人多，桌子挤，两人坐在饭桌同一侧。

服务员把饭菜一样样端上来。

桑苑看着盘子里炸成花形、淋上酱汁的鱼，突然想到初中时学的一句古诗。

"西塞山前白鹭飞，桃花流水鳜鱼肥。"

她突然抿着嘴，看向纪亦，一挑眉："小纪子。"

"嗻！"

纪亦娴熟地接她抛过来的梗，往后面背："青箬笠，绿蓑衣，斜风细雨不须归。"

他念完笑了笑，将鱼肉挑给她：“桑小主好才情。吟诗累了吧，吃点鱼肉补补体力。”

桑苑却没动，视线还在他身上，看了半天，鬼使神差地伸出手。

她食指指尖戳了戳他脸上的酒窝。

纪亦一愣。

他笑容扩大了两分，酒窝更加明显：“怎么了？”

桑苑皱起眉：“纪亦，我一直在想，你是不是跟着林澈学过表演？”

“我疯了？”他笑起来，“我成天学钢琴学画画学书法的，再让我学个表演，我还过不过日子了？”

应该加一句：成天跟在桑苑后面学钢琴、画画、书法。

他继续夹菜：“怎么突然问这个？”

桑苑摇摇头，略一思索：“我就是觉得，我身边的人说话都或多或少带点小毛病。”

她手指一根根按在手心，给他数：“陆之遥说话不张嘴，我总怀疑他是学日语的；周睿说话吊儿郎当，声音过于含糊；露露梅花音严重，她哥鼻音边音不分；但你好像没有一点毛病，字正腔圆，吐词清晰。”

她弯起嘴角侧着脸瞧他，手指轻轻一拉他袖子：“所以，你到底有没有和林澈偷师学艺过？”

“没有。”纪亦给出肯定的回答，稍微抿抿嘴，“我其实就一个想法，字正腔圆、吐词清晰，才配念你的作文，是不是？”

他冲她灿烂笑着，像小学时塞给她大白兔奶糖后，眼巴巴地等着表扬的小可爱。

桑苑别过头：“就会说好听的。”

不止会说好听的，还会做。

纪亦恨不得把所有最好的东西都给她。

可眼前只有鱼，他只能把最好的鱼肚肉放进她碗里：“桑桑，这里的肉肯定特别嫩。”

桑苑总算拿起筷子，不过还没吃上几口，就轻轻一撞他：“你看那边，是陈静。”

就在两人的斜前三排位置，坐着陈静。她背对着他们，穿着漂亮的圆点连衣裙，头发上别了个亮闪闪的发卡，垂落下来的发丝被精心打理过，卷曲着。

陈静一直给人大大咧咧的印象，这副打扮，和她一贯的风格不一样，意外地很淑女。

也正因为她迥异的造型，桑苑看了好一会儿，才勉强确定对方真的是陈静。

陈静对面坐着个男生，垂了脸，看不清长相。

纪亦循着声音，看了几眼，压低声音，一笑：“她怎么了，谈恋爱？”

“没听她说过……这种事情，她一般都会告诉我的。”

“也不一定。”纪亦想了想，随口说道，“可能有的人会介意‘早恋’这个形容，所以故意不说出来。”

毕竟这个年代，在大部分人眼中，早恋都是和问题学生挂钩的。

纪亦并不在乎别人虚无缥缈的眼光，但他绝不允许别人将“问题学生”的牌子挂在桑苑身上。

喜欢就是这么一种奇怪的东西。

恨不得立刻牵起对方的手，恨不得抱紧不松开，恨不得圈地为王宣誓主权。可名为喜欢的线又从背后死死拽着，提醒他现在还必须保持距离。

靠近与不靠近。

理智与不理智。

桑苑不说话。

纪亦怕她太担心，开始引导起来：“她最近有没有什么不对劲的地方？”

“有，精神不太好。还有，前段时间，我看到她脸上有没卸干净的妆。”

“女为悦己者容？”她摸不准陈静的状态，叹口气，“她家店就在这附近，要不吃完我们去看看。”

"好。"纪亦一口答应，"跟踪人我特有经验。"

她声音不紧不慢："跟踪谁？"

"我……"他笑了声，笑容很干，接着慌张生硬地把话题转移开，"桑桑，我们聊王小波怎么样？"

两个人把松鼠鳜鱼瓜分得差不多的时候，陈静和那男生也站了起来。

桑苑咬着筷子，远远看过去，发现陈静脸上果然又带着妆。这个年纪的女孩，脸上多出花花绿绿的颜色，总会给人奇怪的违和感。

她对纪亦使了个眼色，起身跟在了他们后面。

陈静没有像以前那样蹦蹦跳跳、咋咋呼呼，好像活泼天性都被这条淑女至极的裙子给桎梏了。

她一路上都很照顾那男生，但她看起来并不怎么开心。

如果说是约会的话，应该会比现在更甜蜜愉快吧？

陈静没注意到身后的他们。

十分钟后回到她家理发店外面，她和对方挥了挥手，露出个笑容。

男生转身离开。

他面朝这边的一瞬间，桑苑才看清楚他的样子。

个子不太高，偏瘦，模样不怎么好看，神情倒是挺傲。

纪亦和她关注的点不一样，从打开的杂志后看着陈静后面透明的店门："她要真是约会，在她家门口还敢这么明目张胆，不是很奇怪吗？"

刚才陈静突然站住脚步，两个人做贼心虚，立刻拐到一边报亭，随手拿了份杂志做掩饰。

一份杂志要挡住两个人不太容易，因此桑苑和他贴得极近。

纪亦又想到那天那个让他回味了无数次的拥抱。

事发当日勇敢无畏地抱了上去，可后来再想起，他到底会忍不住脸红心跳。

他在桑苑送他的台历上写下"第一次拥抱纪念日"，每天视线扫过去，他就傻乎乎高兴半天。

只恨身边没有贴身跟随的摄影师，他真想把那场景刻录下来。

并不是说他脑海中印象不够深刻。

只是——

他记忆中更深刻的是兴奋到嗡鸣的大脑，汩汩冲撞的血液，还有怀里真切绵软的触感。

他想看到更直观的，譬如说他们的姿势、他的表情、桑苑的表情……

纪亦心脏又疯狂跳动起来，这个状态太糟糕了，如果被桑苑察觉到的话，一定会认为他不纯洁。

他并不知道她会不会也回想那一天。

大概不会。

报亭老板将他自以为的紧张甜蜜氛围戳破，敲了敲铁皮窗口："那边小情侣，你们到底买不买？你们挡着别人了。"

他们后面站着几个初中生，踮着脚，试图穿过缝隙看他俩面前的动漫周刊。

桑苑回过神，看陈静还没精打采伫立在门口，久久不愿打开门进去，她从纪亦身边退开："我们直接过去问。"

"啊……好。"纪亦耳朵红着，不自然地点点头，看她马尾已经在甩动了，他才凑到窗口，"老板，这本杂志我买。"

"要袋子吗？"

"要。您能再说一次吗？"他一边拿钱，一边咬了下嘴唇，笑着，"您刚才说我和她是……"

"小情侣。"老板会做生意，哪有不明白的，"祝你们百年好合。"

纪亦带着本杂志开开心心地追上去。

桑苑已经站到陈静面前了。

大抵没想到会被好友撞破当场，陈静面色有点奇怪。

陈静看到和自己一样红着耳朵的纪亦从桑苑背后追上来，才渐渐回过神。

"你们怎么……"她张了张嘴。

店里传来母亲的声音："静静，怎么还不进来？"说着她左右一张望，"谁呀？"

陈静并不想让朋友们撞破家里的尴尬事儿，也不想让母亲出现在桑苑面前。

如果他们见识到她母亲所作所为的话，一定会露出瞠目结舌的表情。

她为此感到羞耻。

她硬着头皮回答："是苑苑他们。"

她妈妈见过桑苑好多次，过来开门："进来进来，苑苑怎么过来了？"

大中午日头正晒，理发店里没有一个客人。空气中各种不同洗发水的香味混合，飘浮在每一个角落。

桑苑跨上台阶走进去，选了个最能哄家长高兴的说法："阿姨，陈静让我给她讲几道题。"

如果是别人的家长，听到桑苑说出这样的话，一定会感到高兴。

陈静竟然露出有点悲哀又有点愤恨的神情。

果然，她母亲并不欣赏这样的话，瞟她一眼，唇畔含笑："这么勤奋做什么，瞎努力。"

瞎努力？

桑苑怀疑自己听错了。

陈静嘴唇动了动，结果什么也没说出来，沉默地领着桑苑往柜台后面走。

纪亦倒是拉着肩上的背包带子，大无畏地说："阿姨，我觉得陈静同学这个学习态度挺好的。"

陈母疑惑地上下打量纪亦几眼："这是……"

陈静生怕她妈又打上纪亦的主意，慌忙说："是苑苑男朋友。"

桑苑目瞪口呆地想要反驳，却被陈静掐了一把。

桑苑只能安静地乜纪亦一眼，警告他不要得意忘形。

纪亦笑得跟朵花似的。

陈母了然，笑了声："她学习态度是挺好，就是用错了地方。"说着，又看看桑苑，"苑苑以后有空也多来玩玩，静静肯定会想你们这群朋友。"

桑苑听陈母话说得奇怪，低声问陈静："到底怎么回事？"

陈母都把话说到这个程度了，陈静隐瞒不住，反正早晚他们得知道，她一咬牙，索性倒出来："苑苑，我下学期就不读书了。"

"不读了？"桑苑愣住。

陈静笑了笑，垂下眼睛的时候，眼皮上的珠光却显得黯淡："我得在理发店里帮忙。"

不只是桑苑，连纪亦都露出惊讶的表情。

这是个让人匪夷所思的回答，如果陈静不说的话，他们根本想不到这个。

他们是学生，他们的任务和生活就是学习。

虽说社会上能看到他们这个年纪的孩子已经早早开始工作，可那样的形象实在是太遥远了。仿佛是庇护所外面的世界。

突然有一天，读同一个班级，穿同一件校服的同学，也要进入那个世界，怎么可能不打他们一个措手不及。

"为什么？"桑苑呆呆地问。

理发店里的香味突然沉重，让人想要逃出去。

陈静没说话。

倒是她妈妈莞尔一笑："我们静静不是那块读书的料，在学校读书也是白费功夫。"

"可她现在……"

陈母摇摇头，打断桑苑："你们现在年纪小，只能想到读书，你们看不到更现实的东西。"

纪亦笑了一声，在柜台边吧台凳上坐下来："我们可能是看不到，阿姨您既然看到了，就给我们说说呗。毕竟陈静和我们这么久同学了，也不能不明不白就走了吧？"

陈母把理发椅转过来，面对着他们，还真耐心地说起来。

“你们也看到了，我就这一个小店子，指望不了她爸。博喻学费不低，静静又不像你们，是什么半免生、全免生，我们要负担她的学费，不太容易。”

桑苑说：“那可以去公立学校，公立学费便宜不少。”

她妈一摆手：“咱静静这个成绩，去哪儿都一样。”

桑苑不认同：“我们年级一千个学生，陈静年级排名是三百到五百，考个普通大学肯定没问题，再努力努力，重本都可以。”

“不是那个问题。”陈母手指敲着手心，“你学得五花八门出来，一个女孩子，到头来还不得嫁人？”

“学习和嫁人有什么关系？”

“女孩子找个有前途的老公，比学一身本事强多了。”陈母叹了口气，“学那么多做什么呢，嫁个在奋斗期的男人，总得在家支持他事业吧。你学的知识都用来做家务杂事，可不是大材小用吗？要找个成功男人，什么都不用做，每天吃喝玩乐就可以。”

“你看，给一大堆学费读书有什么意思，还不如早点学门手艺，帮家里赚赚钱。”

陈静为她母亲这一通理所当然的说辞，感到面红耳赤。

但从小就听着“学得好不如嫁得好”等话长大，她也想不出什么理由去反驳。

桑苑听得直愣愣的，连眨眼都忘记了。

穿上校服，大家都一样。

可离开学校的时候，又把人生百态清晰地展现了出来。

她想起自己的家，陆之遥的家……现在是陈静，所谓家家有本难念的经，倒真是如此。

纪亦反应快，立刻示意一下店门外，问：“所以刚才那男生？”

“人家是西南交大高才生，他爸是烟草公司管理层，毕业出来就能直接接手好工作，你说咱静静还能比别人更出息呀？”

桑苑扭头：“陈静，你怎么想的？”

陈静支吾着，没有说出个所以然来。事实上，她也不知道应该怎么想，她现在比谁都要茫然。

她当然想要读书，可连她自己都不知道，读书是为了什么。

只是为了享受学校生活的话，那确实是浪费钱，她家拿不出那么多钱。

如果说以后和那个人结婚，支持那个人工作是既定事实，那也许她现在朝着这个目标努力就可以了。

可她还是觉得哪里不对，越想越委屈。

纪亦笑了笑，开了口："阿姨，您说了个现实的，那我也说个现实的怎么样？"

他看一眼陈静："您看陈静也就才 17 岁，距离结婚还有很多年，要万一中途出现什么变数，比如那个男生有了别的女朋友一类的，怎么办？"

陈母很冷静："所以，静静才更需要时间去看住他。男人嘛，靠不住。"

纪亦眼神立刻闪动起来，一股机灵劲儿："阿姨，您说话挺矛盾的。一边让陈静靠男人，一边又说男人靠不住。再说了，人硬是要看住，确实能看住，但心看不住呀。"

到陈母这个年纪，有那么一部分人早就失去了浪漫情怀，眼睛注视的则是更加生活化的东西。她不在意："人和心都可以不管，管着钱就可以了。"

纪亦点点头，继续笑："那我接着说另一个现实的。想要管钱，首先得对方能赚钱……不是我说，陈静读书的钱，不也是靠您支持的。您可是女性呀。"

陈母眼睛别开："静静的情况和我不一样。"

"哪里不一样？"纪亦心里敞亮，"学历不一样，还是手艺不一样？"

教育程度越低的人，就越不重视学历。

陈母草率地决定陈静未来，不外乎是因为看不到更高层面的东西。

事实也确实如此。

要陈静真走了她的老路，那就完全一样。

一样的高中学历，一样的理发手艺。

陈母不同意纪亦的说法："静静现在已经开始努力了，我敢打包票，她会成为最好的贤内助。"

"那咱们就回到一开始的问题上了。陈静这么努力，要是那个男生的未来规划发生变化了怎么办？这和陈静努不努力没有关系，这是对方的问题。"

他眨眨眼，睫毛一扇："您看咱们刚才说了半天，您也不知道对方要是没和陈静结婚，还有什么办法。说到底，因为陈静只有一条路可以走，其他路，被焊死了不是。

"阿姨，和您独立开店赚钱一样。我觉得女孩子是独立的个体，并不是任何人的附庸品，她应该有自己的生活，她有权决定自己想要什么生活。"

陈静只能支持别人的事业。

但是桑苑就不同，他家桑苑不管想做什么，他都会双手赞同。

哪怕桑苑身边没有他，她选择的机会也有很多。

纪亦缓缓说："您觉得年纪越小的女孩，就越有选择权。但真正的现实是，越有能力的女孩，才越有选择权，不管是事业，还是感情。"

陈母沉下一口气，无可奈何："小伙子，你道理说得是好，但很多时候，道理在现实里面是行不通的。我职高一个女同学，本来样样不如我，可人家嫁了个好老公，现在生活……"

纪亦跟着她的声音不住点头，一副极有礼貌的样子。

等陈母说完之后，他露出小白牙笑得可爱："阿姨，有个词叫'幸存者偏差'。您就在意了那个曾经不如你后来却嫁了个好老公的同学，可其他同学呢，所有人都有她那个好运气吗？"

陈母一时没说话。

纪亦看看陈静："丈夫好不好、上不上进，不是女性努力就能有结果的事情，说到底是看对方。我觉得，与其这样被动地等着别人来选择自己，还不如让自己变得更好，有更多主动选择别人的权力，是吧？”

陈母叹气：“你们是还没走上社会……”

文化越低，思想就越老旧，也越难听从别人的劝告。

就像他刚才所说，被动地接受别人安排，还不如自己努力变好，让选择的路变多。

纪亦又挑着陈母刚才的话来说：“阿姨，您刚才说陈静能有那个男生厉害吗，万一能呢？”

他那酒窝特乖巧，满脸好商量的样子：“您就再观察观察，高一高二都这么过来了，咱不差这个高三是不是，好歹让陈静拿个高中毕业证吧？说不定她比别人成功多了，还能上个南大、浙大什么的，您不是丢了西瓜捡芝麻？”

他又看看桑苑那边。

明白过来纪亦的意思，桑苑立刻问一声：“静静，你想读书吗？”

陈静点点头。

陈母叹了口气。

刚才的话虽然不能改变陈母根深蒂固的观念，却让陈静有种醍醐灌顶的感觉。

她也不知道哪儿来的勇气，声音突然扬起：“妈，我想读书，好歹把高中读完！”

陈母一皱眉。

陈静站得笔直，盯着陈母：“如果期末我进入班上前十了，就让我继续读书好不好？”

“你期末考进前十？”陈母笑了笑，“那又怎么样，你能考上什么南大、浙大吗？”

“能！”陈静斩钉截铁地回答，“只要你能让我读完高三，我肯定考上。我要是考不上，我打工还你钱！”

陈母盯了陈静半天，满脸不悦，若非还有外人在这里，怕是想要对陈静翻个白眼了。

“随便你。”陈母不耐烦地说了句，又赶紧补充，“你先考到班上前十再说。”

“你等着。”陈静信誓旦旦。

陈静将他俩送出来的时候，下午时间刚刚过了一半。

天空澄碧，连丝云彩都看不见，树上翠绿的叶子有如水洗。

她还有点因为母亲的表现而残存的丢脸感，抬起脑袋，却不怎么敢看他们。她语气极其诚恳：“谢谢你们，如果是我自己的话，根本就想不到那么多，还是你们想得通透。”

桑苑目光越过她的肩膀，看看后面的玻璃门，一笑：“没事。倒是你，现在目标是进班级前十，这目标可不是说说就能完成的——不过，我也会帮忙。”

想到这个，陈静略微叹了口气：“话是这么说，但我妈以后会不会反悔还不确定呢。”她嘴角一弯，“但我绝对要努力进前十。”

桑苑点头：“你必须超过你妈觉得优秀的人才行。”

陈静跟着他们走了几步。

刚才口若悬河的纪亦,不知道是不是故意把时间留给她们两个好友，陪在一边，却一言不发。

陈静看了他几眼，眼睛突然闪烁起来。

“对了，我之前就想问，你俩怎么会在一起？难道你们是……”

她的郁闷和没精打采都一扫而空，又恢复到以前咋咋呼呼的模样，让桑苑为此松了口气。

但想到陈静说的话，桑苑又觉得纠结。

兜兜转转，这姑娘的心思还是放在这样的事上面。

桑苑回答：“没有。”

“还没有。”有另一个答案，是她开口的同时响起来的。

轻快爽朗，出自纪亦。

没有和还没有，仅一字之差。

可偏偏多出来的那一个字让事情变得扑朔迷离又意味深长。

陈静"噢"了几声，久违的八卦劲浮现上来。

她选择无视掉桑苑的回答，相信纪亦："怪不得。我每次看你们凑一块儿都觉得奇怪。"

桑苑问："怎么奇怪？"

"明明看起来像是没什么接触的人，但就是有种奇怪的氛围。苑苑，你藏得可真深。"

"没有。"桑苑一本正经，"我只是没把这件事说出来而已，我觉得没什么好宣扬的。"

"你俩到底什么关系？"陈静再次和他们确认。

纪亦咬住嘴唇，酒窝透出股羞涩意味，眼睛不住地往桑苑方向瞟。

被他拥抱过，也没有反驳报刊亭老板"小情侣"称呼的姑娘此刻却极力撇清关系。

"别胡思乱想，我和他就只是从小一块儿长大而已。不只是他，还有李露和李甘。"

纪亦在心里叹了口气，再熬个高三，只剩一年了，不着急不着急。

他郁闷地将路上的石子踢到垃圾桶边。

陈静笑嘻嘻地说："原来是青梅竹马，情谊深厚。"

纪亦胡乱点头。

桑苑也笑："陈静，你要是想考进班级前十的话，就少想这些乱七八糟的事情。"

她淡定的语气里面又透出严格，继续说："五一节我和纪亦都会在图书馆做题，你要是可以，就一起来，我们还能帮你辅导辅导。"

"我当然来！"陈静在这种事情上可不昏，她拍拍桑苑，"不过，不用你俩都帮我辅导，你一个就行，我不借用你家纪亦。"

她对纪亦一眨眼。

纪亦了然地回眨一下，扬起笑。

桑苑依然面无表情："数理化我可讲不出来，就算你这么说，我也必须借给你。”

这反应。

陈静表情更加微妙。

以前陈静稍微把桑苑和陆之遥扯在一起，她就会忙不迭地辩解澄清，还会抠着字眼一个个解释。

可现在……

纪亦还真是她家的。

陈静心情特别好，顺着桑苑的话重复一遍：“那我就恭敬不如从命，暂时借用一下你家纪亦。”

你家，你家。

桑苑不太自在，横了她一眼。

只是下午太热，她懒得和陈静计较而已。陈静到底要天马行空联想到什么地方才肯停？

桑苑站住脚步：“行了，别送我们了。静静，下次你有事直接告诉我们，不都说三个臭皮匠赛过诸葛亮，大家一起想办法，总能让事情变好的。”

陈静点点头。她犹豫一下，突然伸出手，狠狠拥抱了桑苑一下。

“谢谢你，苑苑，你真好。”

第二天早上开始，陈静果然加入了他们的学习队伍。

陈静以前觉得学习理科需要天赋，譬如大部分男生，天生就偏向理科，就算不听课，也能学得如鱼得水。但看到桑苑厚厚一本练习册的时候，她还是露出了惊讶的表情。

别人成功不是没有道理，付出的是比其他人多出数倍的努力。

陈静情况和桑苑差不多，语文、英语相对更好，数理化则是薄弱项。

她是高一基础没打好。

数学化学都似懂非懂，欠账不少，做题全凭灵感。

物理则是根据老妖婆态度而定，只要老妖婆没那么针对她的时间，她就学得特别好。

纪亦看陈静做的测试题，觉得和狗啃了似的，质量参差不齐，最后长叹一声，还是决定从高一开始给她顺知识点。

他是一心两用的高手，能够一边帮陈静顺前面内容，还能一边关注着桑苑的一举一动。

看到桑苑咬笔头，他就会立刻在草稿纸上计算，最后把超纲题的答案和思路一起给她。

高二上学期桑苑的成绩突飞猛进，除了本身的努力，估计和纪亦也脱不开关系。

陈静脑袋里各种记忆点冒出来，连成线，发现这两个人当真是厉害。

看起来若无其事，一切都理所当然，可有了头绪以后，才知道纪亦每次在七班出现，目的性都极强。

有时候是帮桑苑解围，有时候是指导做题，有时候是端茶送水。

她忍不住想笑，特想和桑苑说，毫无暧昧的关系根本不需要隐藏，正因为里面藏着别的心思，所以才会装模作样。

陈静也会在做完题后顺着纪亦视线，一起看向站在书架边找资料的桑苑，然后诚恳地请教："纪亦，你说你为什么会喜欢桑苑呢？"

纪亦看一会儿，手指间的笔转动、掉下、捡起来再转动，最后蓦地一停。

他指指窗外蔚蓝天空："这是什么？"

陈静回答："天空。"

他又指远处影影绰绰的黛绿："那边呢，是什么？"

"是山。"

"这不就对了。"纪亦往后一靠，笑眼弯得甜蜜，"你问我为什么喜欢她，就好像在问我山为什么是山，天空为什么是天空一样，那不是理所当然的结果吗？"

陈静似懂非懂。

她还是不太了解十七岁的喜欢到底是什么。

但这没有关系，经过一个月的魔鬼训练，在接下来的第三次月考，她成绩有了前所未有的突破。

全班第十五名。

进入高中以来，她第一次考到班级十五名。

而桑苑打破连续两次年级第三名的困境，重回了第二名宝座。

六月七日和六月八日是高考日。

按照惯例，博喻英中的所有教室都会被征用为考室，高一高二学生这两天将在图书馆或者大礼堂进行自习。

不过今年有点不一样，一楼办公室几个老师商量了一下，认为这两天换了学习的地方，学生心思很难放到学习上。

与其逼着让大家学得心不在焉，还不如痛痛快快让他们玩两天。

于是，几个班决定组织一次野炊。

最终敲定参与野炊的班级有一班、三班、四班、五班、七班。

张胖子本来并不同意他们的申请，奈何五个班的老师轮流上阵，围着他软磨硬泡，最后他不得不批准下来，然后百般叮嘱，一定要注意安全。

去野炊的前一天，胡诗怡说第二天会带小蛋糕过来。

陈静立刻露出极其感兴趣的样子："不如我们一起去诗怡家帮忙吧？诗怡，可以吗？"

胡诗怡急忙点头，已经慢慢尖下来的下巴，因为抿嘴动作而稍微泛起皱褶。

一行人一拍即合，加上桑苑、李露，总共四个，下课后浩浩荡荡往胡诗怡家杀去。

然后，不知道为什么，路上遇到了纪亦和李甘两人。

于是，他俩也莫名其妙跟了过来。

胡诗怡家挺大，厨房是电视剧里才能看到的开放式厨房。

陈静一进门就啧啧赞叹，胡诗怡被夸得有点不好意思，赶紧说："我家这会儿没人，我们赶紧工作吧。"

他们各自分工。

桑苑和纪亦负责蛋液的调配，还有加入面粉后的搅拌。之前一切都很顺利，不过在撒面粉的时候，意外撒多了些。

没想到袋子里的面粉会一股脑滚出来，桑苑生怕超量后让前面作业都前功尽弃，情急之下，带着袋子往旁边一移动。

面粉洒了一小团在桌面，她拿碗的那只手上也沾了不少面粉。

她看看自己的手，又看看桌上一团白末。

不知道是不是童心使然，她居然伸手，让手压在上面。手心里粉末滑腻又僵硬地一块块移动，仿佛还发出咯吱的声音。

她玩得不亦乐乎，好一会儿才让手指从柔软的面粉中抬起，脑袋转了一圈，往周围一扫，总算意识到自己有点不务正业。

她手心和手指上都是雪白一片。

桑苑嘴角略提，往洗手池移动，想先去洗个手。

纪亦还站在案板前，死死盯着面前的色拉油，在脑中估计着 500 克的色拉油大概能有多少。

他一直是站姿笔直端正的人，校服袖子被拉到了臂弯处，睫毛略垂，脸上严肃的表情让桑苑一瞬间想起一个词语——

如临大敌。

仿佛即将面临千军万马，这副模样，让她怀疑他到底能不能学会之前说好的炖牛腩。

桑苑回忆被勾起，情绪略微复杂，喊了一声：“纪亦。”

好像从小到大，这个人每次下定决心要攻克什么难题时，都会露出这样的表情。

至于难题……

大抵源头是在她身上。

纪亦转过脸，睫毛扇了下，先是有点茫然，片刻后又笑：“我已经尽力了。”

他不好意思地指了指碗，一抬眉：“我还是不太清楚，这里到底有没有 500 克……”

他话还没说完，就停下来，睁大了眼睛。

桑苑抬起头，手指在他脸上细细描绘着。

事实上，连她自己都不知道自己在做什么。

看见他眼睛里熠熠生辉的光芒时，身体比大脑更快做出反应，不给人一点反应的机会，手指就触摸上了他的脸颊。

纪亦感觉她指尖在画着什么图案。

他一动不敢动，连呼吸都屏住，只能用眼角余光去瞥她。

桑苑表情认真，她不够高，举起手来费力，所以不知不觉间，纪亦弯着腰，尽可能让她方便行事。

手指每一下划动，都像是细软的羽毛，轻飘飘的。

纪亦一点也不觉得做蛋糕像是上战场一样了。

相反，是挠心的事。

他希望桑苑不要注意到他赤红的耳朵。

她每画几下，就用指尖去沾一点面粉。

好半天才停下来。

纪亦深吸了一口气，平复着自己心跳，若无其事地问："你刚才画了什么？"

桑苑笑起来："画了你。"

"真的？"他还真是说什么信什么，眼里立刻露出高兴的情绪，"是不是特别可爱？"

打桑苑和他说过可爱这个词后，他就特别喜欢听她说可爱。

桑苑看着他脸颊上那东西，勉为其难点了下头："我觉得挺可爱。"

如果换作小时候，这家伙看见画，估计会气得够呛。

但他后来越挫越勇，被她气过很多次之后，总能天真乐观地帮她想一个给他的说辞。

纪亦这下笑都不敢笑，只能拼命用眼睛传达他的心情。

他怕破坏她的杰作。

他问："我能去看看吗？"

声音巴巴的，桑苑觉得他背后看不见的尾巴在不停摇啊摇。

“不行。”她一口拒绝。

纪亦听话地留在原地，表情不知道该说是期待还是失落。

过一会儿，他又请求：“那我也能画吗？”

桑苑想了想，侧过去站直身体。

纪亦学着她，兴冲冲地用白末在她脸蛋上勾勒，线条起伏勾转，最后漂亮地一收尾。

桑苑没问他画了什么，他却笑容灿烂地主动开口：“我也画的你。”

“噢。”她冷淡地应了声，“我去洗手。”

“那我去把东西端给李甘。”

他俩分头行动。

洗手池里塞满了他们工作时不节制使用的碗筷，桑苑觉得自己不要在碗筷上洗手比较好，因而她转身又去了洗手间。

水从龙头流泻，将手上滑溜溜的面粉冲洗干净。

她清理完，抬起眼睛。

台面上不巧就是镜子。

她注视着脸颊。

看到纪亦认认真真画出来的东西，再对比自己刚才画的……她突然有点心虚。

和他以前狂放的底稿风格不一样，是精心细致描绘出来的花。

虽然材料和画笔都不拘一格，但花瓣细腻，整体美丽可爱，用心程度可见一斑。

桑苑干笑一声，突然不太敢出去了。

还是躲在这里比较好。

纪亦把东西端给李甘，而后一直不离开，在他面前乱晃。

直到李甘表示“我看见了”，他才停下来，嘴角略略一弯，指了指自己右脸：“桑桑说画的我。”

李甘笑起来：“哥们儿，你家桑桑真有才。”

对。没错。

那可是桑苑！

纪亦一挑眉：“好看吗？”

李甘慢条斯理地摸出手机，用反光的黑色屏幕面对他：“你自己看看不就知道了。”

纪亦笑了笑，表情看起来像是在夸他懂事。

他把手机接过来，侧过脑袋后目光一转，落到屏幕上。

然后，笑容渐渐消失。

他脸上的画是一头猪。

到了第二天，在其他班学生羡慕的视线中，几个班学生开始做着野炊前的准备工作。

有的班级在准备食材，有的班级在准备餐具，还有的负责搬运和统计。

胡诗怡把昨天晚上烤好的小蛋糕拿出来，准备分给大家。

找了一圈才发现，这会儿只有陈静一个人在。

桑苑和李露似乎是去小卖部买饮料了。她先把两个人的蛋糕一并交给了陈静，又看着多出来的两份发愣。

一份是给纪亦的，一份是给李甘的。

但是，能帮忙传东西的人一个也没在——

眼下马上就要集合了，到时候是集体活动还是分班活动都不清楚，她只能自己过去一班了。

胡诗怡把蛋糕口袋放在背包最上层，一打开就能拿到。

一班的包车来得最早，这会儿纪亦和李甘正帮忙把野炊要用的各种东西放到车厢里。

两人本来聊着游戏，说说笑笑的，见到胡诗怡出现之后，纪亦立刻给李甘递了个暧昧的眼神，双手一举，转身就走。

胡诗怡想要叫住纪亦，告诉他也有他的份。奈何纪亦走出没两步，就被其他男生拉走，她只能作罢。

李甘挠了挠头。

他自然卷的头发显得乱糟糟的，让胡诗怡不自觉想到有标志性鸟窝头的金田一耕助。

他问："有什么事吗？"

他目光有点奇怪，似乎穿过她落在别的什么东西上面。

以前胡诗怡因为糟糕的皮肤状态，不敢和别人对视。

而现在，只要视线对上李甘，会让好不容易才变好一点的她更加紧张，她都不敢抬头了。

胡诗怡强作镇定，垂头把东西拿出来。喉咙里说出来的话虽然没有停顿，却让人觉得磕磕巴巴。

"这是昨天晚上在我家做的蛋糕，你们也帮了忙，所以有你们的份。你和纪亦。"

李甘接过口袋，他笑了笑，眼睛下面还有脸颊旁边出现两道窄窄的褶子，眼睛眯得快看不见眼珠。

他点点头："好，一会儿我交给他。"

胡诗怡说声"麻烦你了"，转身要回自己班上。

打高一被周睿还有以前初中男生找过麻烦后，她就不太擅长和男生接触。

平时来往最多的也就纪亦和李甘，但这两个人都让她觉得紧张。

纪亦是因为学校风云人物的标签，仿佛和她不该是同一阶层。虽然对方人很好，但接触时她还是有些压力。

按理说，李甘应该是更加接近她这个阶层的人，但是……

不知道为什么，也让人有压力。

她转过身后稍微松了口气。

不过，她还没来得及迈开脚步，李甘声音再次响了起来。

“等下。”

胡诗怡回过身来，露出茫然的神色。

她看见李甘上下翻找了一会儿,然后抬头对她眯眼笑了笑,扬扬下巴。

胡诗怡不太确定他意思, 迟疑着伸出手, 看到对方赞同的眼神之后, 才摊开手心。

李甘手握成拳，在她手掌上方，稍稍松开。

他礼貌地保持着距离，没有触碰她皮肤，只有东西滚落到她手上。

话梅糖。

她怔忪看着。

李甘清了下嗓子，没笑了。

他脸形瘦削，下颌骨比较宽，看起来有种硬朗过头的感觉。可这会儿手里握糖的样子，又让人生出强烈反差的柔软感。

他俩从头到尾都没有对视一眼。

不知名的虫在周围嘶鸣，让人心情乱糟糟的，莫名情绪中，她甚至不知道自己应该说点什么。

到最后，她几乎是故意装傻试探着说：“我会转交给李露。”

这样最好，免了自作多情的难堪。

不料，李甘却严肃地否认了：“不是给露露的。”

他舔了下嘴唇：“是给你的。”

胡诗怡太阳穴都突突跳了起来，脑海波浪撞在礁石，碎成水花。

她听到自己声音说：“谢谢。”

仿佛不是出自于她，惊诧却柔和。

胡诗怡的身影消失在一班。

李甘又挠了下头，他也有点云里雾里的感觉。

不知从哪儿冒出来,也不知道看了多久戏的纪亦拍拍他瘦削的肩膀，一竖大拇指，眼睛睁圆，模仿着《火影》里的阿凯老师：“小李，你终于有长进了。努力吧，年轻人，这就是青春！”

李甘也郑重地一点头：“为了小樱，我一定要战胜佐助。”

“佐助是谁？”现实里。

“是我的心魔。”

李老头站在大巴旁边，声嘶力竭喊起来：“一班学生，一班全体学生过来集合！”

纪亦开口说了声“走吧”。

李老头在人群中找着他，招手：“纪亦，过来点下名。”

确认了所有学生都到齐后，李老头挥着手让大家上车。

因为租用的是公交车，上面座位有限，纪亦站在车门斜下方，拍了下手扬起声音：“女生先上，男生等下，都别挤！”

女生们一个接一个上去，三五成群找着座位。

过一会儿就叽叽喳喳闹开，欢喜雀跃。

然后男生们才慢慢上来，座位都坐了人，他们自觉地站在过道或是站立区。

有好几个小男生想要站在喜欢的女生身边，舍不得挪动。任凭别人催促推挤，也不动如山。

等所有人都全部上去，纪亦看了眼——

前门被堵死了。

站着的全是班级绯闻中心的人物，一个个或是忐忑，或是期待，或是狡黠。

他笑了声，也不戳穿他们，认命地走到巴士后门，上车。

车门尚未关闭，外面阳光斜斜洒进来。

李老头在人群中大声问：“再看看，再看看，是不是所有人都到齐了？”

人与人之间贴近，温度骤然上升，车厢里充斥着年轻人的热度。

吵吵嚷嚷间，李老头声音几乎被吞没。

纪亦拉着上面的扶手，透过敞开的车门往外看。

今天天公实在是作美，和风旭日，云飘成絮，蓝白相映。

让他想到初二去藏区时，在旗帜翻飞的高原上看到的也是这么遥远澄碧的天空。

他那时候真想让桑苑也看看如此漂亮的风景，他认为她一定会喜欢。

纪亦只走神了一分钟不到，眼角余光就捕捉到了两个小小的身影。

他注意力立刻回笼，微微笑着看不远处两个女生的动作。

桑苑和李露在说着什么，看起来心情挺好，走走又停停。

片刻后，李露突然露出恍然大悟的神情，把东西往桑苑手上一塞，转身匆匆往回跑。

桑苑愣了愣，摇摇头，拎着东西往回走。

她从一班公交车旁边走过。

纪亦视线跟着她移动，都不知道自己应该注视她眼睛还是嘴角，抑或是闪烁的发丝。

正觉得忙不过来，本来快要走过的桑苑却停下脚步，转过脸。

她视线一瞬间和纪亦对上，隔着不远不近的距离，他在车厢阴影中的眼睛很明亮。

桑苑看着他傻乎乎的表情，又想到昨天晚上在他脸颊上画的那头猪。

她抿了下嘴，片刻后，眉眼弯弯笑起来。

小虎牙尖尖的，酒窝也难得浅浅露出个轮廓。

真是糟糕。

纪亦吞了下唾液，他心脏都快被刺激出毛病来了。

他盯着桑苑的酒窝，恍惚到了极致，心跳快如擂鼓。

以前的喜欢在时间中酝酿发酵，渐渐生出来别的东西，更加强烈澎湃。

是想要得到回应。哪怕只是一个笑容，他就高兴得不得了。

司机开始发动车子，脚下的车厢地板上下震动。

李老头又在人群中大声喊："人都到齐了吧，站稳了，准备出发！"

车子的震动幅度加大了一点，车门发出咯吱的声音。

不知道为什么，时间变得很慢。走动的人，拂过的风，甚至一点点合拢的车门都变得缓慢。

纪亦松开扶手，拉着背包。大脑似乎没有做出反应，又好像在兴冲冲地尖叫指挥。

然后，他根本不记得发生了什么，在车门合上的最后一瞬，从台阶上跳了下来。

车门“啪嗒”扣在一起。

巴士车轮转动往前行进，一扇扇车窗依次映着他的背影。

桑苑错愕地看着他。

纪亦却跟个没事人似的，笑得灿烂。

“你……”

他快步走过来，一只手接过她拎着的口袋，一只手顺便揉揉她头发：“我被我们班抛弃了。所以桑桑，你行行好，收留一下我怎么样？”

桑苑还保持着刚才的目瞪口呆。

纪亦让人措手不及的行为，还有近乎耍赖的说辞，让她不知道该摆出什么样的表情。

她看着他大大咧咧把饮料和零食一大包东西往怀里一抱，好半天，才皱起眉：“你就这样跳下来，不怕到时候李老师发现了找你麻烦？”

他家桑桑真好，在担心他。

纪亦抿了抿嘴：“没事儿。兵来将挡水来土掩，我总有办法应付他。”

“你悠着点，就你会耍机灵。”她露出对待小辈一般的表情，想了半天，还是无可奈何地问出来，“你到底为什么要跳下来？”

“我也不知道为什么。”纪亦轻声咕哝，他眼睛里面也有同样的茫然，“我就是突然想要站到你身边来，因为我想，所以我就这么做了。”

他在桑苑面前做事不需要太多理由，或许也因为理由太多了，所以反而不去想了。

说完这些，他再次不好意思地补充：“我一看见你，脑子就不太好使。”

“好像是不太好使。”桑苑点着头给出肯定的回答。

看见纪亦仿佛小狗一样委屈的眼神后，她笑出来：“那现在怎么办？你总不能假装是七班学生，光明正大上我们班的车吧？”

纪亦往旁边张望几眼，轻轻握住她手腕：“没关系，我偷偷上去，你就负责把我藏好。”

那边终于传来他们班长的喊声：“七班的，赶紧上车准备出发了！”

桑苑看看他：“那你见机行事，别被老杨抓住了，他因为上学期我给你讲文言文的事儿，还惦记着你呢。”

“好。”

纪亦又笑了笑，带着安抚的意味。

七班和一班不太一样，他们租用的是更加讲究的大巴车，也并没有组织学生有序地上车。

所有人都一窝蜂往车上挤，陈静凭着她无论何时都能冲到人群第一个的特殊本事，轻轻松松抢到大巴倒数第二排的位置，这里坐起来最为宽松舒适。

李露、胡诗怡则是坐在她身后的台阶座位上。

一切就绪，她往门口张望，迫不及待想要向桑苑炫耀自己一阵风的技巧。

不料她等来的不是桑苑，而是个意想不到的人物。

陈静差点没叫出声来，见纪亦对她比了个“嘘”，她赶紧捂住嘴：“你怎么会在这里？”

纪亦跨进去，看了看。

过道对面的几排车座尚且空着，前边的学生们则在兴奋地讨论自己的事，没人注意到这边。

他蹲下身，笑着解释：“刚才不小心跳下我们班公交车了，所以过来蹭下你们的车。”

到底是不小心，还是故意为之？

在场的人恐怕没人会相信纪大少爷的“不小心”三个字。

陈静问他：“苑苑呢？”

“你们班主任叫住她了，好像是在说学习上的事。”

陈静点头表示了解。

桑苑过了两分钟才上来。

看来之前她就和纪亦通过气儿了，态度淡定。

她坐进里面的时候，还半同情半讥笑地对他说了声：“真可怜。”末了，又傲慢道，“谁让你做事不考虑后果。”

小马尾随着仰头动作，骄傲地晃动两下。

纪亦笑脸应对：“我其实对这个后果挺满意的。”

脸皮是真厚。

桑苑瞪了他一眼。

门口再也没有学生出现，七班班长站起来，拿着点名册一一喊了一遍名字。

班上学生全部到齐了，大巴车轰隆隆热了下身，震颤几下，终于也出发。

这位置宽敞，桑苑本来个头就小，不怎么占地，但她还是往陈静那边挤了挤，问一旁尽职尽责藏好的人：“欸，你这样难不难受？”

纪亦摇摇头。

可车上没开空调，现在又闷又热。

桑苑并没有把纪亦说的话当真，想了想，将背包垫在腿上，指一下：“要不……”

她动作已经表达到位，声音却有点迟疑。

迟疑的时候，眼睛有些不自在地往旁边转一下。

陈静立刻回过神，大笑着转开脸："我不看我不看，少儿不宜。"

桑苑撞撞她："你闭嘴。"

她脸上微微发红，对着纪亦把刚才没说完的半句说出来："要不，你趴一会儿？"

纪亦点头如捣蒜，一脸期待："好。"

他胳膊趴在背包上，脑袋则搁在手臂上，然后抬眼一动不动注视着桑苑。

陈静信守承诺，越过走道和学生，看向另一边窗户。

她戴上耳机，来来去去听着周杰伦的《简单爱》，心里特开心。

看别人谈恋爱也真是一件甜蜜的事情呀。

她收回以前觉得桑苑和陆之遥同桌邻居标配一对的想法。

还是纪亦适合她家苑苑。

瞧瞧这一年，苑苑身上发生的变化——

纪亦很神奇，他好像有天生的影响力。仔细想想，他身边的人似乎都挺积极乐观的。

桑苑也越来越阳光灿烂，各方面都露出比以前轻松不少的模样。

人啊。

小情侣啊。

陈静又笑一声。

桑苑正自上而下看着纪亦。

碎碎的额发下面是乌黑的眼眸，流光溢彩，仿佛一汪水在其中泛着涟漪。

她沉默一会儿，弯起嘴角笑了笑："初三毕业的时候，我去中心公园玩。中午饭点，我随便买了个面包，然后在林荫道的长椅上坐着休息。"

纪亦认真看着她，扬起尾音轻轻"嗯？"一下。

"过了一会儿，有条漂亮的大金毛凑过来，在我面前来来回回转悠，可怜兮兮地盯着我的面包。我觉得它可爱，于是稍微撕了点面包喂它。结果，它赖上我了。在它主人过来找它之前，它就坐在我面前，脑袋靠着我膝盖，用水汪汪的眼睛看着我。对了，它主人是个老爷爷，头发花白了，但是精神特别抖擞，也很和蔼。分别的时候，老爷爷站在路口，先对我笑了笑，才喊那大金毛——”

纪亦眼睛睁开了，双眼皮的褶皱顺着眼睛线条蜿蜒展开，格外漂亮，表情要多专注有多专注。

桑苑抿着嘴角，眼睫垂下时，杏眼透出使坏的感觉。

她缓缓开口：“喊它，纪亦，回家了；纪亦，回家了……”

他？

大金毛？

纪亦回过神，嘴角垂下，眉头也皱起，努力想让自己看起来超凶：“桑苑！你又……”

他都不知道该怎么说了，就像桑苑对他的无赖束手无策一样，他对她小恶魔般的捉弄也束手无策——不，实际上是甘之如饴。

桑苑去摸他柔软的头发：“乖。”

他超凶的气势坚持不过一秒，她手一放上来就立刻破功。

桑苑刚才那个眼神真是软得让人心动。

纪亦想，她口中那只大金毛要是看见她这么柔软的模样，一定会开心到摇尾巴叫出声的。

他抿了下嘴，片刻后，看着她的手指，好奇宝宝似的讨论：“你说，你揉我脑袋，和我揉你脑袋，有什么不一样的？”

桑苑没想过这个问题，诧异起来：“还有不一样的吗？”

“当然！”纪亦说着，分出一只手，放到自己头顶，感受了一会儿，满脸严肃，“完全不一样。”

“哪里不一样？”

他皱起眉思索一会儿：“我说不出来，温度、大小、柔软度等，各方面都不一样。”

“会吗？”

“要不要感受一下？”他伸出手，表情单纯又诚恳。

桑苑把手覆上他手心，贴合着，更加直观地体会所谓的不同。

经过双目注视的“有意为之”比看不到的有意为之，更让人心脏悸动，皮肤相贴，手心的温度都在一点点上升。

不得不说，她手是比纪亦的小了不少，好像也确实柔软不少。

至于温度……

“我不觉得温度有什么不一样的，不都是 36.5℃？”

其实现在也许已经 37.5℃了。

“不一样。”

纪亦郑重其事地强调，见她将信将疑的模样，心中窃喜着将手合拢，顺势把她手握在掌中。

他比谁都要正经：“你再多感受感受。”

桑苑没有挣扎，也没有义正词严地呵斥他。

她一次又一次地退让，到现在已经懒得退让，直接接受。就好像心里的红色信号灯变成绿色，换个方式表示可以通行。

他们心有灵犀地终止了这个话题，让温度对比的游戏一直没画上句号。

她看向窗外，大巴正在穿过闹市中心，商场门口人来人往。

她说：“我有点困，我睡一会儿。”

纪亦回答：“好。”

桑苑换了个舒服点的姿势，闭上眼睛。

直到下车前，他俩都没有松手。

山谷里正是洋槐花盛开的时间，漫山遍野都能看见一串串花枝垂挂在树上。

风一吹，洋槐香味海浪似的一阵阵蔓延开。

纪亦混在七班纷乱的学生中，若无其事下了车。

他回过头来隔着窗户对桑苑笑了笑，笑意都似乎染着香气，而后，悄悄返回前面不远处的一班部队。

眼下距离吃午饭的时间还有好长一会儿，一班学生分散着各自成团。

纪亦出现之后，立刻被李甘用胳膊钩住脖子。

李甘对他挤眉弄眼：“行啊，兄弟，艺高人胆大，佩服佩服。”

纪亦在人群中寻找着李老头的身影，可看了半天也没看到人，他只能问一声：“老李呢？他发现我不见了没有？”

“没有！”李甘拍拍他，示意他放心，“他被五班班主任挑衅了，这会儿可能兴致勃勃找主题作诗去了。”

两个数学老师作诗？

不管怎么想都有点奇怪。

纪亦苦笑一声：“他要是输了，回去后我们又只能做卷子抚慰他受伤的心灵了。”

李甘也跟着叹口气。

GEBI
YIBAN
JITONGXUE2

第四章/去野炊

整个山谷都是度假区，里面有茶馆、KTV、漂流区、简单的游乐场设施等，可以提供整套的娱乐服务。

七班老师安排大家中午十一点半到河滩集合之后，挥手让大家自由活动。

可供选择的娱乐项目比较多，几个人一时间也不知道该做些什么，只是沿着小道一边漫步一边看看风景。

隔一会儿，李露翻出手机，看一眼，抬起头："我哥说他和纪亦被强行拉去 KTV 了，问我们要不要去？"

桑苑嘴角一抽："大早上的去 KTV？是去练嗓子吗？"

陈静倒是兴致勃勃："反正下午集体活动也不外乎就是赏景一类的，我们就去唱歌吧。"说着，她抱住桑苑手臂晃了晃，"好苑苑，走嘛走嘛。"

桑苑对这些活动不怎么感兴趣，但也并不排斥。

她点点头，同意下来。

KTV 里面居然已经有不少人了，有七八个一班的学生，都是常在纪亦身边厮混的眼熟的。

七班在场的也基本是熟人，田娆、陆之遥、周睿、何瑶瑶、冯子翔几个。

打开门的时候，正好是李甘在唱歌。

音乐声音很大，他扯着嗓子吼：“爱已走到尽头，恨也放弃承诺，命运自认幽默，想法太多由不得我……”

《仙剑奇侠传》主题曲。

他搂着纪亦肩膀，随着歌声不停前俯后仰，一副沉醉动情的模样。

李甘音域不宽，为了让调子像那么回事，唱歌基本靠吼。

但是低音部分就很为难了，这不是能吼出来的。所以到了低音部分，纪亦就唱几句，帮他圆过去。

见到几个人进来，李甘唱得更加卖力，看起来有点滑稽。

不知道是为了憋出高音，还是别的什么原因，他脸上通红，别有股青春焕发的样子。

纪亦肩膀被他搂得更紧，他勉强对她们挥了下手，笑了笑，算是打过招呼。

一班几个男生突然跟着音乐一起大声唱起来，神态暧昧，像是在心照不宣地起哄。

其他人因为他们的反应，露出茫然的样子。

桑苑、陈静等人倒是若无其事，走到七班学生旁边。

李露和胡诗怡坐在一起，陈静坐在沙发扶手处。

陆之遥往旁边让了让，留出一个人的空座，桑苑微微一笑，在他旁边坐下来。

陆之遥嘴角露出一分若有似无的笑意。

周睿斜斜靠在点歌台旁边的吧台凳边，这会儿扭过头来看她们：“你们唱什么？”

陈静立刻举起手，极感兴趣：“我要唱《不想长大》！”

周睿纹丝不动：“你这么幼稚，还是别不想长大了，快点长大吧。”

陈静一挑眉，不服气：“我怎么就幼稚了？”

周睿指了指：“那边那个小妹妹都比你成熟好吗？”他指着的人正

是李露。

李露没有露出略带不屑的高高在上的表情，不过看了一眼他们。

陈静咕哝：“不唱就不唱，也别这么损人嘛。”她站起来，“我看看你们刚才都唱了哪些？”

她把点歌台上的历史记录翻开，防止自己和别人撞上了，一条一条仔细看。

翻到倒数第二首时，陈静好奇起来：“《不得不爱》是谁唱的？”

周睿笑了声：“还能是谁，我们音高的学习委员和她的同桌呗。”他意味不明地弯着一边嘴角，鼻腔中发出轻嗤。

陆之遥瞟着桑苑。

她不知道有没有听见周睿的话，表情没有一点变化。

他又想到那天升旗仪式时，桑苑那冷到冰点的眼神，里面燃着的是没温度的火焰。

从初中两人认识以来，他几乎没见过桑苑按捺怒气的样子。

她大多数时候都是一副淡然处之的模样，对别人的容忍度极高。要是有什么超过底线的事情，她也会直白地说出来，像个长辈一样慢条斯理地训话。

这会儿她眼睛微微闪烁，淡淡笑着。

陆之遥没来由地烦躁，眉头动了动。他沉下一口气，转过脸，声音没有一点波澜：“你想唱什么？”

桑苑摇摇头：“我不唱。”

陆之遥膝盖上的双手十指伸直交叉：“《宁夏》《热带雨林》《遇见》？”

“我真不唱。”

他用有点谴责的口吻说：“来都来了，要什么都不唱的话，不会太扫兴了吗？”末了，语气缓和一些，“你要是害羞的话，就随便点一首，我陪你唱。”

谴责是为了让对方愧疚，陪唱才是重点。

桑苑依然固执地摇头，小马尾甩动。

陆之遥还想说点什么，周睿却突然跨过来，拍拍桑苑肩膀，勾起嘴角："苑苑，会唱《恋爱达人》吗？我们一起唱。"

苑苑？

陆之遥抬起头。

周睿根本不搭理他，只挂着吊儿郎当的笑容盯着桑苑。

陆之遥略微皱起眉。

周睿手握着桑苑的肩膀，拇指下的衬衫略微皱起。

陆之遥不知道自己在做什么，呼吸一下，身体里突然有股热血冲上脑袋，在脑袋里"啪嚓"绽开。

他将此视为被人挑衅之后的不爽。

"唱《恋人未满》。"他用不容置疑的语气沉沉说，又一次强调，"你不是挺喜欢这首歌吗，我陪你唱。"他说着，收回停在她肩膀上的视线，重新去看她的脸。

桑苑似乎没有别的想法，只是微微笑着。那眼神太淡定了，像是注视着一群吵闹的幼儿园小朋友。

陆之遥原本要起身以"路过"方式分开他俩的动作猛然顿住。

他不确定自己的感觉是不是对的，但他觉得桑苑这个态度，好像根本无所谓他们怎样，或者，给这无所谓上再添点隐忍深藏的不耐。

不耐……

他呆若木鸡，还有点难以置信。

那边李甘快要唱完了，也终于松开了死死把着死党的手。

纪亦回去沙发坐着。

纪亦这会儿没笑，肩膀没精打采地耷拉，眉眼自然展开，落在他们这边，有漂亮弧度的眼尾藏着奇怪的情绪，闷闷不乐的。

田娆脚步轻快地过去问他会唱什么。

他尚且沉浸在李甘巨大的歌声和自己的情绪里面，压根没注意到旁边弯着腰的姑娘。

他愣怔着，一言不发。

田娆又问了一遍，还是没有得到任何回答，她有点尴尬也有点羞恼，转身从李甘那里接过麦克风，一个人唱了首《十年》。

纪亦抿下嘴，不知为何，几首宫怨诗居然从脑海浮现出来。

他心头蓦地一阵发寒，赶紧甩开杜牧、白居易一群人，回到一开始的主题上。

他叹了一口气。

桑苑，你又……又欺负我，这算是非常严重地欺负我。

他垂着眼睛。

我不会和你生气，但我会不高兴。

不对。

纪亦稍稍皱了下眉，不对。桑苑一直被动地接受他的无赖行径，其实她什么都没说过。

“生气”这个词只能用于有关系者。

如果只因为他对她好，死追在她身后，就霸道地认定她应该属于他——那也太无耻了。

人都有选择的权利，自己可以选择对她好，她也可以选择不接受。

他思绪乱飘，一脸无精打采的样子。

那边桑苑把周睿的手拍开，也扯住陆之遥的衣角，制止住他强硬的动作。

她不说话，这两个熊孩子简直就没完没了了。

“我不唱！”桑苑再次表达自己的意思，这回没有太多隐藏，把不耐烦直接表露了出来。

那样子看起来就好像在警告他俩，要是再缠着说这件事，她会甩脸走人。

两个人都是一怔，空气里气氛诡异又紧张。

周睿无所谓地翘着嘴角，陆之遥脸色却有如锅灰。

田娆歌声渐渐停歇，回过头笑了笑。

身后众人神态各异，桑苑三个人在对峙，李甘搭着纪亦的肩膀摇晃。

田娆嘴角一点一点放下来，眼神冰冷起来。

她优美的歌声只是一场独角戏，场上聚光灯根本就没有打在她身上。

她只是舞台上可有可无的伴舞而已，没人在意她。

她的得意只能对她自己发散。

好在这时候陈静号了起来："我有个想法！我们是外语实验学校的学生，怎么能不符合学校核心价值观呢，大家都唱外语歌好不好？"

她偷换概念地把英语换成外语，美滋滋道："我先唱完这首就开始唱外语歌，我特喜欢《灌篮高手》的主题曲，等我唱给你们听。"

音响里响起轻松愉快的前奏，陈静拿着麦克风大声说："这首歌，送给我一个——不，我两个朋友，他们给了我很多帮助，我希望他们可以一直在一起，一直幸福下去。"

不知道为什么，她眼眶突然有点湿润，也许是为了很远又很近的分别。

她掩饰般地喊出来："周杰伦，《简单爱》！"

凝滞的空气又流通起来，周睿没心没肺地无视掉陆之遥，带头鼓掌："好！"

然后，大家都鼓起掌来。

田娆跟着拍了两下手，却没有掌声冒出来，她更加难堪——她甚至比不上陈静。

周睿坐回点歌台，似乎默认了陈静刚才的提议，问："都唱什么外语歌？"

李露说："*As Long as You Love Me*，还有 *Take Me to Your Heart*，你会拼吗？"

"小妹妹，你这是小看我。"

一班有个胖乎乎的戴眼镜的男生举手："宝儿的，帮我点宝儿的歌。韩语也是外语。"

桑苑终于站起来，手指滑动看了一圈，挑了一首。

周睿挑着眉笑："我给你顶上面去。"

“不要。”

他哑然失笑，片刻后，一拉她，压下声音：“我给你说，下次那小子再欺负你，你就和我说。”

周睿口中这个“他”指的大概是陆之遥。

桑苑笑了笑：“没人欺负我，谢谢你。”

桑苑选的歌，不管是陆之遥还是周睿都唱不出来。

她一个人悠闲哼着歌词，也不知道唱错没有。

“你一直是我的心灵药箱，用多少方式来治愈我。只要我笑，你也会微笑。如果我哭，你也跟着流泪。”

纪亦刚才颇受打击，但他绝不放弃任何一个机会。

心有灵犀似的，他承包了第二段歌词。

——要是某一天有了孩子的话，我会对她说：“你是这个世界上我第二喜欢的人。以后你也会与某人相爱，就像我和你妈妈那般。”

中午十一点半，众人按照老师交代，去往河滩。

在弯弯小河旁的碎石浅滩上，摆了十几个烧烤架，学生们可以随意使用。

靠近树林的一侧，则摆着向农家乐租用的桌子和长凳。

烧烤这事情看起来挺简单，做起来也不难，但是不少人都前赴后继卡在了撒调料这一关。

烤出来的东西，看似滋滋流油，但味道却千奇百怪。

旁边还有几口架起来的炖锅。

不少学生烤了几串食物，就对烧烤失去了兴趣，转而加入了那边包饺子的队伍，时不时能听见他们说“你这个花边好看”“还是元宝饺子简单”。

桑苑挑了个没人的烧烤架，和陈静忙活一会儿，然后用提前准备好的锡纸碗装起来，找了张没人的桌子，坐在旁边。

陈静吃了串鸡翅尖，桑苑盯着她鼓包咀嚼的脸颊，关切道：“好吃吗？”

“挺好的。”陈静随便拿起一串五花肉递给桑苑，“有点淡，不过总比冯子翔他们刚才烤的咸得跟吃盐一样的东西好。”

桑苑尝了一口，比预想中好吃不少，她稍稍放下心来。

桑苑和陈静没坐上几分钟，正分着吃茄子时，陈静突然露出暧昧的笑容。

她眼睛往桑苑身后瞟，显然蠢蠢欲动。

桑苑没有回头，但是她感觉到有个东西被轻轻放到自己脑袋上。

香味从上面传过来，将桌上的孜然味给扫开了不少，让人精神一振。

那东西并不沉重，但她还是随着动作稍稍沉了下脑袋。

纪亦在她旁边坐下来。

河风吹动着他衬衫的衣摆，他头发也扬起两绺。

他视线心不在焉地落在桌面，板着脸。

陈静看着桑苑头顶，跟发现新大陆似的，而后一脸赞赏.“真好看！”

桑苑心里有个大概，又伸手摸了摸，等摸到柔软花瓣，她完全确定了下来。

她转过脸，看到纪亦严肃的表情时略有两分诧异，很快又笑起来:“这是你编的？”

“啊……嗯。”纪亦勉强提了下嘴角，酒窝稍纵即逝，“刚才看到五班女生在编花环，觉得挺好看的，就编了一个。”

他觉得自己真是糟糕，为了早上一点小事耿耿于怀到现在。

明明能想明白感情这东西不能强求，更不能道德绑架对方，他本来就是一头热地在追着别人跑而已。

但他还是有些失落。

纪亦揉了揉额头，怕自己计较纠结的样子太难看，努力冲她表现出笑意：“喜欢吗？”

桑苑盯着他眼睛，慢慢点了点头。

她想了想，没多问，倒是递给他一串烤里脊："你来得正好，吃点东西，下午还要接着玩呢。"

纪亦握着木签，愣了一会儿。

桑苑手指支着腮，睫毛时不时扇一下，跟小扇子一样，一瞬间把他所有郁闷都拂散开，可谓拨云见日。

阳光重新洒落下来，他校服上都沾着光芒。

纠结那么多做什么，他只用遵从本能继续对她好不就行了。

更何况，他又不是没得到回应。

纪亦笑容真挚起来。

他抿了下嘴，眼睛小心翼翼地瞧她："这是特意帮我烤的？"

没放葱，也没刷辣椒面。

他吃烧烤时最讨厌的两样东西都没附着在食物上，他并非不能吃辣，只是单纯讨厌辣椒面而已。

小学时厂区开了家烧烤店，晚上他们老去吃东西，纪亦每次都会皱着眉把上面的葱花一个个拨下去，又涮涮上面的辣味。

后来不知道从什么时候开始，桑苑会在点餐时脆生生地多嘱咐一句："不要葱，也不刷辣。"

桑苑嘴角弯弯的，样子像是在让他自己猜测。

陈静却嘴快，忙不迭地点头："苑苑烤的，我还说为什么不放葱，原来搁这儿等着呢。"

纪亦特好哄，小小一件事就能让他高兴到飞起，哪里还有刚才那副"忧郁美少年"的样子。

他恨不得给所有人展示："喏，这是桑苑给我烤的！"

他近乎狼吞虎咽地把东西吃下去，不等桑苑发问，就主动汇报自己感想——

"真甜！"

他笑得特开心。

闻言，桑苑表情惊讶起来。

她略微偏头看看即使坐下也比她高出一截的男生。

对方脸上透出一股只在她面前展露的傻气。

桑苑又好气又好笑：“纪亦，你味觉出问题了吧？”

她怎么也无法把烤串和“甜”联系在一起。

纪亦却坚持已见，从锡纸碗中抽出一串，横到她面前：“真的甜，你尝尝。”

甜到心里了好嘛。

桑苑拍拍他的手：“有人呢。”

她不是拒绝。

陈静立刻捂住眼睛：“你们就当我不存在，我眼前突然一片黑暗，什么都看不见了。”

纪亦四周看下，用很乖巧的语气商量：“那我们去个没人的地方。”

桑苑啼笑皆非，又犹豫一下，终于就着他的手尝了口——和刚才吃的五花肉、茄子等，没什么区别。

她给出中肯答案：“是烧烤味的，你果然味觉出问题了。”

陈静托着下巴，眯起眼睛：“我是不是不该坐在这里，我觉得我正在发光发热，像个电灯泡。”

桑苑按住作势要走的陈静：“你就坐在这里。”

陈静夸张地叹口气，给自己扇着风：“纪亦，对不起啊，苑苑离不开我。”

纪亦对她冷笑一声，看起来像是在说“等以后再比”。

锡纸碗里的食物渐渐见底，又有两个人走到他们桌边。

田娆和篮球队的张志硕。

他俩绝对不可能是冲着桑苑和陈静过来的。

张志硕先跟两位姑娘打声招呼，夸了句“花环特好看”，才看向莫名十分骄傲的纪亦：“哥们儿，你下午怎么安排，有空没有？”他和田娆坐在一条长凳上。

田娆靠近纪亦这端。

下午虽说是集体活动，但进行集体活动的时间并不长，他们还能有两个小时自由支配。

桑苑递给纪亦一串脆骨，然后和陈静把最后一串火腿肠夹成两截儿，一人一半。

纪亦拿着东西，毫不犹豫：“下午事情挺多，安排全满，怎么了？”

这次，没等张志硕开口，田娆就问：“都安排什么了？”

纪亦礼貌地嘴里跑火车：“去山上看洋槐，体验大自然。”

田娆立刻笑了：“看风景人少了没意思，不如我和你们一起？”

他笑了笑，一口回绝：“不瞒您说，下午我和我的‘人生大事’一起过二人世界，不方便带任何人。”

张志硕懂他“人生大事”的梗，虽然不知道对方是谁，却“哦”起来。

田娆眉心浮起皱纹。

她嘴角还是勾着，却多出刻意的感觉。

她心平气和道：“所以，你喜欢的人，就在这五个班里面？”

纪亦微微一笑，没有回答。

就在我身边。

桑苑端着锡纸碗，陈静把所有木签放进来，残留的烧烤香味还在飘荡。

田娆“喊”了下，一撇嘴：“藏藏掖掖，你倒是说清楚啊，还是不是爷们儿了？”

“我当然得藏着。”纪亦一点都不害臊，很认真，“我藏着她的时候，她都已经很受欢迎了，更别说我不藏着。”

田娆眼珠子转了圈：“那她也是年级上的有名人物？”

纪亦耸耸肩膀，跳过陷阱，就是不给出一个肯定的回答。

桑苑却笑了笑，参与进话题：“其实我觉得，咱们年级上，没人比你纪亦受欢迎，对吧？”

田娆和张志硕不知其意，都赞同地点点头。

“是吗？”他惊讶地睁着眼。

桑苑一挑眉，拍拍他手臂：“你坐过去一点，挤着我了。”

事实上，他们中间宽宽松松。

纪亦听话地往凳子末端挪一挪。

桑苑又把他手上那串脆骨若无其事地收回来：“你先坐在这里，我和静静去端点饺子过来。”

等他眼巴巴点头的时候，桑苑眼睛突然垂下，熟悉的小恶魔笑容重出江湖。

两秒后，她突然站起身，以最快的速度轻轻往旁边一跳！

纪亦被她赶到凳子最末端，她猛地离开，凳子应声翘起！

不等他反应，人已经从凳子上坐到了地上。

长凳也“砰”地倒在旁边！

田娆看得目瞪口呆，立刻问道：“你没事吧？”

可这位被恶作剧的大男生一点都不介意，甚至还笑容满面。他站起身，拍拍校服上的灰，往桑苑离开的方向看去。

田娆跟着投去视线。

她还想批评一下那姑娘不知轻重的幼稚行为，却见桑苑正站在不远处看着他们。

并不是在盯她，而是看着纪亦。

在田娆眼睛里面，比别的女孩稳重一点的桑苑，泰山崩于前都能面不改色的她同桌，除了做出刚才幼稚鬼的翘凳子行为，这会儿还笑盈盈地一眨眼、吐吐舌头。

桑苑转过身跟着陈静离开，蹦蹦跳跳的背影显得很欢快。

纪亦深呼吸了一口气，强装出淡定的模样坐回凳子上。可只保持了几息时间，他就绷不住，趴在了桌上。

他搁在脑袋边的左手紧紧攥着，好像这样才能勉强憋住抑制不了的笑声。

他不敢让别人看到他近乎呆傻的笑容，好半天都处于恍惚的状态。

要死。

他的桑苑，简直可爱到极点。

他可能触电了。

纪亦咬着嘴唇，努力调整自己的呼吸。

旁边人说什么他都注意不到，也懒得去理解。

他抓起刚才被他随手扔到一边的背包，匆匆丢下句“我去帮忙”，转身头也不回地跑远。

手里的包来回晃动，轻飘飘的，跟下一秒就会被抛上半空似的。

也似他的心情，直直飞上晴空。

所谓的“看风景”不过是他胡说八道出来的一个障眼法。

张志硕和田娆会不会当真了放在心里，他们无从得知。

午饭一吃完，桑苑就被纪亦兴冲冲带到童话风格的大门前，她抬眼看看上面花体的“欢乐小镇”几个字，一挑眉：“纪亦同学，你所谓的风景就是这个？”

“我的风景是你啊。”纪亦从善如流，“我看着你就是在看风景。”

简直得意忘形了。

她叹了口气：“你的脸皮到底是什么做的？”

纪亦恬不知耻地凑过去，黑眼睛盯着她，笑得天真无邪：“要不你摸摸，感受一下。”

她瞥着他，眸子冷冷的。

纪亦正经下来，咳一声：“以前我们不是经常来这种地方玩嘛，我就是有点怀念。”

小时候他爸经常开车带四个小朋友去游乐园，激流勇进、海盗船还有过山车等，都是桑苑等人的最爱。

除了纪亦。

这家伙恐高，对失重感也异常恐惧。

在高处的时候他会面色发白一身冷汗，失重感传来的时候就是头晕目眩摇摇欲坠。

因而他对游乐园一直不太热衷。

毕竟大多数时候，他都只能站在一边看着他们，然后“咔嚓咔嚓”拍出一大堆照片。

有次桑苑在过山车到达最高点时，看到纪亦拍着胸口，满脸害怕。

他光是看别人玩都受不了。

桑苑相簿里和游乐园有关的照片，几乎都出自纪亦的手。

不知道为什么，她冷不丁想到了自己那个同母异父的妹妹。在俊俊的成长中，一定会有母亲陪着她去游乐园。

家庭相册里肯定塞满了她的照片。

郑斌以前说怕桑苑缺爱。

事实上，父母没有给她的东西，纪亦都给她了。

明明害怕却接二连三陪她去游乐园，相册里塞满她的照片，知道她的喜好和口味，在意她的冷暖喜怒……

虽然也许和父母给予的不太一样。

但是，她没体会过父母的，所以她无法比较。

六月艳阳当头。

此时此刻，她却觉得温度并不讨厌，暖洋洋地在皮肤上流动，一直淌到心脏深处。

她打量一下：“所以纪亦，你想玩什么？”

“我也不知道。”纪亦拉着她手腕往里面走，随口问，“你呢？我陪你。”

“你陪我？无论什么？”桑苑重复一遍他的话，嘴角浮现出笑意。

纪亦了解她，见她这副模样，立刻知道自己即将受苦。

他有点苦恼地皱了皱眉，然后坚定地一点头：“嗯。”

他曾经在《读者文摘》上看过一篇文章。

写一个异常害怕虫类的母亲，在幼儿时期的孩子面前看到一只毛毛虫。那位母亲曾经遇到虫子就会尖叫逃跑，可这一次，却拼命藏起自己的畏惧，硬着头皮装出若无其事的样子，给孩子讲解关于毛毛虫的知识。

不能让孩子因为受到自己情绪影响，也跟着对一个可探索世界感到害怕。

人有了想要守护的对象时，总会比以前强大勇敢数倍。

不管那个对象是子女，还是喜欢的人。

桑苑看着他闪闪发光的眼睛，笑了笑："那就先从旋转木马开始吧。"

游乐园没什么人，不知道高中生是不是都把这种儿童主题的游乐园当成小孩子玩的地方，尤其是旋转木马这里，一个人也没有。

桑苑和纪亦都坐在最上层。

她选了匹红色的木马，纪亦却是蓝色的，在她身边。

随着音乐的响起，双层木马起伏旋转起来。中间金色柱子上绘制着童话故事，随着音乐闪烁。

旋转木马有点像是八音盒，而他们是八音盒里起舞的小人。

他们头上是一串串小彩灯，在顶棚的阴影下，居然也能留下浅浅光芒。

她这边木马往上的时候，纪亦那边往下。

她往下的时候，纪亦则是往上。

一开始相处安然无恙，结果转了半圈，纪亦从最高点落下，突然伸手揉揉她脑袋。

"桑桑，你真可爱。"他扬着世界上最灿烂的笑容。

这句话，纪亦觉得自己能说一千遍一万遍，一千万遍。

一直到他们都白发苍苍，他也可以继续说。

"小时候坐这个，你只肯看前方。我只好坐到你斜前方，不用太辛苦就能回过头，然后刚好看见你。

"那个位置拍你特别好看，我有很多在旋转木马上的照片。

"我那时候就觉得你可爱了。"

他的手和声音都温柔又温暖。

但这不能改变他揉了她头发的事实。

花环轻轻笼着她发丝，她摸摸自己头顶，严肃地说一声："纪亦，我头发会被你弄乱。"

而后，她趁他不备，胳膊往前一伸，也要伸手去揉他。奈何个子太小，手臂也没他长，落了空。

纪亦垂眸灿烂笑着，再次揉揉她。

她也不甘示弱地进行第二次尝试。

老一辈关于个头有很多种迷信说法，最出名的是"屋内打伞长不高"。

当然也有偏门一点的，说"小孩子被揉了脑袋会长不高"。

桑苑挑战好几次也没能碰到他，只能甩锅似的把自己长不高、手不长归咎到纪亦身上。

她开始抵触纪亦的手，看他手伸过来时，就拍开他。

所谓人有失手马有失蹄，一件事情做得多了，小概率的错误也能阴错阳差地发生。

第三圈开始时，她在空中竖起手掌去推他，却正好贴在他手心上，严丝合缝，端端正正。

自然弯曲的手指互相交叉，每一根手指都能清晰感受到对方指骨的线条。略微挤压着的指间，有充实圆满的感觉生出来。

纪亦反应特别快，几乎是一瞬间，就着这个姿势扣住了她的手。

十指连心。

而现在，他们十指交缠，心也能更贴近两分吧。

刚才打打闹闹的时候，他眼睛能一动不动盯着她。

但是现在，纪亦却不敢看了。

这姿势太过暧昧。

如果说牵手、拥抱，都能用友善来形容的话，那么十指相扣——是只存在于恋人之间的行为。

桑苑另一只手专心拉着前面竖直的扶手，微微歪着头。表情看起来漫不经心，似乎淡定地接受了这个结果。

纪亦垂下头，不敢打破现在的氛围，一个字也不说。

人生真美好。

对于桑苑来说，旋转木马上的时间很漫长。

可对于纪亦来说，时间就太短了。

走下来时，他忍不住叹了口气，看了看自己刚才和桑苑十指紧扣的右手，有点失落。

结束游戏的时候，为了对方安全着想，他不得不松开手。

然后，似乎没有了再次牵手的理由。

桑苑还在为刚才被他起伏时揉乱了头发而耿耿于怀。

她把小马尾重新绑了一遍，嘴角翘一翘，拖住他："走，刚才是基础级，现在是入门级别！"

她拖着纪亦到了个阴沉沉的建筑面前，外墙上是造型诡异的浮雕，一块块红斑像是染着血。

墙角还有零碎的手臂、眼球、头颅等。

纪亦瞪着上面"恐怖城"三个字，一吞口水："这是入门级？"

这都已经到入门级了，那接下来他该怎么熬？

桑苑笑眯眯地点头："我其实没玩过鬼屋，正好这里有，你就陪我一起去体验体验呗。"

纪亦脸色惨白。

桑苑好笑："你刚才不是说，无论什么都陪我吗？"

"我是说过……"他干巴巴地重复一遍，然后艰难地说，"好，进去吧。"

鬼屋里光线极暗，走个十步左右，才能勉强看到盏没什么作用的昏暗小灯，光线来不及散开就被黑暗吞没。

连地面什么情况都看不清楚。

纪亦不得不拿出手机，借着屏幕些微的光芒往前走。

他在前，桑苑在后。

黑暗中时不时有怪物伴随着桀桀怪叫声，猛然扑到他们面前，用绿色的眼睛幽幽盯着他们。

桑苑一开始还会被乍然吓一跳，走过三四个怪物，摸清规律之后，也就不太紧张了。

倒是纪亦，不管经历多少次，他都会猛然打个激灵。

黑暗里看不见对方表情，但桑苑贴着他后背的手，能明确感知面前这是年轻的身体会僵硬好一段时间来恢复元气。

她抓住他的衣角，思索着纪亦到底花了多大功夫才没有叫出来。

越往后走，怪物的花样就越多。

这时候才发现，前面怪叫着突然冲到面前来的机器还都只是史莱姆一样的初级怪。

之后，或是从天花板上突然垂下一只手，或是旁边突然浮现一张脸，或是头发突然被抓一下……

纪亦整个人都快眩晕了，背后全是冷汗。

六月的天，他却觉得透心凉。

桑苑终于良心发现，在黑暗中轻轻喊他："纪亦，要不我走前面吧。"

"不用。"他咬牙撑着。

不能让桑苑觉得他太弱，恐高的事情就已经够丢脸了。

他呼吸都快屏住，恨不得拿出自己一千米长跑时的速度飞快冲到终点，脱离这个恐怖的地方。

经过前面拐角，好不容易看到一扇门。

下面"安全出口"的绿灯闪烁，纪亦舒了口气，简直大喜过望，拉着桑苑就要往外走。

只是这警惕心放松的时刻，下一个袭击悄然而至！

这次是藏在门上的怪物。

掩饰得最好，黑暗中静悄悄的，根本察觉不到它的存在。

等两个人一靠近，那没有眼睛的红衣女人就尖叫着以极快的速度从斜上方压下来!

嘴角诡异地翘起，红如鲜血，窟窿眼睛里冒出白色雾气。有着长长指甲的干枯手指仿佛下一秒就能撕开他们!

纪亦理智的弦终于断裂!

“桑桑！”

一瞬间，身体不受控制地做出反应。

比大脑更快，在女人自上而下扑过来的一瞬间，他转身将桑苑拽进怀里紧紧扣住!

——以保护者的姿态。

桑苑脑袋贴在他胸膛上，耳边“咚咚咚”的声音不停传来。

是有力而又急促的心跳。

他一只手扶在她脑后，一只手在她背后，单纯的充满保护和安全感的怀抱。

将她锁得特别牢，隔着薄薄的衬衫仿佛能感觉到他皮肤上的温度。

黑暗中什么也看不见,所有感官都被放大了无数倍。温柔的触感也好，清淡的香味也好，鼓动的血脉也好……全都清晰到了极致。

上次被纪亦从背后抱住，她什么都不能做，几乎只能被动地接受那个朝气蓬勃的怀抱。

但是现在……也不知道为什么，也许是想要安慰这只饱受惊吓的大型犬，桑苑伸出手，沿着他衣角，一根根手指往后爬。

最后试探着回抱住他。

纪亦的心跳让她觉得有点不好意思。

她拍拍他，感觉到他身体从异常紧绷的状态一点点放松下来。

机械女鬼已经缩回到墙壁上，喷射出的白色雾气还没有散开，在身边弥漫，包裹住他们。

桑苑脸颊上感受到了一丝水气。

她心脏很烫，这种危险时候被人本能保护住的经历，再铁石心肠的人大概都会被打动吧。

她第二次想到，我获得的，其实不比俊俊少。

鬼屋是她感到好奇硬要进来的，所以于情于理，她都应该安慰安慰纪亦。

桑苑张了张嘴，擅长文字的脑袋蹦出来一万句安抚的说辞，然后，她声音轻轻飘出来，不受任何控制——

“纪亦。田娆，她喜欢你。”

话音一落，她就错愕地瞪大眼睛。

不，不是。

她并不想说这个，她脑袋里面拥挤的安慰语里并不包含这一句！

到底是从哪里蹦出来的，她根本不清楚。

那，这句话是陈述句吧？

对，只是陈述句，就当告诉了他一个小八卦。

她却又莫名心虚，虽然是陈述句，可听起来好像很不对味，她刚才的声音会不会很奇怪？

她脑袋有点混乱，冷静被抛之云外，苦苦想着接下来的对策。

我只是碰巧听见了。

她想这样欲盖弥彰地补充。

抱住她的手紧了紧，纪亦的身体彻底放松下来。

他心情极其复杂，羞赧、委屈、高兴……全都混合在一起，胸口滚烫。

他反应一向快，几乎一瞬间就找到入手点，轻声说：“桑桑，这就是你欺负我的理由？”

不等桑苑回答，他又笑起来。

扶着她脑袋的手指穿过她的小马尾，指尖轻轻地梳弄着她的发丝。

他说：“我很高兴。”

桑苑手指贴着他腰后的衣料，感受着他身上的温度，闭了闭眼睛，“嗯”一声。

这么热的天，少说点话比较好。

还是不解释了吧。

就当安慰他了。

要不是新的玩家加入恐怖城，他们可能还要磨蹭一会儿。

鬼屋出口处久违的日光洒下来，晒在身上特暖。

桑苑眯着眼睛适应了一会儿阳光，看看身边对小型过山车露出惊恐眼神的大男孩，笑了笑："怕什么，我不坐这个。"

"真的？"他小心翼翼地跟在她身边。

桑苑想了想："我想吃冰激凌。"

"好！"他立刻应下来，赶紧拉着她远离过山车，极为殷勤，"我们去甜品店！"

游乐园里饮料店、甜品屋不少，纪亦带她找个地方坐下来。

她点了份香草冰激凌，纪亦点的草莓冰激凌。

在冰激凌端上来的这段时间里，他就一直用充斥了欣赏心动的眼神，迷离地盯着她。

这让桑苑不可避免地想到一部名叫《圈套》的电视剧，里面有个经常追在女主身边，带着小旗帜为女主欢呼鼓舞的……

痴汉。

而纪亦的表情在校园小说里也经常能看到，且一般都出现在女 N 号身上。

俗称"发花痴"。

她看他勉强吃了一口的冰激凌在碗里渐渐融化，不由得叹了口气："纪亦，你的冰激凌快没有了。"

纪亦点点头，目光没移开，用小勺稍微舀了一下，还没来得及放进嘴里，勺子就又搁回了碗里。

他一切动作都似乎是无意识的。

桑苑估摸着他现在也不知道他自己在做什么，不由得放下东西，无可奈何地笑着：“纪亦，你到底想说什么？”

她之前见过陆之遥被递情书的场景。

那些小姑娘送出东西前都会纠结懵懂半天，好像甜蜜气氛需要时间慢慢酝酿。

纪小亦同学简直生动诠释了什么叫少女心。

她好商量地坐直了身子，双手交叉搁在桌上，像是在谈判：“说吧，我听着。”

“我也没什么好说的。”纪亦终于收回目光，垂眉顺目。

过一会儿，他偷偷抬眸一瞟她，眸子晶亮，染着撒娇的味道。

他抿住嘴角，终于开口：“我就是想告诉你，如果没有眼线盯着的话，我恨不得告诉所有认识的人——不，告诉全世界，我……”

他耳朵红起来，深吸一口气，抬起头，把羞涩藏起来，斩钉截铁道：“我是你的！”

“……”

噗！

桑苑蓦然受到惊吓，听到隔壁桌子的勺子和瓷碗碰撞发出“当当”的声音，在耳朵边回荡。

桑苑明明没有在吃冰激凌，但她觉得自己差点被呛住！

她不敢置信地睁着眼睛，想问问他，是认真的吗？

但是纪亦神情表现得很清楚，他是认真的。

他甚至堂而皇之地补充道：“什么追求我、喜欢我一类的，我都不需要。”

他笑了笑，目光灼灼：“因为我是你的。我特想告诉她们，我有主了。”

其他女生都是一视同仁的需要绅士对待的对象，尽可能不打击伤害她们，但也绝对不给她们任何希望。

纪亦坐得端端正正，露出小白牙的笑容特别可爱，像是在等着她摸摸头表扬他一通。

上帝给了生物嘴这种东西，不仅仅是为了进食，还有更重要的作用。

——表达。

毕竟话语有时候是比行动更加直白的东西。

这两件事并不矛盾，纪亦认为完全可以双管齐下。

他不会故弄玄虚，不会欲擒故纵，也不会玩暧昧的游戏撩拨人。

如果桑苑计较别的女生喜欢他的话，他就给她足够的安全感。

他坦率到让人感到不好意思。

桑苑好半天才从震惊中回过神来，她为难地咬了下嘴唇，皱起眉：“纪亦。”

“在！”他眉眼弯弯，回应的声音堪比中午泠泠的清河。

她叹了口气，交叉起的手指晃动几下。

桑苑思索着：“如果放到言情小说里面的话，男主角一般会说的是‘我恨不得告诉全世界，你是我的’。”

她把“你是我的”咬得很重，着重强调。

“我本来就是你的！”纪亦笑出酒窝，从善如流。

没脸没皮。

桑苑瞪他一眼：“你烦不烦？”

他终于正经起来，眼睛微微垂下：“你说的那种情况，不一样。”

“怎么不一样？”

他吸了口气。

“他们说这话，是在信心十足的情况下，爆发出来的充满占有欲的说辞。但我不是那样。虽然我也有占……占有欲……”

这三个字对年纪尚轻的他们来说，还是过于成熟了。

纪亦念到它们的时候，极其不好意思，脸红了红。

他接着往后说“但是，我现在更多的是想要为你做些什么的想法……我的意思是，我们关系之中，占主导地位的人和小说根本不一样。”

他的心脏怦怦直跳，自己都有点搞不懂自己在说什么，差点咬了舌头。

只恨他语文学得太差，关键时候词不达意。他希望自己要进修一下怎么和喜欢的姑娘说话，或者桑苑再教他一下怎么表达。

他挠挠头，不知道对方理解他意思没有，只直愣愣注视着她微微弯起的嘴角。

片刻，他又闷闷地说：“而且……我也没信心那么说。”

这句话就有点可怜了。

那也是没办法的事，纪亦认命。

就像刚才所说的那样，他不是占主导地位的人，他是一厢情愿。

桑苑嘴角弧度上扬一些，松开合拢的手，重新拿起小勺。

她搅了搅化掉的冰激凌，若无其事地问了一遍：“说什么？”

纪亦抬眼看她。

她一挑眉：“没信心说什么？”

他垂头丧气：“你是我的。”

桑苑抿着笑意，略一点头：“我本来就是你的。”

纪亦猛地抬起脑袋，神色满是狂喜之前的震惊，他几乎不敢相信自己的耳朵。

可说了让他心脏悸动的话的桑苑同学，一点都不害羞，让他怀疑刚才那句话到底是开玩笑还是真心的。

桑小恶魔。

纪亦在心里偷偷喊她。

桑小恶魔，你就仗着我拿你没辙。

算了，不管是真是假，刚才那句话都够他兴奋很长一段时间了。

我是你的。

你是我的。

纪亦真想把她的话来来去去听个成千上万遍。

桑苑托着腮，看他毫不掩饰的笑意，慢条斯理说：“纪亦，会设圈套的人可不止你一个。我也会。”

“那你多设几个圈套。”纪亦眼里碎光欢快地闪烁，“桑桑，不管多少个，我都乐意上套。”

GEBI
YIBAN
JITONGXUE2

第五章 / 高三警告

高三生毕业之后，学校空了不少。

以前拿着书和笔记本匆匆忙忙来回穿梭的学姐学长全都消失不见，剩下来的是尚且没回过神来的高二生，还有依然天真烂漫的高一生。

不知何时弥漫的紧绷感悄无声息降临到每一个人头上。他们现如今基本把整个高三课程全部学习完毕。

速度快一点的老师，开始拉通进行复习。

桑苑被老杨抓去办公室很多次了。

她是异军突起的新生力量，也是七班现在重点培养的学生。

老杨叫她不外乎是提醒她稳住成绩，继续努力。

末了，见她一言不发不住点头的样子，老杨又忐忑地安抚，压力不要太大，保持适度的紧张感就可以。

老杨说话的时候，时常卷着本名册，唾沫横飞，一副指点江山的模样。

某次等他歇了口气，呷口茶，不经意问她：“你和陆之遥是邻居，你知不知道他家里情况？他是不是受到了什么来自家庭的压力？”

末了，他长长叹一口气。

“老师还是很希望陆之遥成绩上来的，如果有什么不对劲的地方，你要及时和老师汇报。”

陆之遥这学期成绩依然是 A+ 级别。

博喻英中的 A+ 生，基本是能进全国排名前十大学的学生。

对于外人来说已经极其优秀了，但对于知情人来说，陆之遥的成绩还是下滑太严重。

桑苑对她邻居的情况一头雾水。

她只能礼貌地点点头。

她也在办公室遇到过几次纪亦。

不外乎和她相似的情况。

一班班主任一边瞟着老杨，一边挑衅似的在办公室大声说话。

“纪亦，你必须在第一名上站稳了！现在学校里没你的对手，你就争取下次联考把七中比过去！”

一班和七班两个班的班主任下班后会一起喝酒吹牛，一上班就是分外眼红的对手。

每次遇到这种状况，纪亦就满脸无可奈何地对桑苑笑了笑。

桑苑同样会一抿嘴角。

六月已经靠拢夏天，日头热辣辣的，让人心格外焦灼。

6 月 22 日，高考放榜。

学生们在备战期末考试的时候，按照惯例，参加了学校赠予高三的特殊毕业礼——烟花表演。

当日多上了三个小时晚自习，到了九点，所有学生集中在操场，随便找个位置等着即将开始的表演。

站着、坐着、躺着，各种姿势的学生都能看见。

李甘准备占领足球球门位置的时候，在人群中看到了和朋友走散的胡诗怡。

半空中乍然“嗖”的一声扬起，闪烁的光芒模糊提亮了人的轮廓。

烟花表演由第一簇牡丹烟火拉开序幕。

李甘在操场上骤然响起的惊叹声中靠近了胡诗怡。

他抱起胳膊，说了个没头没脑的开场白：“学校今年宣传语肯定又是，博喻英中高考分数再创历史新高。”

胡诗怡往旁边让让，给他留出个位置，她拇指掐着食指指腹，好半天，慢慢问：“你想考哪里的大学？”

李甘回答：“去北京。我们三个从小的梦想就是去北京。”

他们三个——无疑是指他、李露和纪亦。

胡诗怡一点头：“专业呢？”

“软件工程。我对那个特别感兴趣。”他说话的时候眼睛都在发光。

单眼皮被烟花渲染后，竟然也有点小帅。

他说：“我从小就觉得，能做出《仙剑》这些游戏的人特牛，我也想做个惊世的游戏！”说着，他一侧脸，问，“你呢？”

胡诗怡摇头：“我没有感兴趣的。我只是觉得，你们的闪光点都是自己的兴趣爱好，真厉害。”

李甘有点没明白她的意思。

他犹疑着接口：“可能为了爱好努力的话，会轻松很多。”

胡诗怡再次摇头，笑了笑。

李甘明白过来，略有些发窘——原来不是自己理解的意思。

她好长时间没有再说话。

等空中烟花变成五角星形状的时候，她才重新开口：“你说会不会有一门烟花是为了今年那甲骨文放的？”

今年他们学校有个学生用甲骨文写作文，一鸣惊人，成为媒体争相采访的对象。

这人高考成绩不怎么理想，但据说好几个学校争着要他。

李甘怕再次会错意，只看着她肩膀，不敢点头也不敢摇头。

他俩从来没对视过，甚至连看着对方面孔都有点困难。

李甘想不通纪亦那小子怎么能在说话时直勾勾地盯着桑苑的脸一动

不动。

也许是脸皮不一样吧。

胡诗怡又捏了下手，花点勇气，才露出艳羡的神态。

“你的闪光点是跳舞，以后还有游戏开发；那个被大肆报道的学生闪光点是甲骨文；李露的闪光点是英语；苑苑的闪光点是绘画和写作……我在想，我的闪光点呢？”

她头发已经留出一点长度了，大概到脖子下面。

虽然可以扎成桑苑那样的小马尾，可她还是选择散开。

她初中时特好看。

但毕业之后不知节制地暴饮暴食，导致长胖、生痘，外貌一落千丈，甚至因为长出来的疱疹而不得不剪了短发。

那之后她家里人老是说，诗怡丑了，没有诗琳好看了。胡诗怡对这样的对比耿耿于怀，总想着要把诗琳比下去。

这会儿不知怎的，却突然一身冷汗！

她努力错方向了。

把诗琳比下去的方式有一万种，而她选择了最没用的一种。美貌总有一天会衰退，社会审美的标准也会渐渐改变。

把这种东西作为自己闪光点来发展，不是太蠢了吗？

她早该在变得“不美”时，就明白这个道理的。有个一技之长，比徒有外表踏实多了，也亮眼多了！

她叹了口气，恍惚着走神的时候，听到旁边少年的声音。

“你的闪光点？”李甘笑了笑，沙哑低沉的嗓音在烟花爆裂声中异常清晰。

“你全身都是闪光点，我是这样认为的。”

胡诗怡一怔，她不知道自己该做出什么反应来。

这一瞬间，她因为这过高的评价羞愧到想逃跑，可她眼眶又有点湿。

过一会儿，她深吸了一口气，突然道：“还有一年时间，我也想去北京。”

为了说出这句话，她透支了所有勇气：“我们一起去，好吗？”

“当然好。”

李甘看着天空。

他们依然羞臊到不敢看彼此。

可总有一天,他们会成长,会鼓起勇气注视着对方眼睛说出想说的话。

烟花在空中变着形状，有的像是牡丹，有的像是垂柳。在它们变成芭蕉形的前二十分钟里，桑苑都没有说话。

她和纪亦也不是随时都能找到话题喋喋不休。

沉默看向天空的时候,烟花每一次绽放的声音都有力地落到了心上。

她想起一句话来。

最好的相处并不是在一起的时候无话不说，而是没有话说的时候也绝不会感到尴尬。

就像现在，空气安静而又轻松。

纪亦大剌剌地躺在草坪上，舒展开身体，左手枕着脑袋，以最舒服的姿势看着天空。

她时不时地揪起一根草扔在他身上。

过一会儿,脖子都感觉到疲惫了,烟火表演却还没有要结束的意思。

旁边横七竖八躺着的都是懒洋洋的学生，她终于也躺了下去。

天空为幕，烟花就是天幕上的演出。这样躺着，有种怀抱整个世界的感觉。

天地都苍茫得不像话。

她碰碰他的手臂，慢悠悠地问：“纪亦，我如果没有考上清华怎么办？”

纪亦笑了笑：“你决定要考清华了吗？”

他从来没问过桑苑想去什么地方。

纪亦侧过脸去看她。

桑苑也歪头看着他，郑重其事。

他这才意识到，他俩躺在一起。

躺在一起。

——真要命。

他赶紧转回头，过了一会儿，才慢慢说：“桑桑，有句话叫计划赶不上变化。我考虑过许多种未来——我们都在北京，我们没在北京；我们在一个学校，我们没在一个学校。这些都是说不准的。”

他声音停顿了一下，接下来，语气异常认真：“但是，唯一说得准的是，我所有的未来规划里，都有你。”

他右手放到她头顶，轻轻描绘着她的发丝：“别担心，计划可能会变，但我不会变。”

不会变的是一直把她当成自己生活中不可或缺的一部分。

桑苑闻言一笑，不置一词，转而问：“你为什么想考清华？”

“名字很好听。”纪亦耸耸肩，“景昃鸣禽集，水木湛清华。”

“复旦呢？卿云烂兮，糺缦缦兮。日月光华，旦复旦兮。”

“也好听。”他真心夸赞，“但我更喜欢清华。”

他的答案好像是意料之外，也好像是预料之中。

简单得不可思议。

只是这个“简单”背后，是要让人付出更多努力的“复杂”。

好多人小时候总是纠结长大了是读北大，还是清华。后来长大了认清现实，才发现小时候想得太多。

她笑起来。

谢谢你。

让我有了继续纠结选北大还是清华的资本，像是延续着小时候的梦。

她看着天空上两束光柱直直冲起，像是火龙飞入云层，被黑暗吞没。两秒后，空中出现无数个小灯笼，悠悠飘浮，慢慢垂落，光芒久久不息。

学生们因为这特殊的烟火猛然发出一阵惊叹的声音。

这是压轴的一个表演，到此，高三毕业生在博喻英中的生活终于画上圆满句号。

广播响起校主任的声音，慷慨激昂。

“今日烟花为了高三毕业的学子而绽放，明年今日，烟花将会为了你们而绽放。希望你们所有人，都能成为我们博喻英语实验中学的骄傲！”

这段时间的浮躁和焦灼，因为突如其来的广播而惊雷般地找到答案——

是警钟。

是为了即将而来的高三展开奋战的先兆！

他们所有人都得绷紧每一根神经，热血澎湃！

后面不知几班的小女生问她朋友：“你说明年今日，哪一朵烟花是为了我燃放的？”

“我希望是……”

桑苑目光闪烁，野心勃勃地伸出手：“我希望压轴这一朵烟花是我的，经久不息这一朵。”

纪亦钩住她的小指，拉了拉，一本正经地纠正：

“是我们两个人的。”

今年期末没有高一期末的轻松，他们必须在学校补课半个月。

打烟花表演结束后，学校里那股紧张的气氛一直持续着。教室后黑板报以夸张的大字写着：高三，我们来了！

这股仿佛浴血杀到天明的感觉，让人觉得沉重又刺激，动容到几欲落泪。

某日放学时，陈静被两个假尼姑拦住，往她面前递个册子，用白纸遮挡一半，说让她做好事，签个善名。

陈静傻不啦唧地签了。

对方这才慢悠悠将仿佛无意盖在上面的白纸挪开——后面还有一栏“善款数额”。

对方双手合十："女施主慈悲善良，捐些善款，佛祖一定会保佑你。"说完，还指指上面的名字，一脸虔诚。

"女施主已经在功德簿留下名字了，佛祖看着呢。"

陈静硬着头皮掏了十块钱。

对方一把抢过去，递给她一个蜡制菩萨，说她一定会梦想成真。

于是在榜单放出来之前，陈静每天都拜一拜菩萨。

补课第七日，榜单终于新鲜出炉。

陈静第一次没有冲在人群第一个，她既期待又害怕，做了不少心理准备。

等她看到自己名字之后，她先是靠了下墙，心里还残留着让她腿软的害怕与激动，紧接着一路疯跑到教室，一把抱住桑苑，摇晃着桑苑，几乎尖叫！

"苑苑，我第十！我刚刚第十！"

她瞪着教室后面黑板上的"高三"二字，大口喘息。

她是最前线的战士，而现在，她第一场战斗胜利了！

陈静脸都红起来了。

"我要继续读书，我要上浙大。我靠我自己，我不靠任何人……"她抱着桑苑，语无伦次。

桑苑做完物理题后的脑袋被陈静晃得更晕，她拍拍陈静，有气无力："你一定能成功。"

陈静松开手，冲她嘻嘻一笑："苑苑，我现在特激动。我也想抱抱纪亦，但还是算了，你帮我抱他吧。"

桑苑神色一紧，眼角微挑，立刻伸手要拍她。

陈静满不在乎地哈哈着："再多打我两下吧，下学期你想打也打不了我了。"

她露出一排牙齿，笑得满不在乎，有些刻意经营出来的无意感。

桑苑停下手，探究似的看着她。

陈静挠了挠下巴。

她不想把事情搞得轰轰烈烈，仿佛生离死别，因而她轻描淡写地说：“老杨问我去不去特殊班，我答应了。”

桑苑笑了笑：“那我下学期去特殊班打你。”

陈静不想桑苑惦记，但桑苑真的不惦记时，她又满是委屈。

“你怎么一点都不难过啊，我可是要离开你了，你快挽留我啊，你好歹象征性地哭两声啊！”

桑苑白她一眼——以前这些动作，她绷面子根本不会做，但现在她坦率随性了不少。

“又不是见不到了，我哭什么。”

她一抿嘴，如同对待小朋友：“我早知道你要去特殊班了，之前老杨训话的时候我看见名册了。”

陈静撇着嘴：“嘁，我还想吓吓你的。”

特殊班是针对入口好，出口尚未达到学校预期的学生特别成立的。学校针对每届高三都会新增两个特殊班，给有需要的同学进行针对性复习。

桑苑看了她一会儿，忽然道：“我还看见，你和瑶瑶初中是一个学校的。你们以前是同学吧？”

陈静愣住。

桑苑声音很温和：“如果对方没做什么针对你的事情的话，你不会讨厌一个人，更别说因为谁的声音就讨厌谁。”她试探着，“我只是猜测，你和瑶瑶以前是不是闹过什么不愉快？”

陈静沉默一会儿，回到桌边坐下，她笑起来：“是的呀。”

她无所谓地坦白：“我初中特喜欢一个学长，他每次说‘嗯’的时候，眼睛都会垂下眨一下。我特喜欢他这个动作。”

她瞟一眼何瑶瑶空着的座位。

“何瑶瑶认识他，说帮我追他。结果……那个学长给她表白了。”她说着，一摊手。

桑苑怔怔的。

陈静又说："就这么一件无聊的小事，你肯定觉得很幼稚。"她故作深沉地叹息，"其实她没做错什么，但我就是觉得硌硬，也很讨厌。你别操心这个，我不准备和她和好。"

已经过去的事已经过去了。

有人愿意去修复裂痕，有人不愿意。

陈静就是不愿意的那种。

她抬着眉毛："对了，我以前希望你和陆之遥在一起，想打击何瑶瑶是一部分原因。不过，也是真的觉得你俩挺配。谁知道你就和纪亦暗度陈仓了……现在我还是觉得你和纪亦最配。"

又来了。

如果大学有那么一堂课的话，她建议陈静去学做媒。

桑苑叹了口气："你既然要走了，那我就祝你一路好走。"

陈静郁闷："我怎么觉得怪怪的，你这根本就不是祝福……"

桑苑笑着转过身。

最后一天，全班一起唱着《最初的梦想》结束了他们的高二。

今天之后，包括陈静在内的五位同学不再属于七班。

这个暑假纪亦没法和桑苑见面，因为桑苑按照之前和桑母的约定，去了广东玩。

李甘过来找纪亦打球的时候，见那浑蛋像是转性了似的，难得没有拼命刷题帮桑苑总结，反而在默写古诗。

他凑过去看了一眼。

"晓看天色暮看云，行也思君，坐也思君。"

"思君如满月，夜夜减清辉。"

"别后不知君远近。触目凄凉多少闷。"

这股深闺怨妇的感觉！

李甘一巴掌拍在他背上，张大嘴看了他半天，最后长长叹了口气："我居然有点理解你心情。"

两个难兄难弟互相拥抱一下，给对方慰藉。

李甘拿出手机，死死地皱着眉："暑假到现在，我只和她发了三条短信。"

纪亦点点头，感同身受："我和桑桑今天也只发了三条短信。"

一个总数量三条。

一个今天数量三条。

李甘又在心里骂一声，抱着球要走："我们散了吧。我发现我和你根本不是一路人。"

纪亦笑着搭他的肩膀："还是你比较惨，哥们儿我就舍命陪君子，陪陪你。"

桑苑则是更加直白地感受到了母亲一家的生活。

他们总是晚上十二点睡觉，七点起床。家里电视只要开着，放的一定是卡通动画。桑母喜欢喊两姐妹的小名，郑斌则更喜欢直接喊姐姐、妹妹。

俊俊每天凌晨都会哭。

据桑母说，这种状态已经持续两个月了，也不知道怎么回事。

桑母和郑斌每次都手忙脚乱又小心翼翼地去哄孩子，既担心小女儿，又怕吵到大女儿。

只是桑苑睡眠一直不深，就算他们尽可能轻手轻脚了，但她还是会被吵醒。

夫妇俩如今一起开了个小公司，收入不错。

郑斌每天去公司忙活，桑母就在家陪两个女儿。

工作日不能远行，所以桑苑和母亲在一起更偏向于买菜逛街等日常生活。

桑苑第一次知道这里标注"特辣"的火锅也不够辣。

这里海鲜便宜新鲜又肥美。

这里水果特别甜，含糖量极高。

这里青菜贵得离谱，超市里几乎论棵卖。

然后等周末时，郑斌就开车带着三位女士去周边旅游点。

桑苑在外伶仃岛眺望香港岛的时候，收到了短信，问她："今天怎么样？"

来自纪亦。

海边风特别大，夹杂着海洋特有的气息，扑面而来。

她散开的头发被风吹得乱糟糟的，她将拂上脸颊的发丝别到耳后，垂下头回复。

"俊俊昨晚哭了一个小时，所以，我现在一个人在海风里打盹。不过没什么要紧，明天可以睡懒觉。"

那边没声了。

过了一会儿，电话振动起来，亮起的屏幕上显示着"傻白甜"三个字。

纪亦的声音还带着运动后些微的喘息，和沙滩上的阳光一样热情："桑桑，你现在在海边吗？"

桑苑给出肯定的答案："嗯，现在在伶仃岛，我这个地方正好能看见香港。你在做什么？"

"陪李甘打球呢，中场休息。"他在那边笑，"你想去香港玩吗？"

"不想。"桑苑摇摇头，"我想去敦煌看沙漠。"

她几乎立刻猜到了纪亦下一句可能会说的话，赶紧先发制人地打断他："公平交换情报，你呢？"

"我啊……"纪亦坦白，"我唯一没看过的就是雪了。我想去看在地面积起厚厚一层的雪。"

桑苑想了想："我也没看过，我也想看。"

她慢悠悠地说："我想去的地方挺多，特别想去欧洲玩，但不是法国、英国类似的热门国家。"

纪亦了然，兴奋起来：“是不是想去希腊、挪威、瑞典这些地方？”

“你怎么知道？”

“因为我也想去。”

他为他俩心灵相通高兴得不得了,感受着八月毒辣无风的热浪,又问:“你那边海风很大吗？”

“嗯。”

桑苑双腿从椅子上垂下来，悬在半空前后晃动。

她说：“你听听看。”

言语间，她将手机拿远一点，对着大海的方向。

风被海浪掀过来，呼啸而至。

“听到了吗？”

纪亦干巴巴地回答：“没听到。”

她弯着眼睛一笑，对手机“呼”地吹了口气，又问：“现在呢。”

“听到了。”纪亦笑起来,声音轻快,“这海风真可爱,像你一样可爱。”

那边男生们催促着他上场了。

纪亦挂断电话前匆匆问：“你什么时候回来，决定好了吗？”

“19号。”

“那不是开课前最后一天了？”他急切着,又叹口气,转而明朗一笑,“我到时候来接你！”

他们挂了电话。

桑苑这才发现打电话的时候有条新的短信发了过来。

和纪亦刚才的问题大同小异。

“过得怎么样？”

是陆之遥发的。

她回：“挺好的，谢谢关心。”

他没再回复。

海风难得小了一点,桑母端着两杯冰沙过来,将西瓜味的放在她旁边。

她也在椅子上坐下来，随口问：“在和朋友打电话？”

桑苑点点头，摆弄了一下吸管。

桑母含笑看她：“我老远就看见你在这边笑得开心，是听见什么喜事儿了？”她声音略一停，马上又露出松了口气的模样，“我本来还担心，你性子太稳重，朋友们会不会不经常和你说笑。”

老被人说性格稳重，桑苑有点不好意思了：“哪有那么夸张。”

碎冰化掉一些，西瓜味儿的冰水喝起来特满足。

桑母沉默好一会儿，突然冒出来一句：“苑苑，我和郑斌商量了一下。你要不要，转学过来和我们一起生活？”

桑苑稍稍一愣。

桑母表情认真，看起来并不是一个临时决定。

“我之前打听了下，我们这边教育水平更高，考试也比那边简单一点。你过来的话，一来可以轻松一些，二来我们也能生活在一起，是不是？”

她和丈夫为这个事情忙活了一段时间，现在只是轻描淡写说给桑苑听。

“转学的问题你不用担心，郑斌有认识的人，给你安排最好的……”

话还没说完，就被打断。

“妈妈，我不转学。”桑苑态度很果断。

桑母不由得叹息一声：“可是妈妈希望你可以过来和我们一起生活。”

“我以后时间还多，也不差这一年。”

话虽如此，但孩子一旦进入大学之后，回家的时间只会越来越少。

桑母耐心劝着：“苑苑，你再考虑一下。咱们老乡会好几个父母都让孩子来这边读书，现在都考上不错的大学了。”

桑苑对她的话一点也不感兴趣，从头到尾都是摇头。

“我不转学，我就留在那边挺好的。再说了，我也不是只为了高考，也为了……”

桑母突然插进来一句：“那个叫纪亦的孩子？”

她的心脏猛地一跳。

看着手里的冰沙，脑袋里面有根弦一瞬间绷紧。

“您说什么呢。”她不动声色，“我学习是为了我自己未来的发展，多学点什么总归没错。”

桑母总算不再提转学的事情，倒是笑了笑。

“我当时和老郑搞这个公司，老郑负责运营，我则负责行政人事。所以，妈妈别的不行，看人的本事还是有的。”

那男孩虽然沉得住气,可她女儿一开口,他看过去的眼睛就亮晶晶的。

与城府无关，只是习惯使然。

桑母露出意味深长的表情：“那孩子一看就喜欢你，眼睛可骗不了人。”

桑苑一声不吭。

桑母说：“你们这个年纪，正是青春期，谈谈恋爱拉拉手再正常不过了。关键是，你喜欢他吗？”

桑苑渐渐放松下来，嘴角翘了翘：“您不是会看人吗，您看看我眼睛呢？”

桑母呵呵直笑：“我就是看不出来，才问你。”

她没有回答这个问题。

桑母轻声细语地说：“苑苑，不管你想做出什么选择，你都一定要选择让自己更开心的那个。没事儿呢，妈妈在后面给你撑腰。”

“好。”

桑苑点点头。

G E R I
YIBAN
JITONGXUE2

第六章/家长会

8月19日，桑苑坐晚上的飞机返回成阳市。

8月20日，准高三学生们返校。

他们回学校收到的第一个大礼，是张胖子颁布的“高三守则”。

上课时间进行调整，早上六点半需到校跑操，然后增加一节早读课。

晚上住校生四节晚自习，走读生上两节。

所有活动课和体育以外的兴趣课取消。

学生不得佩戴首饰，不准披头散发。

不准看闲书杂志，不准带与学习无关的东西进入学校。

男女学生交往不准过于密切。

不准和社会闲杂人士接触，不准抽烟喝酒，不准打架斗殴。

……

在学生们为新规定愁眉苦脸的时候，他们紧接着收到第二个大礼。

家长会。

这会儿桑家老太太就坐在桑苑位置上，一边看着成绩单，一边听广播里校领导振奋人心的演讲。

“我们博喻英中在2006年高考中取得了相当好的成绩！今年总参考人数2477人，本科上线2281人，本科一批次，也就是你们说的一本，上线人数1822人。应届一本生1494人……”

全是官话，核心思想不外乎一个——

博喻英中很优秀，今年指标完成率又是全市第一。

下面心不在焉的家长不止一个，在电扇呼啦的声音中都露出头昏脑涨的模样。

可距离家长会结束还有点时间。

校领导讲完了，轮到班主任上场。

老杨看着手上的讲义本，郑重严肃：“现在我得给各位家长说下高三生的相关注意事项。”

听到和孩子有关的东西，一部分家长终于打起精神。

老杨敲着讲台说话。

“首先就是高三冲刺的特殊阶段，家长们一定要极为重视！不要认为这是孩子自己的问题，家长必须和孩子一起做好万全的准备。

“还有啊，我希望有的父母，个人问题家庭问题放一放，不要影响到孩子。时刻关注孩子的情绪，千万不能让孩子产生抵触懈怠心理……”

老太太把桑苑高一到高二所有考试成绩单看了一遍后，打量起周围的家长来。

正前方是个典型的家庭妇女。

斜前方是以前老厂区的同事，据说孩子成绩和桑苑不相上下。

同桌的家长乍然一看年轻漂亮，化着精致的妆容，可细看后眼角皱纹挡不住衰老的迹象，总有点风尘感。

后面空了一个。

另一个则是衣冠楚楚的商业人士，时不时看一眼腕表，然后露出不耐烦的模样。刚才他儿子进来，一副纨绔子弟样儿。

老太太对外孙女这个座位不怎么满意。

学生们不用留在教室，桑苑带着一册生物资料出来，站在大厅意义不明的雕塑旁边等家长会结束。

天气实在是太热了。

聒噪的油蝉让人昏昏欲睡，她看了两三分钟就想打盹，这就合上资料，用手在脸颊边扇了扇。

背后传来一阵凉意。

纪亦一边背英语短语，一边用笔记本从背后给她扇着风。

李甘也揉着眼睛打了个呵欠：“不行，我现在心里充满了愧疚感。”

纪亦问：“愧疚什么？”

“感觉到了高三应该好好学习，但又学不进去，满脑袋都是打游戏。”

桑苑赞同他的说法：“不知道为什么，反而没动力了。”

李甘偷偷瞟一眼外侧的胡诗怡，大声叹气：“我这个状态，能不能考进北京呢？”

“怕什么。”纪亦一挑眉，“北京职业技术学校也在北京呢。”

“你小子又想打架了是不是？”

纪亦抬起头，笑嘻嘻地说：“张胖昨天才在广播里说了，禁止打架斗殴。”

他从雕塑底座上跳下来：“要不来个惩罚游戏？”

“什么？”

他对问话的桑苑笑了笑，转身把笔记本在雕塑下面摊开：“这学期开始，不是每周都有一次测验嘛，我们就定个周目标。要是没完成的话，就自愿接受大家的惩罚。”

李露立刻出声：“正好我缺个帮我打饭的。”

她面无表情地从纪亦手上抽出笔，第一个在他笔记本上写：“英语阅读选择题拿到 20 分。”

桑苑也写：“物理 110 分以上。”

等李甘、胡诗怡全部写完后，纪亦写：“熟练背诵十篇初中必背古文。”

几个老朋友都是一愣。

他吊儿郎当地把自己目标定下来，也不知道到底能不能完成。

要知道这家伙以前一周能背一篇都算努力了。

桑苑抿抿嘴，突然来了个主意，给两人名字旁画了个交换的箭头。

她笑了笑：“我俩互换。我要是完成不了目标，你就帮我接受惩罚。同样，你要是完成不了，我帮你接受惩罚。”

纪亦一瞬间石化！

他不知道自己该笑还是该忧愁，睁大眼睛看了她半天，后悔自己刚才随便立下的远大目标。

“桑苑，你这是在逼我。”他咬牙切齿盯着笔记本上的“十篇古文”，然后肩膀耷拉下来，“这下不完成都不行了。”

桑苑拍拍他，笑里都是坏意：“谁让你不动脑子乱写目标。”

李甘扯着嘴角看他俩。

他俩到底为什么能够这么自然做出这些举动的。

为什么他就不行？

说话的时候，又有皮鞋在地板上踢踏着接近他们，然后洪钟般的声音传来：“你们做什么呢？”

几人转过身，张胖子脑袋在灿烂阳光下发着光。他目光炯炯看着他们，满脸警惕。

纪亦立刻站直身子，对他露出招牌的笑容：“张主任，我们在制定周学习目标呢。”

他这笑脸一看就是听话懂事的好学生，让人舍不得责罚。

张胖子满脸严肃，负手皱眉：“什么目标！昨天才说了男女生禁止扎堆，你们今天就给我忘了是吧？”

纪亦眼睛眨了眨：“张主任，您昨天说的是不能交往过于密切，没说不能交往啊。”

“你还给我狡辩是吧？扎堆就是交往过于密切！”他想去敲敲纪亦脑袋。

但那男生反应特快，立刻用笔记本挡下来，把本子递到他面前：“张主任，我们真在制定学习目标，要不您看看？”

张胖子收回手，狐疑地看了一会儿，将信将疑地接过他的笔记本。

再抬起头来的时候，张胖子的表情已经变得赞同欣赏。

“你们这个很好啊！”他手指点着，“可以，应该向所有学生推广！”

纪亦立刻借着东风商量道：“主任您看，我数学、物理好，桑苑语文、英语好，李露生物好。我们几个凑一起也就是想讨论讨论学习的事儿，您能不能通融一下？”

张胖子还看着笔记本：“我不能单独对你们几个网开一面。”

纪亦诚恳：“您之前不是说了嘛，我们现在的目标不能只放在博喻里面，要看到外面的世界。我们几个比来比去，年级前几名不还都是咱们三个，都老熟人了，没意思。”他笑容明艳，“所以，我们现在是想着超过七中。要是能多交换交换经验，咱们迟早能把七中比下去。”

七中是张胖子心头大患，上次纪亦因毫厘之差被七中压在第二名，让他耿耿于怀了一段时间。

学生有斗志，努力学习是好事。

这占领了年级单科第一的学生基本都聚齐了，要是个个都能把不擅长科目的分数提到最高，七中算什么？

张胖子环视一圈，声音压下来，用手指比画警告他们：“你们爱学习是好事，但不许太明显。”

“好。”纪亦听话地点头，跟小鸡啄米似的，“我们一定低调，谢谢张主任！”

他们目送着张胖子走远。

纪亦捏着本子，等张胖子走上楼梯拐角的时候，他还笑得甜甜的，对张胖子挥动着手里的笔记本。

人一没影，他笑意便以肉眼可见的速度发生变化，原本的乖巧变成机灵。

他转回身，摇了摇头："咱们张胖就两个弱点，第一学习，第二七中。一个打不动他，就两个一起搬出来，天大的事儿他都能妥协。"

桑苑却想到别的："我听说张主任光今天上午就抓了八个学生，都被打发扫厕所了。他是玩真的，不知道我们班……"

她没说下去。

他们班有几个同学问题挺严重的。

七班家长会终于结束，老杨特别点了几个家长来办公室单独交流。

桑苑是让老杨放心的好学生，按理说现在没有她外婆的事情了，但老人家还是惦记，想要和老杨交流一下。

桑苑陪着老人家在办公室外面等待。

透过窗子，能看到办公桌边站着的是田娆，还有她的母亲。

老杨撇了下漂浮的茶叶，打量一眼："田娆是独生子女吗？"

田母点头："是。"

"家里没有别的兄弟？"

"没有。不瞒您说，咱们一大家族，就她这一个小辈。"

老杨一只手端着杯子，一只手把田娆成绩册拿过来。

"你们孩子，成绩正好是B等，也就是二本院校生。我觉得她努力一下，还是有希望上一本线的。"

他严肃起来："但要注意的是，第一，高三把篮球一类的运动暂时放一放，心思收回到学习上来；第二……"

老杨斟酌一下才慢慢说："还是要和男同学保持一点距离。我观察过她一段时间，她好像没什么女生朋友，经常都和男生勾肩搭背的。"

田母表情尴尬。

老杨怕自己刚才说的话会打击到女孩，又赶紧补充："老师知道你不是个坏孩子，也没什么坏心思，但是男女生交往还是要有界线的。你们这个年纪很危险，肢体接触要尽量避免，说话也最好注意分寸。”

田娆一声不吭，就鼻子微不可察地皱一皱，眼睛往天花板上看，一副不以为然的态度。

老杨还在说：“你看你同桌桑苑，我们班第一名，性格好，是个随和的女孩子，你也可以试着和她交交朋友是不是……”

那个看起来默默无闻却在周睿和陆之遥之间周旋得风生水起的同桌？

那个和纪亦之间飘浮着若有似无暧昧的同桌？

田娆背着手，等老杨说了一会儿，终于忍无可忍地打断他：“杨老师，我懂你说的这些，但是人与人是不一样的。有些女生和男生有越界接触，不是因为她们不懂，而是因为她们太懂。”

她深吸了一口气：“我和她们根本目的都不一样，我只是把男生当成兄弟而已！”

老杨被她一杵，愣住：“可是……”

田娆摇头：“你可以把我当成男孩子看待，我和女生在一起就不自在。”

“为什么不自在？你自己不就是女孩子。”

田娆表情有点讽刺。

“杨老师，你不懂女孩子的团体，她们……算了，反正特能装，也特能嫉妒排挤人。”她看母亲一眼，冷笑一声，“当面一套背面一套。”

田母脸上神色一变：“娆娆！”

她语气极其严厉。

老杨目瞪口呆地在两人之间来回看，愣了一阵，说：“田娆家长，要关注的不只是孩子的学习，孩子的心理也很重要。”

他说着又认真瞧着田娆：“我们都是从你们这个年纪过来的。这个年纪孩子就这样，觉得自己什么都懂，只相信自己愿意相信的，没法接受别人的说法，对不对？”

他摇着头："等你以后长大了，进入社会了，回头你会发现，你错了很多。"

说着，他叹息一声："我不希望我的任何一个学生，因为现在的错误，给以后留下遗憾。"

田母露出手足无措的样子，刚才惨白的脸色渐渐又憋得通红。

老杨不看她们两个了："家长，家庭问题一定要解决好，高三非常关键，千万不要影响孩子学习。"

他甩动手腕挥了下手："出去吧。"

田娆冷着脸，先母亲一步离开办公室。

她妈妈在走廊上喊住她："娆娆，你怎么能乱说话？"

"我乱说什么了？"田娆呵呵笑一声，脸慢慢垮下来，"还是我说了什么戳中你了？"

"你……"

田娆不给母亲把话说完的机会，脸一别，烦躁地皱起眉："你别管我，我爸会管。还有，你与其管我，不如管好你自己。"

桑苑从窗户处走到门边，敲了敲门。

听到声音，田娆视线转动着看了一眼。

见到她同桌的一刹那，田娆身子就僵硬起来，脸色有如锅底，攥着手死死瞪着那边。

仿佛没料到自己说话会被熟人听见一般。

不过，不自在只是短时间的事儿，她撇了撇嘴，甩着头发，努力昂着头离开。

不外乎就是班上又多出些风言风语，反正女生嘴巴都是喇叭，她习惯了。

什么小道消息她们都乐此不疲地传着，非要把别人扒得什么都不剩了才高兴。

田娆神色阴沉。

桑苑压根不看她，径直走进办公室。

老杨不觉得自己和桑苑外婆有什么好说的，孩子自觉、努力，成绩基本也稳定了。家长完全不用担心。

只是在桑家老太太三番五次询问怎么继续提升成绩后，老杨举着手指告诫了老太太。

适当的压力，是动力；可过分的压力，反而会让人失去所有动力。

桑苑既然自觉，就让她自己发展，家长不用自说自话地制定什么远大目标。

他对桑苑外婆说，让桑苑该吃吃，该玩玩，学习他们老师负责，要是没考好，找老师对峙，别找孩子。

话都说得这么满了，老太太没办法，心不甘情不愿地点着头回家。

GE BI
YIBAN
JITONGXUE2

第七章 / 时间在流逝

开学“大礼”都接收完毕，接下来，正式进入高三生活。

桑苑每次走进教室的时候,都会莫名其妙产生一种灰头土脸的感觉，好像再光鲜的学生到了高三也都变成面朝书本背朝天花板的可怜人。

大家桌上都是厚厚一摞试卷资料，风扇的风偶尔无力地翻一翻他们的书页。

老杨让值日生每天除了写课表，也写一句励志语上去。

这学期值日是从周睿的位置上轮起，过了两天就轮到桑苑。她写:我所荒废的今日，正是昨日殒身之人所祈求的明日。

黑板上的高考倒计时牌翻到“286”。

陆之遥视线一路跟着她，从她拿起粉笔，到她走下讲台。

我所荒废的今日，正是昨日殒身之人所祈求的明日。

他听到自己心脏疯狂地跳动。

正式开学的三天前，学校请到了博喻 2005 届的优秀毕业生，在电视上给大家做动员。

2005 届毕业那年，他们正好高一，因而对好几个有名人物，现在都有印象。他们在电视上看到好几个熟面孔。

伴随着班上同学惊喜的窃窃私语，桑苑和周围其他人也时不时说上几句话。

田娆一个字都插不进来，她高二下学期才转过来，根本不认识这些大两届的学长学姐。

她只抿着薄薄的嘴唇，嘴角那个弯不那么翘了。

到第四个上台的学姐时，桑苑和李露明显露出感兴趣的表情。

那女孩留着半长的黑发，模样绝对称不上惊艳。脸不胖，形状却圆圆的，五官组合在一起给人一种很舒坦的感觉。

她笑着说："我叫方棠，2005 届 15 班学生。我应该是大家眼中拖后腿的人。以前读初中的时候，还觉得自己能考班上第一，超厉害。进了博喻才知道，原来人上有人，和我有相同想法的人应该不少吧？

"直到高三之前，我成绩在博喻都是凤尾的状态，但是，高三时我成绩顺利达到了 A。我没什么诀窍，就是比别人更能吃苦，更能努力！

"觉得为时已晚的时候，恰恰是最早的时候。现在开始努力也不迟。暂时还处于中下游的同学们，希望我的成功能够带给你们信心。"

想到之前从纪亦那里听来的零零散散的八卦，桑苑不免一笑。

方棠学姐少说了一个特关键的地方。

她不是自己一个人努力，而是被林澈哄着努力。

据说高三时林澈一个艺考生，活生生急成了文化课学霸。

说曹操曹操到。

她刚刚想到林澈，林澈就出现在了电视上。

他出来的一瞬间，走廊上有奇怪的起哄声，来自女生。

林澈还好奇地看着镜头问："真的也要采访我？"

他说话的时候，有单边的酒窝，眼尾弯着——纪亦母亲这边的人都有着一模一样的笑眼。

长相虽和纪亦有相似的点，又完全不一样。

他是让人看到第一眼就想赞叹英俊的人。

纪亦则是更加温润的俊秀感，不夺目，却能在举手投足间散发出极大的魅力。

所以为什么刚入校的高一女生热衷于陆之遥、周睿等人，高二时却集体推崇纪亦。

所谓的惊艳时光与温柔岁月。

工作人员点头后，林澈才对上镜头，一本正经：“我觉得我是今天最大的异类，我说的话艺考生听听就行了，本部的学弟学妹随便玩玩手机听听歌，不用理我。”

他这样说了之后，周围人都笑起来。

就连原本百无聊赖的田娆嘴角也重新扬起。

这话根本就是吊胃口，只会造成反向效果。

林澈说的大部分和艺考有关，不过有那么几句也是共通的。

接下来上场的其他几个学长学姐，着重点各有不同。

正到一半的时候，他们教室的门被敲了敲，循声望过去的学生俱是一愣。

又有赞叹声啧啧响起——林澈站在门口。

他往里面张望一眼，对老杨笑了笑：“老师，我找下你们班桑苑。”

班上有些好事的学生顿时“哦哟”着起哄，一道道视线暧昧地投过来，没有别的意思，只因为对方是个特别好看的男孩。

不管谁和一个特别好看的男生在一起，都会勾起别人的好奇。

陆之遥眉头皱了起来，田娆倒是一脸饶有兴味。

又是这位成绩好、性格好，还默默无闻的桑苑同学。

桑苑走出去，走到班上同学看不到的墙后，跟对方打了个招呼。

林澈笑了笑，看一眼走廊，确定了周围没有会突然跳出来的老师，然后把手里东西递给她：“给你的。”

桑苑指了指自己鼻子，有点不确定。

等林澈点头之后，她犹豫着接过来。

“这是什么？”她把纸袋打开，往里面看。

林澈挑着眉毛笑：“我和棠棠放假去日本玩，纪亦死缠着我求我买的，队伍可没把我排死。”

他说出“死缠着”“求我”几个字的时候，脸上全是憋不住的得意。

看得出来他因为打击到纪亦，而心情倍好。

男生牢固又脆弱的友情啊。

纸袋里有几张碟，还有纸片书刊一类的东西。

桑苑看了几眼就合上，有点为难：“这些周边得不少钱吧，我还是……”

“别别别。”林澈摆着手打断她，“我已经敲诈过那小子了，你要是有啥想法就直接去和他商量。不过也没什么好商量的，咱们一家人不说两家话，对吧？”

林澈笑容里多出几分促狭。

还别人起哄呢。

他林澈也是爱八卦爱起哄的头号人物。

桑苑和他不太熟，点点头：“谢谢学长……”

林澈笑意更浓：“你该叫我表哥。”

纪亦从来不叫他表哥。

从小到大，不管他怎么要求，那浑蛋都“林澈”来“林澈”去。

没占到表弟的便宜，就只能从“弟媳”身上占回来。

桑苑一抿嘴角：“谢谢表哥。”

林澈心里顿时舒畅了，“弟媳”比表弟懂事一万倍！

他对她挥挥手：“我就先走了，棠棠还等着我。那个……你们学习加油！”

桑苑走回教室，好奇的视线再次凝聚到她提着的东西上面。

她低头回到座位。

电视上最后一个学长正好说完动员词。

一个个活生生的例子提醒他们:

熬过这一年就是胜利。

成绩尚且没浮起来的，还有机会。

颓丧的都应该打起精神了。

打盹困乏的人也该醒醒了。

黑板右下角的鼓励语已经换成新的。

The time is passing.（时间在流逝。）

家长会后，班上并没有和田娆有关的风言风语就此掀起。

每一天还是风平浪静地度过。

田娆偶尔会探究似的凝视她同桌，然后从平静渐渐过渡到意难平。

她心里好像有个声音在尖锐鸣叫，大声质问，为什么？

她有时候莫名会生出种希望流言蜚语往她身上攻击的感觉，然后她又赶紧把那种感觉给扔开。

她一遍又一遍地告诉自己，桑苑捏着她的把柄却不说出来，只是为了打心理战，让她不得不低自己一头。

可桑苑无视她的样子让她觉得很不堪。

那姑娘态度自若，她却仿佛成了卑劣的小人之心。

如果那些评价女生的话没被桑苑听到，也许她不会这么不自在。

可被桑苑听到后，她觉得对方一切行为都像是甩了自己一个响亮的耳光。

田娆茫然疑惑，打发着不舒心的高三时间。

某日，田娆在打水的时候遇到了纪亦。

那男生正垂着眼角喃喃背诵《马说》，背错的时候就笑了笑，一副无可奈何的模样。

他在整个几近灰色的高三年级中，难得保持着光彩照人的质感。

她突然想到昨天电视上和教室门口出现的林澈，有双和他几乎一样的眼睛。

她走到他身后，趁他注意力游移的时候猛地一拍他，然后在他吓了一跳的表情中笑着说："那天叫林澈那个男生，长得和你挺像的，不会是你亲戚吧？"

纪亦回过神，笑了笑，并不答话。

也不知道是不是她的错觉，这对谁都亲切的男生看她的时候，眼神居然带着点警惕。

连她也不知道这种感觉从何而起，仿佛她下一次开口就会吃了他似的。

田娆烦躁起来。

她意识不到自己现在在说什么，其中有无故意的成分，她说："那林澈还来我们班找了一趟桑苑，好像送了她点什么东西。"

她还记得上学期郊游时，纪亦因为桑苑的恶作剧摔到了地上。

等他爬起来后，没过一会儿，就把脑袋埋在了桌上。

他们看不见纪亦的表情，却能看见他空闲的那只手紧紧攥着。

他们无法理解他握紧的拳头到底代表什么含义。

说生气，好像不是那么回事。

说高兴，可自虐般地往手心掐上红印子，也不太像是高兴。

总之——很特别。

纪亦懒散地发出单音节："噢。"

他漫不经心的态度看不出所以然。

田娆突然有点难过，没头没脑地冒出一句："我怎么觉得，你一直都挺开心的？"

别人——譬如她，在这样的大环境下早就笑不出来了。

不可否认，沉重的学习中，乐天派的纪亦有着绝对的吸引力。可也正因为他和众人不太一样的乐天态度，让人不禁为此纳闷。

纪亦在她发出声音后停顿了一会儿，终于多说了几个字："被喜欢的人督促着学习，难道不是一件值得开心的事儿吗？”

她眉心不自然地动了下：“那你没有不高兴的时候？”

“有。”纪亦慢悠悠地列举，“喜欢的人不高兴时我不高兴，喜欢的人瘦了时我不高兴，喜欢的人被欺负时我不高兴……”

田娆开口打断他，语气微恼：“你就没有一点自己的情绪吗？你能不提到喜欢的人吗？”

她简直怀疑他一口一个“喜欢的人”是故意戳她的心。

纪亦想了想，露出小白牙，一笑：“还真能。我闭嘴的时候就不会提到她。但只要我张嘴，就没法儿不提她。”

她张着嘴，看他弯下腰打水，突然一句话都说不出来。

她进入博喻半年时间了，可她好像还是转学前在校门口被保安拦住，只能隔着围墙远远眺望的那个女生。

她从没融入这里，她好像被这个世界针锋相对了。

高一高二生开学报名的那天，七班终于到了换座位的时间。

收拾东西去教室门口排队前，何瑶瑶侧过头看了一眼。

晃眼的阳光里面，陆之遥的轮廓却朦朦胧胧，看不真切。

蝉声延长着校园的枯燥乏味。

她对着阳光而来的方向，微微眯起眼睛，问：“你这学期打算坐哪儿？”

陆之遥耸了下肩膀，表示自己也不知道。他满脸无所谓。

那边胡诗怡同样转过了头。

不知不觉间，她的头发也长了，在头顶扎成个团子，以前的阴郁一扫而空。

她在问桑苑：“我们怎么坐？”

陆之遥收拾背包的动作缓慢了一点。

何瑶瑶声音还是娇气，却异常坚定：“对不起，我不能和你当同桌了，我和朋友说好了，和她一起坐。”

陆之遥略微拉回思绪："该说对不起的是我，高二谢谢你关照了。"

何瑶瑶点点头，把文具袋放进背包。

田娆依然冷着脸，视线冰冷。

终于换位置了，她早就想找个兄弟一起坐。

她听见桑苑的声音，轻轻的。

"可以的话，我更想一个人坐。"

她动作一停。

什么意思？

她想，桑苑是故意说给自己听的吗？原来桑苑也不是那么菩萨心肠？

她目光讽刺起来。

胡诗怡咬了下嘴唇："可我们班学生是双数。"

如果桑苑一个人坐，势必有另一个学生也会落单。

桑苑叹了口气。

正纠结间，周睿突然站了起来。

他看起来心情特好，眉毛吊儿郎当地挑着。他用笔杆敲了下桑苑的小马尾，笑起来："要不要和我坐在一起？"

桑苑基本收拾完毕，她把背包背起来，又拿起箱子，无可奈何地笑着："我要不去申请个特殊位置坐好了。就在讲台旁边，自成一派。"

别人对讲台边的特殊位置避之不及，她倒是很期待。

周睿问："你为什么不想和我一起坐？"

桑苑也问："你为什么想和我一起坐？"

周睿一耸肩："每周模拟考抄你卷子方便点，而且，我上课不说话，都睡觉，肯定不会打扰你。"

她笑着摇摇头，拿着东西往教室外面走。

陆之遥还坐在椅子上，一动不动。

这样的事情似曾相识。

初中时班上有个和桑苑关系不错的男生。

在老师给他们播放《哈利·波特》的时候，那男生悄悄溜过来，蹲在教室柱子中间留出的空隙处。

他小声说："桑苑，要不要换座位，和我坐在一起？"

桑苑问："为什么？"

男生冒着颗痘的嘴角溢出笑容。

"咱俩一起坐肯定有意思，你无聊了我给你讲笑话，你嫌安静了我就给你唱歌，多好不是？"

无聊、幼稚。这是桑苑最喜欢说的两个词。

陆之遥发现自己没法把注意力凝聚在《哈利·波特》身上了，酷炫的魔法根本吸引不了他。

他想听到桑苑快点说无聊，可对方迟迟不响应的声音，让他怒气一瞬间尖锐如刃。

那时的桑苑没看蹲在墙角的男生，也没看他，更没看《哈利·波特》。

她凝视着不知名的地方，有点说不出是惆怅还是失落的样子。

好在他俩也就是说说而已，座位可不是说换就能换的。

陆之遥松了口气的时候，还有点恼怒。

桑苑成绩中上，有时候说话不留情面，总是淡然没反应的样子让他不喜欢，他却忍受下来了。

就算不做同桌，也该他先把分开的话说出来才对。

他冷战了三天，一直坚持着自己的看法——他是因为桑苑的不知好歹才生气的。

但是……生气的理由仅仅如此吗？

陆之遥的手突然有点颤抖起来。

他自视甚高的自尊一次次被戳中，把对桑苑的怒气都归咎到骄傲被人侵犯上面。

可生气则已，黑板上一句句警醒说辞如同重锤敲在心上。

时间在流逝；

我荒废的今日，正是昨日殒身之人祈求的明日；

觉得为时已晚的时候，恰恰是最早的时候……

一遍遍浮现，仿佛巨浪冲击着脑海的礁石。

他为什么会理所当然地对她发脾气？为什么又会在她母亲归来后失落难耐？他高二下学期到底在故意颓丧给谁看？

他越是深想，心脏就越是悸动。

他在自己都没有察觉的时候，已经站了起来！

他大步往外走去,脚步越来越急,最后在走廊上看到桑苑背影的时候，跑上去一把握住她手腕！

桑苑吓了一跳，发出“嘶”的倒抽一口冷气的声音。

他手指极为用力，被他按住的皮肤迅速变白。

她下意识要甩开他，手上抱着的纸箱却沉重得让她无法放开。

陆之遥张了张嘴。

明明心中醍醐灌顶，话语却哽在喉咙一个字也说不出来。

他想到纪亦。

去年竞赛回来后在月考考场遇上，他随口问了下对方成绩，对方大刺刺回答，拿了金牌，但没能被选进国家队。末了，纪亦又挠了挠头，叹口气：“真不甘心，只能明年再试试。”

虽然同是大家眼中无所不能的学霸，但纪亦对“没考上”“成绩不过关”这类杀脸面的事情一直满不在乎。

而不像他们，为了高高的自尊，羞于启齿。

他忍不住猜测，如果是纪亦，此时此刻会说什么？

他可能会笑着，坦率又绅士地说：“我们继续当同桌，怎么样？”

可陆之遥不愿意把“怎么样”的主动权交给对方，也不愿意用低声下气的问句。

他吞咽着唾液，近乎严厉地开口：“桑苑，和我当同桌！”

GEBI
YIBAN
JITONGXUE2

第八章 / 小葱拌豆腐

高三进行了两次测验之后，高一高二生终于也来到了学校。

盛夏中几乎死寂的学校恢复了活力——当然这活力也有强迫的意味，毕竟来自于军训。

炎热到即便坐着也能汗流浃背的天气里，操场上时不时传来排山倒海似的“一二一，一二一”。

但不知为何更让人心烦意乱。

桑苑吃饭的时候意外遇到了陈静。

陈静正专注地看着巴掌大小的单词册念念有词，见到她后，立刻放下手里东西，对她热情地挥了挥手。

她过去和陈静坐在一起。

陈静转着脑袋，四处探了探，好奇：“纪亦没跟着你？”

明明不是同一个班的学生，但看她那样子，好像纪亦没跟着桑苑是一件多稀罕的事情似的。

桑苑拿起筷子，把姜丝挑出来，摇摇头：“他最近应该在准备竞赛，没空跟着我。”

“这样啊。”陈静暧昧地看她几眼，笑眯眯地用食指一戳她，“别失落，还有我呢！”

“我没失落。”桑苑一本正经地辩解。

陈静哈哈笑着：“正好他不在，一会儿姐姐带你去看看高一的军训。”

“军训有什么好看的？”

陈静一脸神秘：“这你就不知道了，我听说今年高一来了两个帅炸天的小学弟。欸，你说咱们博喻是不是每两年必出大帅哥啊？”

桑苑摇着头不答话。

两个人慢悠悠解决了午餐，又坐着休息一会儿，等操场上响起哨声的时候，她们才往那边走。

陈静问她：“你们这学期换座位了吧？你和谁当同桌？”

桑苑愣了一会儿，露出尴尬的表情：“何瑶瑶。”

“噢……”陈静看起来并没有太介意，“我还以为你俩其中之一，必定要和陆之遥当同桌。结果你俩坐在一起了，真有意思。”

桑苑探究似的瞟了陈静好几眼。

确定陈静没有当成一回事儿后，才慢慢点头。

“其实补课的时候，她就和我说过想当我同桌，我没放在心上，随口答应了。后来换座位时，她又来确定了一遍，之前就约好的事，我肯定不能反悔。”

她没告诉陈静，陆之遥来找过她的事情。

陆之遥同学感情强烈地表达了想和她当同桌的愿望。

她十分感动，然后拒绝了他。

越是靠近操场，吵嚷的声音就越是密集。

快下台阶的时候，突然，桑苑的脑袋被人敲了敲。

说是敲，也不然。卷起的书册不过装模作样碰碰她头发，动作轻得不得了。

两人一起回过头。

纪亦在她俩身后绽放着超耀眼的笑容。

桑苑也露出淡淡的笑意："你怎么在这里？"

她语气和刚才略有一分不同，也许她自己察觉不到，陈静却能感知到突如其来的轻快。

纪亦把卷起的书册摊开："刚才去导师那里拿了新的题册。"

"你们呢？"他看着桑苑，舍不得移开视线，"去哪儿？"

"去看高一军训。"

"那正好，我也一起去。"

看两个姑娘又往前走，他自然而然走到她们身边。想了想，他笑容竟然坏起来："对了，我们可以先买几根冰棍，就在他们面前吃。"

桑苑闻言抬手，精准地拧上他的腰："你故意去找打的是不是？"

纪亦顿时吃痛！

眼睛半眯起，眼尾延伸的弧度不知道该说是笑还是痛，眉头也皱起，却没有躲开。

一副痛并快乐着的模样。

反对家庭暴力！他在心里摇旗呐喊，脸上却对桑苑讨好般地笑着："我开玩笑呢。我还不是怕你热着，买冰棍给你吃。"

"我不需要。"

陈静似乎变成了隐形人，一个字也不吭。

她觉得自己这个电灯泡现在应该保持安静，免得太亮，打扰别人小情侣难得一次的见面。

直到走上操场的观众席，陈静才转动脑袋看了一圈，然后远远一指，开始兴奋："那边那边，看到没有？"

操场上来来去去的高年级学生不少。

欠扁地喝着冰水吃着冰激凌的人也不少。

他们几乎故意在军训生面前走来走去。

桑苑目光扫了一圈，不解地问："你说谁？都戴着帽子，看不出来。"

"哎呀！"陈静夸张地唏嘘一下，"正在被人搭讪的那个！"

她终于看到目标。

升旗台旁边有个高瘦的男生，被一群女生围着，她们手里还拿着要送的饮料，似笑非笑的。

他皮肤不是特别白，眼睛特别迷人，线条堪称完美。整张脸有种特殊的魅力，仿佛透着股不羁的味道。

陈静兴奋地搓了搓手："野性美，有没有？"

很难得能用这个词来形容一个十六岁的高中生，但细细一看，真无法反驳。

虽然和想象中的帅气不同，但乍然一看，还是会被纠缠了混血似的野蛮美感冲击到。

纪亦这才后知后觉地眨眨眼睛，露出震惊的表情："你们在做什么？"

陈静得意扬扬地回答："看帅哥。"

"你们……"他想说点什么，可觉得自己语气肯定会特别酸，他只能故作正经，露出嫌弃的神色，"小孩子有什么好看的？"

两个姑娘都没说话，心有灵犀地无视掉他的不满。

陈静还在喋喋不休："还有一个，你看校医室前面站着的，一眼看过去最显眼的那个。"

桑苑点头："我看到了。"

那男生是大众审美里的正常好看型。

白净秀气，和人说话的时候笑出两颗虎牙，嘴角下方有小梨窝。他杏眼上挑，五官极其端正。

陈静视线就在两个小学弟身上打转："怎么样？"

桑苑中肯地回答："都挺帅的。"

纪亦突然收回搭在栏杆上的手臂，腰背绷直，义正词严又理直气壮："我回去做题了，我还有竞赛要参加。"

声音淡得像水，但酸味儿四溢。

他已经转过身。

桑苑头也不抬一下："回来。乖。"

他委屈巴巴地停在栏杆边，生无可恋。

世界上最残酷的几大酷刑里面一定还要加上一条——被喜欢的姑娘当着面夸其他男生帅。

陈静看着他俩。

真是说什么做什么，再不情愿也必须听话。她想。

不知道桑苑扔个飞盘出去，他会不会摇着尾巴吭哧吭哧叼回来。

陈静被诡异的幻想刺激一下，憋不住，大笑起来。

她一边揉着要笑出眼泪的眼睛，一边在两个人困惑的视线中挥手："你们慢慢看，我们班下午有英语考试，我赶紧回去复习了。"

她三步并作两步，跑下观众席。

特殊班和复读班在另一栋教学楼，陈静抄近路回去。桑苑和纪亦则是穿过观众席，从另一边下去操场。

纪亦拉她走在仅能容下一人的树荫下，他自己暴露在火辣的阳光下。

他极为关切："桑桑，你热不热？"

桑苑回答："还好。"

纪亦立刻笑起来："大热天的多休息。操场一点遮阴的地方都没有，容易中暑，以后没事儿咱们就别来操场了。"

目的真是明显。

她抿住嘴，眸子突然半垂下，眼尾挑着小恶魔般的笑。

"刚才那两个男孩子挺好看的。"

纪亦又委屈起来。

他瞪大眼睛："我不好看吗？"

高一和高二上学期的时候，看陆之遥成天被高一刚入学的姑娘们缠着，纪亦其实挺幸灾乐祸的。

谁让那小子成天在桑苑身边晃。

姑娘们加油，最好再把他缠紧一点。

可到了高二下学期，纪亦就不高兴了。

他想不明白那群女生，明明之前还成天追着陆之遥跑，怎么说变就变。

一班教室门口时不时会冒出一两个探着脑袋往里张望的姑娘，他尽可能让自己看起来透明了，但还是避免不了被叫出去的命运。

似乎初中也是这样，不知道为什么，升上二年级，女生就跟发现了新大陆似的盯上他。

一开始李甘说，大概因为你幸运数字是“二”，“二”起来就桃花不断。

后来换了说辞。

他说：“我们兄弟几个讨论了一下，觉得你可能还是有点小帅的。再怎么说，你也算是级草之一对不对。”

纪亦初听这话没想法，但这会儿想到这件事，也臭不要脸地觉得，他还是有点小帅的。

所以他异常热切地盯着桑苑，对她亮着小酒窝，甜甜蜜蜜。

桑苑自然而然地伸手，用食指尖戳戳他的酒窝。

时间和习惯真是可怕的东西，不知道从什么时候开始，这种动作做起来已经异常顺手。

她想了半天，放下手，勉为其难：“你还行吧。”

纪亦开心得像只见到主人的小奶狗。

他眼睛亮晶晶地说：“我既然还行，那你就看我呗。”

桑苑却摇头，小马尾捉弄人似的左右甩动一下：“不行，看腻了。”

纪亦顿时被噎得说不出话来。

“桑苑，你……”

他还想说点什么，篮球场和操场交界的台阶上突然有个穿着军训服的姑娘，虚浮地一脚踩下来！

不等两个人反应，摇摇欲坠的女生就撞到桑苑身上！

桑苑退了步，被纪亦拽住。

稳住身形后，见那女孩昏沉的模样，两人俱是一怔，伸手去扶。

那女孩些微一怔，睁开眯缝的眼，立刻用温柔的声音道歉：“对不起。”

哪儿还有半点头晕目眩的样子。

她皮肤极白，头发柔软，却又天然卷曲。身上有股浑然天成的优雅贵气，像是个乖巧的大小姐。

之前在校医室前看到的、被桑苑夸了“挺帅”的男生不知从哪儿冒了出来，笑容促狭：“沈梨，你又中暑了？”

叫沈梨的女生端着温和婉约的笑，嘴上却说：“关你什么事，我和你又不熟。”

他嘴角一歪：“这就是装病的你，却跟教官举报我装病的理由？”

沈梨揉了揉额头，眼皮又耷拉下去，弱质芊芊。

那男生却压根不疼惜她装出来的可怜。

像捉小鸡似的，他轻轻松松拎住她的衣领，又对桑苑二人礼貌地点点头，在她一串优雅的“放开我，我俩不熟”的抗议声中，拖着她往校医室走。

装病——每一次军训时不少人惯用的手段。

桑苑看了他们一会儿，嘴角弯了弯，和纪亦走上通往篮球场的小路。

高一学弟学妹的天真烂漫让她想到点事，不免问出声：“纪亦，你说你军训的时候都在干吗呢，三天两头被教官罚。”

纪亦看她一眼，垂着眼睛，脸颊像小时候那样鼓着：“还不都怪你。”

桑苑脑袋一歪，眉尾略挑。

纪亦小声说：“让我走神了。”

那时候七班教官总是抽桑苑出来，检查她每个军训动作。

偏偏桑苑他们班和一班正对着。

纪亦第一次有了种做贼的感觉，他总是去盯桑苑，痴傻地记她每个动作，在心里临摹她轮廓。

可他又怕被桑苑当成变态，所以都尽量偷偷看。

他是瞒住桑苑了，但他的傻笑瞒不住教官。

他想了一会儿，突然高兴起来：“桑桑，你知道我被罚，是不是说，你军训的时候也在关注我？”

桑苑露出个笑容，像是在说“你想得美”。

她也很甜：“你老被罚着跑圈，想不注意你都难。那时候陈静还以为你是个什么问题学生呢。”

纪亦不关心陈静，只知道结果就是，他跑圈的时候桑苑注意到自己了。

那可是他俩沉默着的高一啊。

他心情跟空中的彩色气球一样飞得高高的：“那我不是被罚得挺划算？”

桑苑叹了口气。

纪同学的重点，从来都很奇怪。

田娆和张志硕刚走回教学楼，就被大厅门口的张胖子逮了个正着。

张胖子眼睛似乎冒着光，笑容诡异，有点像是看见猎物的狼，他最近沉迷于抓不遵守规则的高三学生，都快变成学生口中奇怪的人了。

这个女生，他约莫有点印象，不记得是哪个班的学生了，但好像之前就被他抓到过和男生不清不楚。

总之问题格外严重！

刚才他亲眼看见他俩勾肩搭背的，女生还去攀男生的肩膀，成何体统！

张胖子学着她蹦蹦跳跳去搭男生肩膀的动作，脸一虎：“你给我解释解释，这是什么行为！”

张志硕脑袋立刻就垂了下来，满是不自在，脸通红。

田娆则背着手，看着地面。

张胖子手一点，呵斥：“高三准则是当玩了吧？”

他倒也没想太麻烦，毕竟都是孩子，还是以教育为主。

可喋喋不休说一阵，末了，见到田娆不屑的神情，苦口婆心便全都被他咽回肚子里。他吸口气，仔细盯了田娆一会儿：“几班的，我去和你们班主任谈谈？”

田娆视线终于抬起来一点。

之前是老杨，现在是年级主任，还有各种各样的同学……

博喻英中以最不友好的姿态注视着她。

也不知道为什么，在这个被针对的学校里面，她突然有了种不顾一切反抗出头的冲动。

她沉默一会儿，竟然大声质问起来："我们做错什么了？"

张志硕被她突然扬起的声音吓了一大跳,赶紧拉拉她,示意她别说了。

田娆却不服气，把袖子扯回来，瞪起眼睛："男女生正常交往都不允许吗？"

"正常？"张胖子火大起来，又比画，"你们这样子这样子，是正常交往？之前说的男女生交往过于密切，你都当耳旁风了是不是！"

不知悔改！

皮肤都接触上了，有什么好说的！

都是过来人，男生没甩开她，反而理所当然，难道不能说明问题？

真是被抓个现行还犟着嘴硬！

张志硕心里着急，点头哈腰地道歉："张主任我们错了，我们再也不敢了。"他简直想在心里喊田娆姑奶奶了。

她天不怕地不怕是一回事，问题他不是，他想好好在博喻度过高中最后一年。

本来一个认错就能解决的事情，可千万别死梗着脖子越闹越大——全年级都知道，张胖子是个吃软不吃硬的人。

田娆冷眼看着。

这些所谓的年长者都自以为是，把他们自己的看法当成金科玉律。

他们根本什么也不懂。

都哪个年代了？博喻干脆分个男校女校得了，还装什么自由开放的外资学校。

她嘴角上方的筋扯了扯，几乎把不服气写在脸上。

可不知为何，眼皮却跳了跳。

眼角余光出现两道身影——高个子男生和小个子女生，虽然正常范畴地并肩而行，可之间却有种莫名的亲密感。

是早就成为习惯，没人能插进去，不可分开的亲密。

她心脏猛然一跳！

脑袋好像失去了对身体的控制权，她一瞬间有股豁出一切的气势，遥遥一指："那他们为什么不被罚？"

张胖子顺着她手指的方向看过去。

纪亦和桑苑走在一起，他低着头，眉眼带笑，像是在听对方说什么。

张胖子立刻咳了一声，板着脸瞅田娆一眼。

这女生还一脸倔强。

实际上，也不是每对凑一块的男女学生他都抓。

有的学生一看就没问题，他连口都不会开。

只有在他眼里越界了或是"看起来容易出问题"的学生，他才会训一顿。

纪亦在他眼里大概处在"容易出问题"的学生边缘，是个好孩子，品行端正，贴老师心。

之前他俩接触不少，张胖子觉得这男生一门心思都扑在学习上，哪打得了"谈恋爱"的歪主意。

之所以会在问题学生边缘，还是因为脸。

模样好看，受欢迎。

就算男生心无旁骛，不代表别的懵懵懂懂的女生不会把心思放在他身上。

不过桑苑也是个好孩子。

他俩绝对小葱拌豆腐一清二白，张胖子有十足信心去相信他们。

他这会儿一个头两个大，叹了口气，喊出来："纪亦！过来！"

相信归相信，但这届高三问题严重，田娆都指出来了，他不能偏心袒护。

纪亦抬起头，看向张胖子这边的时候，愣了愣。

他听到桑苑在他身后低低开口：“他们……”

她轻轻拉着他衬衣的衣摆。

这架势，还有什么不明白的。

纪亦提起笑容，背过手安抚似的拍拍她的手。然后，他率先朝张胖子走了过去，气定神闲，没有半分慌张。

等到了张胖子旁边，还不等对方说话，他就抢先开口：“张主任！”说罢，像模像样敬了个军礼，一副深受军训感染的样子。

张胖子又看看田娆，这才清下嗓子，正经地问：“你俩怎么在一起？”

纪亦一挑眉，仿佛不理解，却也老实地解释：“我刚才去学弟学妹们面前吃了根冰棍，回来正好和桑苑同学遇上……怎么了？”

去学弟学妹们面前吃了根冰棍！

张胖子愣了愣，神色一凛，立刻板着脸想训他。

不是因为他和女生走在一起。

而是太皮，没一点高三学长的稳重！

不过他尚未来得及说出声，纪亦又开口，抢过话头。

“说起来，张主任，您出现得正好，刚才我们正说到‘胸无城府’这个词。”他略略皱着眉，“桑苑同学竟然说这是个褒义词，这不逗我玩嘛。”

纪亦三番五次带偏他的重点，张胖子目瞪口呆了一阵，去敲纪亦的脑袋。他喝出来：“她逗你？你逗我吧？”

“啊？”纪亦弱小可怜又无助，眼巴巴地看着他，求知若渴的样子。

张胖子一甩手，几乎忘了本来的目的：“桑苑你给他解释解释胸无城府的意思！”

桑苑会心道：“是指人坦率真诚，没有心机。不是指人没有头脑。”

纪亦掰着手指头：“但是您看看，什么胸无点墨、胸无大志、胸无成竹，都是贬义词。”

张胖子又敲他："让你按照词义理解，没让你整个'胸无四兄弟'！"

纪亦立刻小幅度高频率地点头，长长地"哦"了一声，一本正经："没心机是褒义，有心机、算计别人的是贬义。"

田娆脸上突然烫起来，她垂头看着自己的脚尖，根本不敢看他们。

不知道为什么，她觉得纪亦那几声"没心机有心机"若有所指。更何况，旁边还有个似笑非笑的桑苑。

被桑苑盯着，是这世界上最丢脸最让人生气的事情。

张胖子一点异常都没注意到，语重心长地教育他："纪亦，下次遇到语文题，你别给我想当然，老老实实地听桑苑的！"

纪亦很懂事："我一定乖乖听她的，她说什么我做什么。"

桑苑想笑。

都搁张主任面前了，还这么不老实。

张胖子没理解他话里的深意，点点头："行吧，你好好准备竞赛。桑苑也努力，半期是联考，让我看看你们学习的成果。"

"好。"纪亦笑着挥挥手，转身和桑苑往里面走。

等到了走廊口，他俩才回头看看尚且在大厅外面训人的张胖子。

桑苑感叹一句："真有你的。"

纪亦笑一声："张胖其实特单纯，他们就是不懂张胖的天真可爱，非要硬碰硬。"

说着，他又垂眸看她一眼，笑得自信满满："只要我在这里，坏事儿都找不到你头上。"

桑苑抿着嘴："那我回去了。"

"嗯。"

她蹦蹦跳跳的，一会儿就看不见影子。

纪亦这才在纷纷杂杂的学生中往自己教室那边的走廊过去，他在穿过大厅正中间雕塑的时候，轻飘飘地看了田娆一眼。

田娆脑仁突然鸣响，心脏突突直跳，身体深处冒出一阵寒意。

这个纪亦有点陌生，好像和之前熟知的那个人不太一样。

对上她的时候，不再是防备她突然表白一般的警惕，而是……警告。

他身影消失在走廊这一边。

张胖子手指点了点，严厉道："你们两个，打扫二楼卫生间一周！"

他想了想，又盯着田娆："你……一会儿我和你们班主任谈谈，请你家长来一趟。"

说完，他转身迈着方步离开。

空气终于轻松了些。

田娆还想着刚才纪亦的那双眼睛，有点神不守舍。

旁边却传来张志硕的声音，闷闷地说："你怎么拖别人下水呢？"

她一愣。

张志硕没看她，表情莫名其妙："我先回去了。"

在多个老师严格监管下，最后一个敢和她在一起的哥们儿，没再和她一路。

有些人在认为自己感受到世界的恶意之后，会把恶意感一层层渐渐放大，最后整个沉浸在被针对的悲伤氛围中无法自拔。

田娆大概就是其中的典型人物。

她那豁出一切反抗世界的举动，导致的后果有四点：

一、张志硕对她敬而远之起来。

二、她不敢再接触纪亦。

三、别人课间休息的时候，她不得不带着清洁工具上二楼打扫。

四、她母亲再次被请到了学校。

张胖子拍着桌子唾沫横飞地说了田娆和男生之间的问题。

田娆看着母亲一脸尴尬，点头哈腰地道歉。

她固执己见地认为这是她自己的个人行为。

每个人都是不一样的，学校只负责教给学生知识，为什么还要限制学生自由？

但是，没有人认同她的看法。

张胖子几乎怒目圆睁地呵斥，每个人是不一样，但你不能影响其他同学。

说话的时候，他们看她的眼神就好像在说，她是害群之马。

博喻不是那么好待的学校。

打架斗殴、考试作弊的学生被抓到都会记过后留校察看，严重者勒令退学。

顶撞老师会有什么后果，暂时不知道，但高三出不得任何岔子，谁都想赶紧息事宁人。

田母急得脸都白了，不停地说："娆娆，你确实是做了错事，快点道歉！"

田娆抬着下巴倔强地不肯开口，脑袋却被母亲狠狠摁了下去。

一瞬间，骄傲也好，坚持也好，脸面也好，都好像被母亲这一个动作给碾碎了。

视线里张胖了的脸变成办公桌最后变成地面，她大睁着眼睛，豆大的眼泪无声滚出来。

这是我的错吗？

田娆愤恨又悲哀。

闻到母亲身上一阵阵香水味，她不禁翻来覆去地想，我变成这个样子，怪我吗？

这世界上最不公平的事情就是，父母可以选择生不生这个孩子，而孩子却不能选择父母。

要是我有个念着家庭，一心一意对待丈夫子女的母亲的话，我也不会……

从小到大一幕幕回忆都在脑海中像幻灯片似的播放。

母亲给她造成的伤害，闺密给她造成的伤害，女同学们给她造成的伤害，所有人的面容都被时间长河磨平，渐渐模糊。

最后给她们打上标签——性别女。

古人说，红颜祸水。并不然，女人都是祸水。有女人存在的地方，势必就是水深火热的地方。

篮球队的男生在被老杨敲打之后，便渐渐远离了田娆，连张志硕也不肯搭理她了。

她没有一个同性朋友。

田娆渐渐沉寂下来,那气场莫名像是,把她自己封闭在了透明的壳里。

一个人站在灰色空间之中，看着千军万马提着兵器直直指着她。

她过得不太好，她前同桌桑苑也过得不太好。

桑苑发现自从换位置之后，她身边就变得热闹起来。

她坐在里侧，何瑶瑶坐在外侧。

周睿时不时会越过何瑶瑶和桑苑说话。

最无聊的时候，他明明戴着腕表，却伸手敲敲她的脑袋，眼睛半开不合地说“现在几点了”，也会不远千里过来歪着嘴角一笑说“桑苑，给我看看你的卷子”……

醉翁之意不在酒。

不过让人意外的是，陆之遥同样会经常过来。

他保持着他冷若冰霜的态度，说的话略显莫名其妙。

有时候他会说你头发翘起来了，有时候会说你有那么困吗？有时候还会主动来问，你要打水吗？

那态度让桑苑受宠若惊的同时，也感到尴尬。

毕竟现如今她的同桌是何瑶瑶。

特让桑苑为难的是，她不知道该对陆之遥说些什么。

他表现得若即若离，让人捉摸不透，仿佛是一只捉老鼠的猫，不急着下口，而是慢慢戏弄对方。

不过，陆之遥会让人看破他心思才是奇怪的事情。

他一直都是个小王子，把糖和鞭子都施舍出去，维持着高高在上的面子，端坐在王位上等着别人效忠即可。

骄傲又腹黑。

初中时桑苑看伊藤润二的《旋涡》，陆之遥总在旁边不屑地问："配角为什么会变成蜗牛？和水有什么关系？为什么基因都重组了？"

问得她不胜其烦。

最后，他还会嘲讽地笑了笑："逻辑根本不通，也就你喜欢这些无聊的东西。"

于是桑苑忍无可忍地把书递给他："要不你来给我解释恐怖漫画的逻辑？"

陆之遥一般是淡淡扫一眼，冷漠地接过去，再冒出一句："你真的很笨，看个漫画还要求着我给你解释。"

气得人只能在心里打上一串省略号。

她觉得陆之遥的所作所为，大概是大费周章想要看闲书罢了。但瞧见他皱眉讽刺的模样，她又不得不否认自己的想法。

她根本看不明白这个少年。

到底是捉弄人，还是为了掩饰心意故弄玄虚？又或是单纯的瞧不上？

她甚至怀疑过，陆之遥要是喜欢上谁，一定会暗示对方先跟自己表白。

毕竟谁先喜欢上，谁就输了，他需要捏住掌握自尊生死的主动权。

现在桑苑没法开口，因为她什么也猜不透。

时间临近国庆。

不管张胖子再怎么希望他们好好学习天天向上，也阻止不了法定节假日的到来。

到午餐时间，桑苑刚刚把书放好到课桌抽屉，陆之遥就冷着脸扔了个纸团过来。

正中她的脑袋。

不痛，可她象征性地揉了揉后脑勺，转过头。

陆之遥在斜后方睨着她，面无表情。

片刻后，他抬抬眼睛，用手支着脑袋，语气没有一点可商量的余地："国庆节我们要去天外天，你提前把行李收拾好。"

他现在说话很有艺术。

不问你去不去，不问你有没有空，而是直接跳到后面那一步。

导致桑苑每次和他说话还得反应一下。

她搪塞着应付完陆之遥，往食堂出发，不料还没松一口气，又在教室门口被周睿截住！

蓦地，一只手臂从旁边穿过来！撑在她脑袋边，挡住她往前的去路。

她被吓了一跳，不得不转过身直视着他。

周睿一手撑着墙，一手插在裤兜，嘴角斜斜歪着："国庆怎么过，我们一起去玩呗。"

这位同学，你最近太烦了。桑苑叹了口气，对他礼貌地笑了笑："没空。"

她绕过去，想从没被拦住的另一边绕开。

于是周睿插在裤兜里的那只手也拿了出来，再次截住她去路！

看到她皱起的眉，他仿佛恶作剧成功了似的，笑得倒是挺开心："没空？你国庆节做什么？"

前后路都被堵死，桑苑觉得被他围着很不自在，索性从他手臂下钻过去。

"周睿，你和谁过意不去，非得约我？你真正想约的人，心里就没点数吗？"

这次仅仅走出两步，她就被挡住。

他对她刚才那句话充耳不闻，还痞气十足："或者你说个地方，我陪你去。"

桑苑现在非常饿。

她按了下胃，抿抿嘴，看向他："你幼不幼稚。非得我戳穿你？"

对方脸色终于微微变了下，很快又不屑地笑一声："我只是觉得我俩好歹也算革命友情吧？约朋友出去玩，有什么不对的？"

她无可奈何："你怎么和陈静一样？"

"陈静怎么了？"

"不喜欢谁的时候，就不想让对方生活顺利。"

周睿挑着眉："难道你不喜欢谁的时候，还希望对方生活顺利？"

这歪理意外还行得通！

桑苑微微张着嘴，好半天，才说："我不喜欢的人，我看都不想看，管她生活顺不顺利。"

周睿点头，一副了然的样子："怪不得陈静老说你一副老僧入定的样子。"

"我不是想说这个……"她有点烦躁。

话只说了一半，教室后面又有人走出来。

陆之遥眉毛还皱着。

见到走廊上对峙的两个人，他眉心的"川"字拧得极紧，脸色沉如风暴。

他大步径直走过来，看也不看周睿一眼，一把拉住桑苑的手腕。

"走了。"他冷冰冰地吐出这两个字。

周睿嗤笑一声，一摊手。

空气里似乎有股微妙的紧张感。

陆之遥眉峰压迫的视线扫他一眼，缓缓说："今天那道空间几何，不用画坐标，实际上最简单的方法是证明两个正方……"

周睿根本听不懂他们说的数学题，抱住胳膊。

桑苑把手抽回来，又把滑下来的头发别到耳朵后面，做了个暂停的手势，皱起眉："我很饿，让我去吃饭，可以吗？"

陆之遥立刻露出"我和你一起"的神色。

她是准备拒绝的，周睿却没有眼色。

"国庆——"

这两个人绝对是黑白无常！一个还没应付完，另一个接着蹿出来！

防不胜防，再好的性子都会被磨掉！

她看看周睿，把刚才对陆之遥说过的话，一字一句重复了一遍：“国庆我哪里也不去，我要复习。”

她吸了一口气，绷着脸：“我觉得特奇怪，你们怎么能不学习呢？”

空气突然一滞！

两个人一起愣住。

桑苑眼神很奇怪，在他们身上不停逡巡，像是长辈恨铁不成钢一般的审视。

“你们怎么能不学习呢？”

她又说了一遍。

她是认真的。

身边所有人，这时候都开始奋发图强起来。

李露恨不得和英语决一死战；何瑶瑶一遍又一遍地刷卷子；胡诗怡也埋头书本中试图努力追上大家脚步。

总有人说，同龄女生会比男生更加成熟。这些女王把什么初恋，什么喜欢，什么暧昧，全都从身体剥离出去。她们都在以最理智拼搏的姿态应付高三，恨不得分身无数一起学习。

反观这两位，跟没事人似的，仿佛没有生活在同一个高三。

她深深看了他们一眼，叹了口气，转身就走。

周睿还是不以为意的样子，略一摊手。他乜陆之遥一眼，本来要死不活的声音突然扬起一些。

“我忘记告诉苑苑我高不高考都无所谓的。”周睿耸了下肩膀，笑了笑，“毕竟拿到高中文凭，我就直飞西班牙去了。”

他话里似乎有若有似无的挑衅。

苑苑……

陆之遥多少有点不悦，可他连眉头都没抬一下，嗓音一如既往地清淡：“我学不学都能考上清华北大。我也无所谓。”

他鄙夷似的，眼珠子慢慢移动一下，扯扯自己衬衣领口，往前走。

周睿居然也并排着和他一起走，跟好兄弟一般。

他笑眯眯地给陆之遥添堵："你这么能运筹帷幄，不如帮我算算，我追桑苑的成功率能有多大？"

"……"

陆之遥脚步突然一顿！

心头无名火冒起三丈，周睿声音像苍蝇一样让人厌烦，也让他血液冲刷着脑仁，让他心烦意乱。

他手指关节活动，捏紧。

"0。"

他几乎斩钉截铁地说出来。

他没有往前走，压抑着不悦，缓声道："和成绩一个道理。虽然你能飞西班牙，可你成绩还是被她甩出一大截。而且，就算你现在努力，也追不上去。"

他冷静地瞥周睿一眼，言之凿凿："更何况，我还在你前面。你根本越不过我！"

周睿不恼，拖了声音，慢悠悠地说："我可以曲线救国。"

陆之遥嘴角嘲讽地勾了勾："你可以曲线，但你不一定能救国。我太了解她了，她只认成绩，不认其他歪门邪道。"

"你什么意思？"周睿挑起眉。

陆之遥缓缓道："她只认成绩。她只会喜欢我。"

GEBI
YIBAN
JITONGXUE2

第九章 / 教我撒娇

纪亦最近忙到脚不沾地。

数学联赛的初试他轻轻松松通过，接下来的这一场才是真正的角斗。他的目标是进奥赛省队，说起来容易，做起来却未必容易。

本省并非奥赛大省，数以万计的学生当中，只有十多个人能进入省队。偏偏博喻一直不是奥赛强校，顶多只能在十几个名额当中占三个名额。

有那么两年，博喻甚至一个进省队的人都没有。

他刷题几乎刷到废寝忘食的程度，篮球和游戏通通戒掉，中午食堂也顾不得去。

所幸这周李甘在惩罚游戏中输了，午餐还能由这位兄弟帮他带回来。

这天中午照样解决大题。

好不容易理顺思路，他正抬笔写着公式，就有东西轻轻放到他旁边。

纪亦头也没抬一下，眼角余光隐隐约约瞥到红色包装，于是用左手随便拈了根薯条过来吃。

旁边安安静静的。

他认真起来就极为专注，完全沉浸在数学的思绪里面，对周围事情毫无察觉。

隔一会儿，好不容易把公式全部列完，再抬起头，他便看见桑苑坐在前排，侧着身子笑吟吟地看着他。

纪亦脑袋仿佛突然堵塞一下，顿时不太灵光，下意识把薯条递到她面前——

立刻被桑苑拍下去。

“我不吃。”

他下意识地做完第一个动作，这才回过神，给她一个巨大的笑容：“你买的？”

桑苑点点头：“李甘说中午有点事，让我给你带午饭。”

纪亦扬着笑脸，傻乎乎直勾勾地盯她。

她被他呆滞又热切的视线弄得有点不自在，伸手在他面前晃一晃：“怎么了？”

纪亦咬下嘴唇，笑容腼腆起来：“桑桑，我觉得我好久没见过你了，你怎么又变好看了？”

好久没见。

桑苑乜他，毫不留情地戳穿：“你不是昨天才从我们班经过，还鬼鬼祟祟往里面看吗？”

原来她知道。

纪亦吞了下唾液，希望自己张望的时候，表情没有太痴汉。

他不好意思地垂下头，嘴上却很勇敢：“距离远还时间短，那样看根本看不清楚。我还是喜欢现在这样看你。”

桑苑啼笑皆非，拍拍他还拿着笔的那只手，示意他：“快吃东西，一会儿凉了。”

纪亦听话地把汉堡包装纸打开，窸窸窣窣的，然后，似乎没有多想，自然而然地举到她面前：“吃吗，我特喜欢这个腿排。”

动作流畅娴熟，有如累积已久的习惯。

看他那样子，恨不得把中间最好吃的腿肉全都给她一样。

桑苑摇头：“我吃过了。”

她目光转开，去看桌上摊开的草稿纸。

上面密密麻麻又龙飞凤舞地写着各种数字。

纪亦在发花痴的空隙猛然想到点事，赶紧欲盖弥彰地用手肘遮挡一下。

可惜动作太慢。

桑苑还是从数字间看到好几个自己的名字。

这家伙真是……

她这次没有揭穿，若无其事地问：“你什么时候参加复试？”

他松了口气：“这个周末，15号，去七中参加考试。”

“有把握吗？”

“有倒是有……”他无奈地一皱眉，“就是不清楚是不是自信过头。张胖前几天还逮着我说，不要盲目自信。”

她笑了笑，犹豫了一阵：“那如果进省队的话，什么时候去集训？”

今年是一月初去福建参加的冬令营。

不知道明年又去什么地方竞赛，总之来去差不多是一周时间。

像出差一样。

纪亦也摇摇头：“下周才公布冬令营时间。估计也是在明年一月份左右了。”

桑苑睫毛低垂下去，遮住眸子，一副若有所思的样子。

她沉默半晌，在纪亦准备询问她的时候，才轻轻说了声：“这样啊。”她抿抿嘴，站起来，“好了，我得回去了。还有两张卷子要做。”

这么快？

古人有句诗，相见时难别亦难。

诚不欺我。

纪亦毫不掩饰地失落一下，没头没脑地冒出一句：“那，桑桑，今晚我送你回家吧。”

“嗯？”她顿了下，“为什么？”

“因为我想你了。”他一点也不隐瞒，笑眼弯着，从善如流。

狗狗撒娇求爱抚的时候一般会发出鼻音浓厚的哼哼,还会翻过肚子。

纪亦软下来的小心翼翼的声音就像小动物的撒娇，可怜又奶气，若有似无地和她抱怨着：“我们好久没一起行动过了……”

她好笑：“那你晚上得等我一会儿。”

“好！”他殷勤地点头，“多晚我都等你！”

下午开始，天色逐渐阴沉。

桑苑在休息的时候往外面瞅了好几次，觉得大概会有场暴雨。

不过，这场雨迟迟没落下来。

晚上两节晚自习上完，八点半，天色处于蓝色和墨蓝之间，空气极闷。

陆之遥坐了两分钟，背上包走过来：“还不走吗？”他语气没有起伏，听不出情绪，“我今天骑车，可以送你。”

桑苑依然望着外面天空，摇摇头：“不用了，我等一会儿再走。”

“那我先走了。”他皱了皱眉，慢悠悠地说，“一会儿估计会下雨，小心别变成落汤鸡。”语毕，不再逗留，径直离开。

只是穿过教室的步伐极慢，好像经过了一个世纪，在等着什么人反悔叫住他似的。

课间十分钟过完，走读生基本全部离开，桑苑这才缓缓往外面走。

纪亦就站在街口报刊亭，一边翻着杂志，一边等她。

他身上好像装了个监控系统。

她刚刚一出现，他就马上感应到，立刻放下杂志笑着对她挥挥手。

桑苑左右看了看，跑到他身边，脑后扎的马尾欢快地在沉闷而湿热的空气中晃悠。

她显然对天气状况感到担忧，歪了歪头：“你带伞了吗？”

纪亦也看眼天空，挠挠后脑勺：“没有。”

“我也没带。说不定什么时候就下雨了……”她喃喃一声，皱起眉，“要不你别送我了，快回去吧。”

他充耳不闻，揉揉她的脑袋，无视掉打发他的说辞，笑起来：“走了！”

离开学校附近，街道上就再没什么学生。

这里不是商业街，路边会有各种各样的霓虹灯，显得冷冷清清。

他俩经过路灯的时候，影子渐渐从后面转到前面，再被拖长了一点点消失。

而后又是一个新的轮回。

仿佛这条路会一直延伸下去，永远没有尽头。

桑苑犹豫一会儿，继续说起了中午的话题：“你竞赛完后，有什么休息计划没有？”

高三时段，竞赛完了能休息的，都是顺利保送进大学的学生。

纪亦对她的信任又喜又忧，一摊手：“我能不能拿到保送资格还不一定呢。”

他露出苦恼的表情，毫不介意地跟她坦白：“你是不知道，去年清华保送考试，那题有多变态，竟然让我用英语解释文言文。别说英语，我连用中文都解释不了……”

桑苑两只手都放在校服口袋里面，一边沿着地砖中间缝隙直线往前走，一边问：“张主任所担心的你的盲目自信呢？”

“我对竞赛是挺自信，但我对清华不太自信。”话虽如此，他一点心烦意乱的样子都没有。

纪亦也学着她的样子，把手插在裤兜，顺着直线走。

他声音满是少年意气：“与其指望竞赛，我还不如指望学校的保送考试呢。就是不知道清华能给我们学校分几个名额？”

桑苑的步子很均匀，每一步都踩在隔了两块地砖的直线交叉点。

纪亦保持着和她一模一样的动作。

她轻声细语地问：“所以，你没有休息计划？”

“你有吗？我陪你。”他一秒钟反应过来，绽放出笑容，毫不犹豫地保证，“不管是去看沙漠，还是去看海，看布达拉宫，我都陪你！”

他轻快又果断。

桑苑也就不拖拉了："我想去雪山滑雪。"

纪亦一愣，而后忙不迭地摇尾巴："好，我们一起！不过你外婆那边……"

换作以前外婆也许是个大问题，不过现在桑苑却不那么担心。

她有恃无恐："我都给我妈妈说过了，她说她来和我外婆谈。"说完，略一想，又补充，"对了，费用不用你想办法。我上学期不是拿了创作赛的奖金嘛，那笔钱能用。还有学生证能打五折。"

纪亦点点头，小心脏胡乱地怦怦跳动。

他暑假跟桑苑说他想去看雪。

他还跟桑苑说，用比赛奖金做她觉得有意义的事情。

他不确定桑苑是不是因为他的话才计划这些，但他这会儿乐观高兴到要疯，心里有个小人直打滚，脑袋里也噼里啪啦放着烟花。

见到桑苑因为地砖花纹的改变往前面一跳，他立刻跳到下一条直线。

他忍不住感叹："桑桑，你真好。"

桑苑却蓦地停下来。

空气突然寂静凝固，路灯灯光在风里轻轻晃，他们影子也微微颤抖。

纪亦跟着一停："怎么了？"

害怕、担忧。

她一动不动："纪亦，你能不学我吗？"从刚才开始，她走路的动作姿势全被他学了个透。

纪亦放松下来，一本正经："我不是故意学你的，我经常听人说，夫妻在一起久了，行为习惯会无意识往对方靠拢。"

他垂眸偷笑："我不是说我俩是夫……夫妻，我只是觉得，这句话也适用于我俩这种相识已久的青梅竹马……"

"你语文是真的差，"她感叹，"近朱者赤都要解释半天。"

他自觉又乖巧："所以还得麻烦桑苑同学多指导我！"

桑苑对他甜甜一笑。

她抛开一直以来最喜欢的地砖缝隙，突然昂首挺胸，像电视上的男模一样走路。

纪亦怔忪片刻，跟上去，偷瞄着她，模仿她动作。

她又像小孩子一样蹦跶。

他接着学，笑出一股耍赖的意味。

最后，她被逗得直接跑了起来。

他当然不会傻傻站在原地看着，一只手拽着肩膀上的背包带子追上去。

沉闷的空气仿佛都被他俩闹得活泼起来。

街道上的声音年轻又欢快，霓虹灯热情地转动。

要是有人看见了，会不会觉得他俩是穿着高中校服的幼儿园小朋友？

小马尾随着动作，在脑后跳啊跳。

她忍不住想，多大的人了，还这么幼稚，然后继续明知故犯，继续幼稚地笑着往前跑。

天公不作美，还没跑上一小截路，先有滴雨滴落在脸上，紧接着，雨珠稀稀落落打在头发、肩膀、背上。

过上一会儿，居民楼雨棚发出哗啦哗啦的雨珠撞碎的声音。

四周除了绿化带的银杏树，光秃秃的石子墙，就再没有遮挡的地方。

纪亦看了看附近，赶紧拉着她躲到公交站。

行道树上一串一串的彩灯，时不时透过雨幕，把流转的光芒打到他脸上。

两人头发都被淋湿了，裸露的皮肤也湿漉漉的。

纪亦随手拨开沾湿的额发，大概觉得带着水珠不舒服，又甩了甩头发。

桑苑看着他动作，笑起来："你是狗狗吗？"

居民区里有只金毛，每次洗了澡出来就甩着毛撒欢，和他刚刚的动作没什么两样。

纪亦停了下，对她的打趣感到一丝不好意思，岔开话题："你冷吗？"说着，自然地擦擦她脸上的雨珠，动作轻巧。

她眯着眼睛摇头：“我从来不会觉得冷。”

纪亦笑了笑。

片刻后，他收回手抬起来，盯着手臂上湿漉漉的衣料：“回去后我妈肯定又得念叨，让你带伞不带伞，这下变成落汤鸡了吧，自己去把衣服洗了！”

他目不转睛，学着母亲的语气，最后重重叹口气：“我妈肯定得抓狂。”

纪亦手上细细的水珠，在灯光照射下闪闪发光。

整个人都仿佛明亮如晨星，让人难以移开视线。

桑苑心里突然一动，像是被闪烁的微光给搅乱了思维，脑袋里光怪陆离的什么想法都有。

她伸手，握住他，指尖轻轻搭上去，接着对他笑了笑，像是主人在安慰被欺负的宠物：“别怕。”

我保护你。

纪亦露出一双酒窝，眼睛特明亮。

睫毛扇了扇，一瞬间柔软得跟化了似的，他得寸进尺地带着鼻音巴巴地撒娇：“我怕。我妈好凶。”

当我不认识你妈妈？

桑苑憋着笑，摸摸他头发：“骗人。”

“没骗你。超凶。”

他看起来特诚恳，不过两秒钟后又做贼心虚起来。

“桑桑，我要是被我妈揍了，你会心疼我吗？”

桑苑想了想，没留情：“不但不心疼，还会鼓掌欢呼。”

他一愣，可怜巴巴：“你怎么这样？”

桑苑站了片刻，声音突然轻下来：“刚上小学时，班上同学流行用文件夹装试卷，我那时候特别想买一个小熊维尼的文件夹。”

纪亦“嗯”一声，安安静静地听她说话。

她继续往后讲：“我和外婆说了三次，都被拒绝了。还告诉我，不要嗲着声音求别人，女孩子必须要强硬，才不会被欺负。”

她声音里面没有太多情绪，无关爱与怨，只是在陈诉这个事情罢了。

桑苑缓缓道："我那时候是用什么样子和我外婆说话的，我不太记得了。但那之后，我就没黏过人，对谁都保持着距离。"

家人是最开始接触的生活圈子。

和家人相处的时候没能贴心，总是被提醒着要强硬独立，后来和别人相处，也就持有相同的态度。

并非是指责她外婆自强自立的教育方针。

只是，有时候看电视，看到女孩子的另外一面，也会感到羡慕。

桑苑说话有因有果，铺垫够了，才引出重点："我就是想说，我从小到大没黏过谁。所以，你教我撒娇好不好？"

纪亦身子一僵，偏过脑袋。

他睁大了眼睛："我？"

双眼皮皱褶下，睫毛染着光晕，根根分明。

桑苑透过睫毛，看着他黑白分明的眸子，仿佛能从里面看到自己。

她"嗯"了一声。

"我会撒娇？"他还是不确定地问着。

你不会撒娇？

桑苑真想批评他没有自知之明。

就连现在的眼神都仿佛撒娇好嘛。

她郑重地一点头："你超会。"

纪亦想了想："可我也觉得你挺会撒娇的。"

这下轮到桑苑不解了。

撒娇是什么——就是让对方投降的手段。

纪亦觉得，无论桑苑说什么，自己都会乖乖听话。她喊他名字的时候，更是让人心猿意马，就连瞪他一眼的样子都可爱至极。

总之，一切一切，他都愿意无条件服从。

这难道不是撒娇造成的结果吗？

他虽然这样想着，却没说出来，只尽可能满足她愿望。

他笑得特好看："那我教你！"

雨一直很大，他俩还傻不啦唧地思考了对策，连电视上经常出现的外套挡雨的情节都上演了。

结果跑出不到五米又跑了回去。

桑苑信誓旦旦地对纪亦说："学校的同学肯定不敢相信，年级第一和第二，还真的在大雨里尝试电视上的桥段，简直傻到给学校丢脸。"

纪亦则拎着湿透的校服，很认真："电视上用来挡雨的衣服肯定都涂了防水层。"

大雨渗透衣衫后，从布料缝隙滴滴答答淌着水。

毫无作用。

他们所处的这个位置很尴尬，返回去坐公交车，走的路程再加上从公交车站到家的路程，相当于回家的总长度。

距离不远，出租车除了拒载还是拒载。

附近更没有卖雨伞的地方。

最后只能等雨小些后，纪亦用背包给她挡着雨送她回去。

她甩着钥匙走上楼梯，已经九点过了。才刚到三楼通气口，邻居家门口就传出响动。

陆之遥拿着几个空纸盒走出来，放进垃圾袋的时候扫她一眼。

"被雨淋了吧？"他语气笃定。

桑苑手指间的钥匙叮叮当当地晃动，她嘴角还有细微的笑容。她点点头："没想到中途突然下雨。"

"我早就和你说过。"陆之遥慢悠悠地说。

桑苑小马尾的发梢纠缠着水珠，甩起时像是跃起一串愉快的音符。

他审视好一会儿，微微皱眉："这雨没问题吧？"

"什么？"

"没渗透到你脑袋里吧？"他伸手弹了下她头发，"被雨淋了还这么高兴？"

桑苑这就抿住嘴，努力把唇线弧度放平：“我看起来很高兴？”

陆之遥没说话，表情写上了肯定的回答。

她也不再吭声，越过他，兀自把门打开，再关上。

听着里面传来她和她外婆隐隐约约的交谈声，陆之遥转身回家。

隔一会儿，那边又响起门开合的声音。

桑苑动作很轻,只是房间隔音太差,还是能轻易辨认她愉快的脚步声。

他回到房间。

等她脚步消失后，陆之遥透过窗口往外看，恰好瞧见有人撑着她平时爱用的那把雨伞，正往巷子外走。

雨伞几乎遮挡住对方整个上半身，只能看到那人穿着他们学校的浅蓝色校裤，腿笔直，身材高挑。

是个男生。

他心里翻涌出各种各样的情绪，有些不是滋味。

他盯了一会儿，眸子黑沉沉的，片刻后发条短信过去：“你怎么回来的？”

不知道对方是装傻还是真没懂他意思，回复是：“走回来的。”

他攥了下手。

G E B I
YIBAN
JITONGXUE2

第十章 / 人生的岔路点

10 月 15 日，纪亦去七中参加完数学联考复试和加试。

这两场考试都意外顺利，他几乎没花太多时间，没一会儿就全部做完。

出来时正好中午，他记得之前李甘说这边有个不错的动漫店，决定大发慈悲给李甘买点《BLEACH》的卡贴。

还有桑桑特别喜欢《浪客剑心》……

考完试一身轻松，纪亦随便哼着调子，从树叶间沥下的光点中往前走。

动漫店在距离主干道有点距离的老街上。

穿过人行道路过法院的时候，没想到在这里遇到个意料之外的人。

田娆站在一个女人面前，一字一顿地问：“做了错事，还打着官司非要分一半的财产，你好意思吗？”

她眼里都是鄙夷。

女人脸色微微发白，辩解：“我承认，我是做了对不起这个家庭的事情。可是家里经济大多靠我支撑，我分走我自己赚的钱的一半，不过分吧？”

太阳升在头顶，明晃晃的，将母亲精致的妆容提亮许多倍。田娆突然有点想哭，她声音微微颤抖：“你就会给你自己找借口。你出轨怪我爸没用，你分走钱怪我爸没用。我们老师说，家长都以高三学生为重，把家庭问题放一放。你根本无所谓我是不是高考生……”

她越想越多：“我高不高考，我未来有没有前途，根本无所谓对不对？这也怪我爸没本事吗？”

她嘴角讽刺地一勾，含着的眼泪没滚下来。

“你拿着你的钱和你男朋友走呗。别管我了，我没有你这个母亲。拜你所赐，我一个朋友也没有……我讨厌你们这些假惺惺的女人。”

她话语异常清晰。

“我讨厌你。”

她不给母亲一点说话的机会，情绪激动，恨不得把从小到大的经历都吐露出来。

“你们嫉妒优秀的同性，没本事把别人比下去，就暗中使绊子，拉小团体排挤人；当面看起来像是闺密，背后说人闲话却比谁都说得多。装出一副岁月静好的样子，享受男人们献殷勤，和谁都玩暧昧。还有人明明有了丈夫、孩子，却和别的男人勾三搭四。”

她停顿一下：“我这辈子恶心的事情有两样，第一，是你的孩子；第二，是个女生。”

她不吐不快似的，说完后，长长地松了口气。

然后她冷着脸，甩动头发，没说再见，转身就走。

她妈妈没有任何反应。

没有叫住她，更没有道歉。

田娆走出几步，略微侧头，用余光瞥了一眼。

母亲还站在那里。

她擦擦眼睛，扬着头，想让自己很高傲。

可十秒钟不到，脚步就蓦地一顿！

绿荫旁站了个少年，右边肩膀上挂着背包肩带，双肩包因为受力不平衡，在背后斜斜半垂下。

他拉着肩膀上那根带子，表情有点尴尬。

田娆站了一会儿，侧过身，尽可能轻描淡写地说出事情的经过："我爸妈离婚了，因为财产分割问题，打了个官司。"

纪亦"啊"了一声，更尴尬了。

本来无意撞破这件事就够窘迫，这会儿对方还直白说出来，他也不知道自己该讲点什么。

田娆勉强露出个笑容："你肯定没法理解吧，你们都太幸福了。"

话虽如此，她却很希望纪亦能说一声"理解"。

和对方是谁无关，只是希望有个人能够明白她的艰难。

也能够明白，她对女生的敌意，并非毫无理由。

她其实很无助。

可纪亦没有给出她想要的答案。

常被认为能给人能量的男生不过点了点头，用动作承认了他们的幸福。

田娆看着他，一时恍惚。

她有些想笑，可更多的是想哭。

纪亦瞧了瞧不远处的动漫店，《宠物小精灵》的海报挂在门口，男主角在上面绽放着笑脸。

他在心里叹了口气。

现在走也不是，留也不是。

田娆缓声说："学校就是温室，你们都是温室里的花朵，根本看不到黑暗的一面，也没法理解里面的人。"

她这话竟然有点赌气的味道在里面。

纪亦把视线收回来。

他沉下口气，心平气和："我只是觉得，越是偏激，生活就越是不容易。”

“偏激？”

她身子一震，声音突然扬起来一点。

纪亦却郑重地点着头：“你把所有的过错都推到你母亲身上，一直坚信自己的想法，并且迁怒到别的女孩身上，将个人的缺点由点及面放大成所有女生的缺点……我能理解你的家庭，但我没法理解你这种心理。”

田娆又惊又怒，急促激动地辩解：“难道我妈没有错吗？我和我爸的生活，不就是被她毁了吗？”

纪亦摇摇头：“你妈妈固然有错。但明知道对方是有夫之妇，还接近对方的男人不也很可耻吗？”

出轨明明是两个人的过错。

可她只敌视了母亲和女性，却崇拜着男性，将男生看得完美无缺。

这本来就是不可理喻又无理取闹的事情。

她蓦地一愣。

纪亦耸耸肩：“更何况，人与人是不同的。错的人是他们，男女皆有，和别的女生有什么关系？”

田娆胸口突然滚起羞恼的怒气。

她执拗坚信的世界容不得别人打破。

她张开嘴，几乎想也不想，冒出声音：“你帮女生辩解，你又有多懂女生？你知道桑苑在我们班，是怎么和陆之遥、周睿等人相处的吗？”

纪亦嘴角突然一弯，连带眼睛都明亮不少。

这年纪的喜欢很简单，听到喜欢的人的名字，就够让人高兴了。

他声音温和：“所以，你是要说给我听吗？”

田娆眼尾扬着，挑衅般地着看他，等着他接受挑战。

纪亦却笑着摇摇头。

那满不在乎的样子让她有种一拳打到棉花上的空荡感。

更愤怒了。

纪亦耸耸肩：“对我说些桑苑的坏话，也许可能会让你舒服一点。但你的做法，和你讨厌的行为有什么区别？”

田娆目瞪口呆：“我只是……”

“没区别。”纪亦笑了笑。

不知道他是单纯回应他自己那句问话，还是针对她即将辩解出来的说辞。

阳光毒辣。

她一开始只是想要得到安慰，只是想要得到同情。

她明明是受害者，却被头头是道地打成偏激者。

她胸膛剧烈地起伏。

突然有种辩论赛的感觉，他们仿佛是赛场上激战的对手。

这个人是纪亦。

偏偏这个人是纪亦。

好形象维持不了，她索性破罐子破摔，不甘示弱地把话题掰回来，试图戳中对方弱点。

她冷笑：“你就不想知道？别装了，我知道你俩的关系。”

“我和桑苑什么关系？”纪亦反问一声，随后，他笑得坦坦荡荡，“我承认我挺想了解她的，但这绝对不包括，从戴了有色眼镜的人口中去了解她。”

他歪头看看她：“田娆，你并不是什么都知道，只是你觉得你自己什么都懂而已。就好像你揣度桑苑的心思，你盖章我和她的关系一样。”

“我……”

“我该走了。”

和固执己见的人无法说道理。

对方钻进牛角尖，捂住了耳朵。

外人的帮助不起作用时，就只能等她自己解开心结。

人总归是要成长的。

纪亦没看她阴晴不定的脸色，笑眼微微弯着。

他拉了下背包，不打算再谈下去：“我妈还等我回去吃饭。”

他略一思索，还是礼貌地说了声：“祝你能变成你向往的样子。”语毕，他越过她，径直离开。

对手突然离场。

田娆转身怔怔看着他背影，片刻后，力气抽空似的蹲下了身子。

她捂住脸。

博喻今年进入奥数省队的有两个人，一个是高二的男生，一个是高三的纪亦。

高二竞赛生都一派欢欣鼓舞的模样，高三这边倒是没有一丁点水花。

纪亦还是稀松平常的模样，跟着一众同学，开始老老实实准备起十月月考。

考试前紧绷的氛围比数学联考还要可怕，毕竟这次成绩，关系的不仅仅是全部的排名，还有学校的保送推荐名额。

考场座位依然按照名次排列，桑苑照旧和纪亦一个考场。

这学期陆之遥的成绩扶摇直上，似乎找回了高一的感觉，上个月杀回来，居然和桑苑分数一模一样。

年级第二。

她也只能对这个结果苦笑。

有天赋的人只用稍稍努力，就能轻易和埋头苦干的人持平。

正因为陆之遥突然冲上来持平的分数，让桑苑这回考试没有再和纪亦当前后桌。

“桑”的首字母在“陆”的首字母后面，所以她座位在陆之遥后面。

都知道这是场异常重要的考试，可有时候越是面临重要时刻就越容易放松，桑苑在考试前一点翻书的心思都没有，旁边一众红榜上挂名的优等生都闲散地打打闹闹。

她看了一会儿回过头。

纪亦正转过身在和陆之遥聊天，察觉到她视线，立刻绽放出明亮的笑容，眼睛里像是有星星。

陆之遥问他：“你想好去哪个大学没有？”

纪亦坦诚地说：“清华，你呢？”

他没回答，却皱着眉：“你一个奥赛生，再拿到学校推荐，他应该稳妥能保送吧？”

纪亦看了看他神色，明白过来，顿时笑了笑：“我问过老李了，进了冬令营的奥数生都不占用推荐名额，可以直接去清华参加考试。”

原来如此。

陆之遥停了一会儿，又问：“那你有没有考虑好读什么专业？”

“应用数学或者应用物理。”纪亦比较一下，一本正经道，“不过，我更偏向数学。之后再考虑是搞研究、转金融还是跨专业学计算机吧。”

他条理规划都异常清晰，一副对未来信心满满的样子。

陆之遥一时间有些结舌：“你真厉害。”

纪亦摇头：“我只对数学感兴趣，严重偏科，所以论综合能力的话，你应该比我强。你能适应的专业绝对更多。”

陆之遥嘴角稍稍提起。

等纪亦回过头后，他也同样问了桑苑一遍：“清华、北大各两个名额，你想申请哪个？”

桑苑很肯定：“清华。”

“专业呢？”

在学校的选择上，她和纪亦一样笃定。

专业却很犹豫。

她沉吟好一会儿，慢慢说：“没想好。不知道我能不能进文科方面的专业，实在不行就学生物类的吧。”

陆之遥盯着她：“既然这样，为什么不去北大？北大不是更重文科？”

她视线移开一些，微笑：“在清华学习的话，肯定更有动力，更开心。因为清华有可爱的人。”

半期考试在紧张又理所当然的气氛中结束。

红榜以外的学生，忐忑等待着排名，估摸着自己能上几本线。红榜上的学生，则是猜测着自己能拿到哪个学校的保送名额。

张胖子和各班班主任沟通协调过不少次，又按照学生和高校的要求，最后公布出来。

理科班的两个清华推荐保送名额，归桑苑和陆之遥。

班主任老杨几乎撒花庆祝！

七班明明不是尖子班，却有两个清华推荐生，他历年来带的学生，从来没有取得过这种成绩！

他仿佛走上了事业巅峰！

桑苑和陆之遥倒都很淡定。

高三生活枯燥如白水，刷着一张张试卷的时候，时间就飞快地流走。

12 月，学校内通过各种途径申请保送和自主招生的学生们一同前往北京参加复试。

一月下旬，纪亦去温州参加奥数冬令营。

清华资格考试结果也在这时候纷纷下来。

奥赛生纪亦和校荐优等生桑苑顺利拿到保送资格。

陆之遥笔试成绩极为出色，但大概因为性格原因，面试失利，最终拿到自主招生资格，高考降分 30 分录取。

确定保送的学生可以不用再上课，相当于放八个月的长假。

尖子班不少学生都收拾东西回家享受了，不过也有留校的学生，要么是对保送学校不满意，要么是对专业不满意，等着高考再拼一把。

桑苑对专业没有要求，只要不是与数学和物理相关，她觉得自己都可以试试。

纪亦是根据未来工作发展和自身兴趣决定专业，她却是靠学校分配的专业决定自身发展。

所以按理说，无欲无求的她也可以回家度假了。

她却没离校，继续着紧张的复习。

只是在高三学生开始新一轮寒假补课期间，她请假缺席，和纪亦一起开始了温泉雪山旅游。

G E B I
YIBAN
JITONGXUE2

第十一章 / 去雪山

两人第一天抵达雪山山脚的时候，天色已经不早。

订好当晚的酒店，只来得及在旁边纪念品商店逛一逛。

“旅游第一天就买纪念品的人应该不多吧？”桑苑一边看着货架，一边和背后的人说话。

她脖子上戴着的是去年纪亦围住她的那条藏蓝色围巾。

小马尾比去年长了不少，已经到肩膀的长度。

纪亦倒是很开心，声音干净清爽：“说明我俩与众不同。”

他说话时从发饰架上拿下个垂耳朵的发箍，觉得发箍毛茸茸的特别可爱，肯定很适合他家桑桑。

他敏锐地感觉到桑苑在往他的方向靠拢。

纪亦想给她个惊喜，小心翼翼握住东西，等她站到自己身后的时候，突然转过身，扬着笑脸，动作轻柔地把发箍往她头上戴过去。

不料桑苑也踮着脚，同样举起两只手，从他两只手臂中间穿过，给他脑袋上戴个东西。

两个人同时动作，同时收手。

最后，两人都看着对方一愣，笑起来——

他俩给对方选了一模一样的两个发箍。

纪亦整个人都跟沉进蜜罐子了似的，摸着毛茸茸的布耳朵，甜甜道：“我们可以多买点情……相同款的纪念品。”

买好纪念品，差不多也到了吃晚饭的时间。

这附近基本都是看起来大同小异的农家乐，两人随便挑了家更像模像样的餐馆进去，找张桌子坐下来。

桑苑环视一圈，对他笑了笑：“你随便点些东西，我去那边接点姜汤。”

厨房通道外面有几个不锈钢桶，上面写有“免费姜汤，自取”的字样。

纪亦点点头。

桑苑站起身来，走之前还不放心地多叮嘱一句：“别点太多菜，不许超过三个。”

他笑眼微微眯起：“放心。”

菜单上的东西都挺有农家特色，纪亦按照桑苑吩咐，乖乖点了三个菜——竹笋炖牛肉、红烧竹荪蛋、清蒸虹鳟鱼。

最后，瞄了瞄那边姑娘晃悠的小马尾，他压了下声音：“再要个菌浓汤。”

汤不属于菜。

他堂而皇之地想。

三分钟后，桑苑端着两碗热腾腾的姜汤回来，递给他一份。

服务员再次走上来，询问是否需要米饭。

她点点头，想了想：“一碗就够了。”

餐厅上菜速度快，竹荪蛋端上来的时候，米饭也跟着端了上来。

碗很大，分量很足。

她从中分走了四分之一不到的米饭，然后，抬眼看看纪亦，示意：“你够吃吗？”

“够了够了。”纪亦忙不迭点头，片刻后，露出傻笑，“桑桑，我们竟然在分着吃同一碗饭。”

桑苑头也不抬：“很奇怪吗？”

“不奇怪，”他撑腮看着她，一脸正直，“很自然。”

他抿住嘴角偷笑。

桑苑倒不是克扣他饮食。

等最后一份虹鳟鱼上桌，服务员说“上齐了”后，她才若无其事抛出一句：“再要一份你们的石磨豆花。”

服务员应声离开。

纪亦目光直勾勾的，表情惊喜：“欸？”

桑苑横他一眼：“你想吃就点呀。”

要是再凑近一点，她就用筷子尾拍他脑袋了，没好气地道：“纪亦同学，你就差在眼睛里写上‘豆花’这两个字了。”

纪亦垂下头：“你说只能点三个菜。”

“豆花算零食。”她想到了和他之前一样的借口，捋了下头发，“你自己把它吃完。”

纪亦却觉得这是对他莫大的嘉赏，菜端上来的时候一脸满足：“超好吃！”

什么味道都无所谓，这是桑桑关心他了解他的表现，凭这一点，它就是人间珍馐。

他冲她扬着大大的笑脸。

结束晚餐才刚过八点，两个人在空旷的雪地上顺着路牌指示往回走。

纪亦时不时揉下眼睛。

踩上积雪的时候，感觉脚下一片松软。

据说山上雪还要更厚。

周围茫茫皑雪中点缀着深色的木牌和枯枝。

空气冰冷，说话时，有白气轻轻散开。

很少见到纪亦困倦的样子，桑苑觉得特新鲜，频频看了他好几次。

他指背略微挡着嘴唇，疑惑：“今天明明什么都没做，怎么这么想睡觉？”

“是因为你吃太多了。”桑苑一本正经，“据说吃得特别撑的时候，很容易犯困。”

她话一说完，他身体重量就自觉压过来。

他说话时带着浓厚鼻音，撒娇似的：“桑桑，还是你懂得多，我都快困死了。”

桑苑用肩膀撞下他，站远些，突然问：“你一会儿洗澡吗？”

他点头：“当然。”

她脚步放慢，落后他半步，慢条斯理说：“我看过一部电影。女主角一个人在浴室，闭上眼睛一边淋浴，一边洗着头发。然后，她突然感觉脑袋上不对劲，好像除了她自己，还有另一只手也在揉着她头发。她的手甚至碰到了那多出来的一只手……”

路灯光线以外的地方都黑乎乎一片，虽然有风，可沉沉积雪压下来，风吹过一点声音都没有。

周围似乎死寂一片。

纪亦咳了声，声音不自在：“我才不怕。”

桑苑“噢”了一声，接着轻声细语道："还有那种，因为害怕躲进被窝。这时候，发现被窝里居然还有另外一个人，皮肤冰凉，关节扭曲，慢慢地、慢慢地掀开被子……”

纪亦听得毛骨悚然，吞下唾液：“你就是想欺负我。”

空气太冷了，如同一只冰冷的手摸在他颈上。

桑苑瞄着他偷偷笑了笑，突然从背后猛地一拍他：“鬼来了！”

她手搭上去的一瞬间，他顿时一个激灵！

背上汗毛都快竖起来了，他可怜地眨巴着眼睛，呼吸紊乱。

她有点忍俊不禁。

桑苑故意叹了口气，抬抬下巴：“咱们高三年级第一的这位同学，以后准备研究数学科学的这位同学，你不能封建迷信呀。”

纪亦立刻露出受气包一般的小媳妇样。

桑苑依旧笑着：“还困不困？”

“不困了不困了。”他赶紧举起手保证，睁大眼睛，“我现在特清醒！”

他俩住在对门的两个房间。

晚上桑苑洗完澡出来，一边擦着头发，一边趿拉着拖鞋踩在地毯上。

空调的暖气充斥在整个房间之中，就算穿着不太厚的睡衣也绝对不会感到冷。

她透过窗子往外看——

这里正好能看见雪山，巍峨高耸，上面闪烁的路灯像是巨大幕布上的印象派画作。

手机传来简短的声音。

“傻白甜”给她发短信：“桑桑，你睡了吗？”

她回复：“没有，准备看看电视。你呢？”

纪亦发送过来几个字。

“我正准备去洗澡……”

她看他短信后面的一串省略号，突然又想到大金毛。

垂头丧气地端端坐在地上，尾巴憋屈地放下来，一动不动。

她一瞬间笑起来。

桑苑回复速度很快：“我猜猜看，你现在是不是不敢去洗澡，怕多出来的一只手？”

狗狗也是要尊严的。

纪亦咬牙切齿：“我没有！我去洗澡了。”

她没有锁上手机，而是在心里念着。

一。

二。

三——

短信果然又过来了。

纪亦可怜兮兮地问：“你能不能过来陪我一会儿？”

这次，连桑苑自己都察觉到了自己的坏。

她不喜欢欺负小动物，但她就喜欢欺负纪亦，下手时格外有快感。

她笑了一会儿,才勉强让自己恢复到老僧入定的样子,走到他房门口，给他发消息。

“开门。”

纪小亦同学果然耷拉着肩膀，一副对浴室又爱又怕的样子。

见到桑苑之后，他先是愣了愣，然后立刻把视线移开，侧过身，耳朵一点点红起来。

桑桑穿的是睡衣。

非常严实的睡衣，但也是睡衣。

纪亦不敢再想，赶紧把多余的念头都甩开。

他面对着浴室，等桑苑进来后，露出一股舍我其谁的气势：“那我去洗澡了。”

桑苑莞尔：“别怕，我在外面呢。要是有什么不对劲，你就惨叫。”

纪亦说：“我惨叫，然后你就赶紧逃，我会想办法拖住它脚步。”

说得跟真的似的。

关键他还特一本正经。

桑苑张了张嘴，败下阵来。

隔段时间，他好不容易出来，腾腾热气从门口溢出，沐浴后的香气在整个房间弥散开。

纪亦长长地舒了口气，这生无可恋的样子不像是洗澡，而像是经历了一场大逃亡。

桑苑抱腿坐在床上，笑眯眯看着他，眼神摆明了是在嘲笑。

港片配音腔从电视里传过来，屏幕上画面来回切换。

她侧过的右边脸颊镀着电视上的闪烁光影。

纪亦抿了抿嘴，睫毛先垂了下。

他不自在地用手指往后压　压自己额前的碎发，然后再抬起头，若无其事：“水太烫了。”

“你出来了就好。”桑苑终于不使坏了，挪到床边，踩着拖鞋，“我先回去了。”

他点点头。

她微微笑着把遥控器递给他：“电影频道正好在放周星驰的电影，看点喜剧大概能好受点。”

纪亦摸了下自己耳朵——皮肤挺凉，但温度很烫。

他眼巴巴看着她动作，末了，问：“那你回去也会看这个吗？”

她答：“会。”

“好，”纪亦立刻笑起来，“那我就接着看了。”

山脚只是暂时停留的地方，第二天收拾好背包，吃完早餐，两个人往山上出发。

如果说纪亦是太阳的话，那这会儿，这颗太阳在看见雪山的一瞬间，就差不多要落山了，太高了！

根本看不见雪山的顶在哪儿，上半段开始，便缠着袅袅云雾，看起来不太真切。

高也就算了，最可怕的是，如果不想攀爬看不到尽头的长梯的话，他们就只能坐缆车上山……

纪亦整个人都要被抽空了。

他嘴角微微扯着，根本挤不出笑容。

桑苑和他商量：“我们怎么上山？”

他灵魂出窍似的用微弱的声音回答：“可以走路吗？”

“我听说走上去要花至少六个小时……我们坐缆车好不好？”

纪亦欲哭无泪。

桑苑又问了一次：“坐缆车好不好？”她抓着他外套的袖口，轻轻晃了晃他胳膊。

纪亦顿时绽开笑脸，无条件服从：“好，我们坐缆车上去！”

她却撒开手，收回表情：“骗你的。”

“哎？”

桑苑得意起来：“我就是试验一下成果，想看看你有没有认真教我。”

教她撒娇。

电视上看着像那么一回事儿，但她真正做起来的时候，还是忍不住感到恶寒。

她可能不适合撒娇。

不过适不适合只是她自己的想法。

纪亦心脏快爆炸了，满脑袋都是她撒娇的模样，他捂住脸：“我可能发烧了。”

以前给他点阳光他就灿烂，现在给他点好处，他就要发心脏病。

桑苑看他一眼，叹口气：“你是笨蛋吗？”

他从善如流地承认：“我就是笨蛋。”

她又好气又好笑，终于也不输口舌的下风：“别骗人了，《哆啦A梦》里面说笨蛋是不会生病的，更别说发烧。”

桑苑撇下他，要往山道那边走，却被纪亦轻轻拉住手腕。

他直起身，虽然还处于花痴状态，却也乖巧地笑了笑：“走吧，坐缆车。我想坐缆车。”

他拉着她，脚步轻快地往缆车售票点走。

天气真好，今天也是幸福、听话又可怜的一天。

纪亦一边甜蜜，一边无可奈何地给这次旅游命名为“丢脸之旅”。

缆车单程足有四十分钟。

桑苑不怕高，兴致勃勃地看着外面景色变化。

从时不时露出枝叶土壤的一层薄雪，再到漫山遍野覆盖满积雪。如果不是冬天的话，大概还能看见整座山的颜色，由翠绿到深绿过渡。

纪亦在她旁边死死闭着眼睛，一动不动。

她突然开口：“咒立停。”

“什么？”纪亦还是闭着眼睛，嗓音干涩。

她好笑：“我还以为你中了‘统统石化’的咒语。”

她转过头，对景色啧啧赞叹的时候，也尽可能小幅度地动作。

缆车每次经过支架微微晃动，纪亦脸色就会白一分。

直到距离终点不远，她才推推他：“我们要到了。”

纪亦试探着睁开一直紧闭的双眼，像是被反射着阳光的积雪灼了一下，眸子眨巴眨巴，而后惊奇地瞪大。

一个几乎纯白的世界，松枝、土壤、屋顶，目光所及之处，全是银装素裹。

对于没见过大雪的人来说，这画面实在是震撼。

他看看外面，又看向她：“真漂亮！”

桑苑微微笑着点头。

从缆车下去，出口处放了张桌子，上面摆放着面对游客的显示屏。

等两个人经过时，显示屏里的画面切换，出现了他们俩的身影。应该是接近站台前，被山壁上固定的摄像机给拍下来的。

不经意的某个瞬间远比正儿八经看着镜头的照片好看。

画面里纪亦认真注视着桑苑，对雪景的赞叹尚未收敛，眼尾延伸出极为漂亮的弧度，露出小白牙的笑容特别可爱。

而她神态轻松，甚至露出了浅浅的酒窝。

桑苑的脚步不由得放慢半刻。

纪亦已经上前询问起这里能不能塑封照片。

见他阳光灿烂的模样，她心中猛然“咯噔”一下，赶紧上前，然后及时制止了他把各个尺寸的照片都买一张的疯狂念头。

纪亦小心翼翼拈着照片两角，恨不得盯穿了，不住傻笑：“桑桑，你笑得真好看。”

据说山上积雪足足有半米深。

在山脚看见一厘米薄雪的两个小朋友都已经足够高兴了，更别说现在满山都是雪，两人俱是一脸惊喜。

和缆车上有所不同，这可是零距离接触雪。

今天天气晴朗，湛蓝的天空看起来澄澈遥远，可是云层却很近，仿佛伸出手就能轻易触碰到。

路边景区介绍板上写，这里海拔 2200 米。

空气没有山脚湿润，所以山风扑面而来的时候，感觉不到能刺穿骨头似的寒意。

滑雪场上人不少，隔着入口，能看到通往不同方向的滑雪道。

纪亦拎着她的背包，安排："你先进去玩，我去订酒店，一会儿出来了打电话给你。你小心点。"

她却摇头："我不急着进去。"

纪亦揉揉她头发："那你在这里等我。"

他肩膀上挂个包，手上还拎着个包，两个背包拉链上都挂着一模一样的链饰。

本来他这副样子该让人觉得累赘才是，可从背后看去，意外的清俊潇洒。一片纯白背景中，他身影异常显眼。

雪地上两串脚印清晰可辨。

桑苑看着从自己面前往前延伸的脚印，愣了一会儿，试探着踩上去。

每一步都踩在他脚印上。

当看不见路找不到方向的时候，纪亦是最好的领路人，只要跟着他，就绝对不会有错。

她有些感慨。

小时候个子不高，贪玩，老被她气得歪鼻子的小包子，不知道什么时候开始，成了能够独当一面的优秀的人。

她沿着纪亦的足迹抵达酒店，见他正和柜台说着什么，表情严肃。

她走过去："怎么了？"

纪亦转过头："只剩下一个标间了，刚刚退出来的。"

柜台那边的工作人员温柔地说：“不确定稍后还有没有人退房，如果你们想租两间，可以稍微在这里等一等。”

桑苑愣了一会儿：“那就订一个标间吧。”她从他手上的背包里找到证件，递过去。

纪亦凑近了：“我的错。我没想到人会这么多。”

她摇头：“反正住两个房间也有点奢侈。”

她跟着他一起把东西拿上楼。

因为是豪标，房间极为宽敞，能看到不远处的半截山峰。之所以说是半截，因为上面一段没入云层，根本看不清楚。

纪亦把包在椅子上放好，看看山峰，微微一笑：“刚才听服务员说，山峰后面正好是太阳升起的方向，看日出特漂亮，运气好还能看到佛光。”

她想了想：“我们明天去看日出怎么样？”

这个季节，这个位置，一般日出时间是八点钟的样子。

缆车七点钟开始运营，上去后时间还绰绰有余。

他眼睛亮晶晶的，点头如捣蒜：“好！肯定特好看，不过上面冷，你早上多穿几件衣服。”

滑雪场上人渐渐多起来，两个人收拾好东西下去。

平坦笔直的初级滑雪道是大多数刚接触滑雪的人的最好选择，固定好滑雪板，装备整齐之后，就有教练过来指导滑雪技巧。

纪亦学这些东西一向很快，没过上太长时间，就已经能流畅地在雪地上滑行。

他没急着去雪道，而是在桑苑背后来来回回，时不时来句携了笑声和得意的“桑苑同学”。

等桑苑瞪他一眼的时候，他立刻就老实下来。

好不容易掌握基本要领，桑苑决定在最平缓的小广场先练习一段时间，再考虑去斜坡雪道。

纪亦偶尔从她旁边经过，附送给她一个灿烂笑容。

瞧他那得意的小模样，她睫毛也垂下来，抿出个笑，又坏又狡猾。

你等着。

她想。

初级雪道。

虽说是初级，可急速往下的时候，还是让人觉得胆战心惊，寒风猛烈地扑上来，仿佛夹着碎雪，雾茫茫的。

每到速度最快的时候，桑苑心脏就会跳得飞快。

有了害怕感，就会想要减速，可她学不会刹车，免不了就摔进厚厚的雪里。

昨晚开始一直㞞到今天早上的“纪小亦”，倒是如鱼得水。

他从头到尾都陪在她旁边,总能够及时拉她起来,然后自然而然伸手,轻轻拍掉她头发和衣服上沾上的雪花。

“别怕，速度快了的时候去享受就行了，不用担心别的。”

他每次都揉一把她脑袋，像是安抚她似的。

如此上下三次，把心理难关克服之后，桑苑意外发现，滑雪是个挺有意思的事情。

正如纪亦说的，不害怕了，反而就掌握好了。

最后一次滑到雪场底端，她把装备摘下来，找张椅子坐下，示意他休息一会儿。

旁边拖牵索道一个接一个拽着终点站的滑雪者回到山上。

正好轮到两个差不多年纪的年轻人，男生挑着眉一脸骄傲：“你笨死了，滑个初级道能摔五次。”

他后面的女生撇着嘴。

“刚才我看见一个女孩子，也在初级道摔了好几次，她男朋友一直陪着她，每次都拉她起来，还耐心安慰她指点她。同样都是男朋友，怎么差这么多？”

男生慢悠悠说：“你是智力不过关，安慰你并不能提高你的智力。

再说了，你也就只看到两三次而已。都想尽兴地玩，超过五次，谁还有耐心管对方？”

见那女生鼓着腮帮子怒视她男友，桑苑为难地数了一下。

她可能至少摔了十次。

纪亦回到她旁边，递给她一个大大的纸杯。

暖热的温度透过纸杯传来。

他跟邀功似的：“热可可。这里天寒地冻的，喝点这个，暖和。”说着，又用手指碰碰她脸颊，“冷不冷？”

都冻红了。

桑苑摇摇头，往雪道上一指：“我想玩那个。”

她说的是雪上飞碟项目。

人坐在仿佛轮胎一般的设备上，从坡上急速滑下来。看起来比滑雪板安全不少，也不怎么耗体力。

他立刻一口应下来：“好。我们的任务就是把这里可玩的项目都玩一遍。”

那边玩飞碟的人一串串滑到底。

有个孩子没刹住，猛地扎进缓冲的雪堆。被拉出来时，皱着的五官上都是雪花，跟雪人一般。

桑苑嘴角一弯。

纪亦没注意这些，还在用他此刻智商几乎为负数的脑袋规划，兴冲冲地说：“我们一会儿可以手牵手一起滑下来！”

她收回视线，笑起来，接着，和他翻旧账：“小学时，我好不容易学会骑自行车，你突发奇想，说咱俩可以手牵手一起骑车。你忘了后果是什么样子了？”

纪亦张了下嘴，挠挠后脑勺，有点不好意思。

后果是两个人都颇为狼狈地摔在草坪上。

正巧小学一年级换牙期，他摇摇欲坠的虎牙以粗暴的方式掉了下来。

他咳一声：“你说得对，还是安全一点好。”

她骄傲地甩了下小马尾，伸手一戳他酒窝：“本来就够傻了，你别摔得更傻，以后我都不好意思带你出来。”

纪亦眨下右眼：“那我聪明点，你以后多带我出来。”

他们最后没坐飞碟——因为设备已经全部租了出去——坐的是雪橇，纪亦跟大姑娘似的，自后面揽住她的时候，脸一点点变红。

工作人员不明所以，拉动间还打趣一声：“小情侣难道以前没抱过？”

纪亦的耳朵就红到几乎剔透了。

纪亦在心里计算，从后面站着抱过一次，面对面拥抱过一次，坐着抱还是第一次……

真是让人羞涩。

直到雪橇滑下去，他才想起自己没有解释小情侣的称呼……正好桑苑也没解释。

他带着收不回去的笑，从后面把脸埋在她肩窝。

君子报仇，十年不晚。

为了好好答谢纪亦上午滑雪时得意扬扬的显摆，桑苑在下午温柔亲切地拖着他去坐了热气球。

太阳在四周画出白晕，然后把跳跃的阳光洒下来。

从热气球上往下看，整个滑雪场尽收眼底。

总是空缺一个位置的四人吊椅、倒栽在雪堆里的滑雪手杖，还有一对对不同姿态的情侣。

不知道为什么，桑苑突然想到完全不相关的一件事。

摩天轮、热气球、穿过烟花的直升机、面朝大海的高崖。

她突然叹了口气。

纪亦拉着扶手的指节惨白，却敏感地问她：“怎么了？”

她又叹了一口气，特有悲天悯人的气息。

她摇摇头。

“纪亦，绝佳的求婚地点你都驾驭不了，我真为你的未来担心。”

她说完，意识到自己想太远，又在他茫然错愕的神色中眯着眼睛笑起来。

傍晚开始起雾——据说，应该叫云气蒸腾。因为这里的雾气，在山下人看来，就是天上的云。

湿气重了，寒意自然就重了。

他们吃完饭后迫不及待回到酒店。

空调大开，可热风好像吹不散快凝成水珠的冰冷。

两人洗了澡，坐在一起，裹着被子看电视。

刚刚把《南极大冒险》看完，桑苑的手机就响起来。

她拿过手机看了一眼，显示着一个让人有些意外的名字。

陆之遥。

她抿了下嘴，视线略微飘动两分，攥着手机到床边站起来，然后往门外走。

纪亦的尾巴又可怜地垂了下去，眼巴巴地看着她背影。

桑苑走出房间，将门轻轻掩上。

本来想要关上的，一想到里面那只大狗狗，肯定要偷偷凑到门边，那索性就不关门了。

反正都能被他知道。

陆之遥声音像是外面白茫茫的雪，没有太多温度：“在做什么？”

桑苑也同样问：“什么事？”

他略微一停：“你补课结束前能回来吗？”

“恐怕不能。之后还要去广东。”

这趟旅行花的时间可真不少。

他略一嗤笑：“所以，一个人旅游，到底有什么好玩的？”

不是一个人。

但是，大部分人都以为她是一个人。

桑苑并不回答，莞尔一笑，打岔：“是不是学校里面发生什么事情了？”

毕竟对方是陆之遥。

没事给她打电话才是奇怪的事情。

“不是。”

她想象得到他握着手机一张没有表情的脸。

陆之遥沉默了片刻：“我这会儿很无聊，只是需要找点事情打发时间而已。”

他略微垂着眸子，露出骄傲而轻慢的笑容。

你挺好玩的。

我大发慈悲让你陪我打发无聊的时间。

他绕来绕去，唯独没法把“想和你说话”表达出来。

桑苑抿着嘴站了一会儿。

突然，她把声音放轻：“陆之遥，你看过《白夜行》吗？”

“什么？”

她说：“我看过很多次，里面对话我都能背下来。”

桑苑没有给他说话的机会，兀自把书里的对话背出来。

“我的天空里没有太阳，总是黑夜，但并不暗，因为有东西代替了太阳。虽然没有太阳那么明亮，但对我来说已经足够。凭借着这份光，我便能把黑夜当成白天。”

她解释：“这是女主角雪穗形容男主角亮司的话。”在斟酌的间隙，又若无其事道，“但她最后结局并不好。可能亮司并不是真正的太阳，可她又太沉迷于白夜的假象了。”

陆之遥声音很冷淡，还有些蹙眉般的不耐：“你到底想说什么？”

“我就是想说，你要是无聊，可以看看这本书打发时间。”

对面的人叹了口气，没搭理她的推荐，他话锋一转：“你应该不需要寒假作业了吧，我就不帮你带了。”

她想了想。现在她复习完全可以针对自己薄弱点入手，笼统的假期作业反而是累赘。

她“嗯”了一声。

陆之遥没趣道：“我挂了。”

“嗯。”

挂了电话后，她发条短信过去。

“祝你找到属于你的真正的太阳。”

屋里的大男生乖乖巧巧坐在床上等她，表情要多无辜有多无辜，眼睛里一点好奇都没有。

纪亦有三好，帅气、阳光、听墙脚。

她看他几眼，若无其事：“明天要早起，我先睡觉了。”

“好。”他立刻按下遥控器，电视应声关闭。

她把发圈摘下来，任由头发在肩膀上散开，然后掀起被子钻进去。

房间安静了一会儿。

她听见旁边那张床也传出动静，酒店略硬的被套在翻动时会发出轻微的沙沙响声。

她想起一件事：“纪亦，你晚上会说梦话吗？”

纪亦犹豫几秒，不太确定：“我觉得应该不会。”

“那你要是说了，我把你不为人知的秘密给听见了怎么办？”她补充，“比如说……银行卡密码什么的。”

纪亦立刻坦白从宽：“我银行卡密码是你生日。”

桑苑皱起眉：“我不是说这个，我是在强调不能说的秘密！”

这人老不按常理出牌，带走别人思路。

纪亦挠着头：“我就是突然想到，我要是提前告诉你了，就不算秘密了。你可以放心听。”

桑苑哭笑不得：“我看电视剧里，总有人说梦话的时候说了不该说的东西，导致分手离婚什么的。”

纪亦一愣，笑起来：“这个啊。”

他耸耸肩，毫不畏惧："那是因为那个人本来就做了不好的事情，和梦话没关系吧。"

有理有据，无法反驳。

桑苑呆若木鸡地看他一会儿："睡觉吧。"

白天时体力耗尽，现在没过上太久她就陷入熟睡。

睡得很沉，连梦境都没有。

旁边那张床上的少年却久久不能入眠。

他小心翼翼地转过身，盯着她因为被子拉得太高，从被子口辛苦溢出来的几绺头发，舍不得闭上眼睛。

冰封的天气，架不住有颗火热的心。

第二天六点半桑苑就醒了过来。

纪亦不在房间里。

他周末虽然常常睡懒觉，但寒暑假一直都会早起跑步。

她忍不住想，这家伙什么时候起床的，到底是被生物钟叫醒的，还是闹钟？

她一点声音都没听到，他动作太轻。

脑袋略微有点晕。

桌上水杯放着晾好的凉白开，水壶里的水倒是滚烫，旁边字条写着：兑成温水再喝。

她把水兑成温热，喝了水，开始收拾自己。

十分钟后出来，桑苑本来准备给纪亦打个电话，不想对方却自己开门进了来。

现在时间太早，玄关灯没开，他高高瘦瘦杵在那儿，眸子灿然若星。

纪亦露出小白牙笑起来。

"我查了下，那上面高度超过三千米了，可能会起高原反应，所以我去医院买了点葡萄糖和预防高反的药。"

他把口袋放在桌上："桑桑，你有不舒服吗？"

“没有。”桑苑摇头，“不过可能昨天玩得太过头，现在头有点晕。”

他立刻严肃起来，过来摸摸她脑袋：“不是发烧。”

额头温度很正常，脸色也正常。

他询问：“要不要去找医生看看？”

“不用，”桑苑立刻拒绝，“我自己身体状况，我还不知道？只是没什么力气，和运动会第二天一样。”

他还是不放心，十分认真：“如果有哪里不舒服，一定要告诉我。”

她在纪亦监督下喝了葡萄糖，也吃了预防药，心里生出点异样。

同龄不少男生都显得幼稚，纪亦同样有幼稚鬼的一面。但她现在居然被他呵护着，像个需要被大人关心的小朋友一样。

真是不可思议。

早餐店是路边随处可见的普通食铺。

老板在店外辛苦煮着水，桑苑看了几眼：“还要用高压锅吗？”

纪亦刚好拿着筷子回来，闻言立刻在她后脑勺弹了个脑瓜崩儿：“桑苑同学，这才玩了几天，你就把知识都还给老师了？”

他在对面坐下，端端正正地摆着笑脸：“这里海拔太高，沸点低，不用高压锅根本煮不熟东西。”

桑苑摸摸被他轻轻弹了下的地方，咕哝：“肯定是昨天滑雪时不小心摔傻了。”

原来如此。

纪亦立刻主动提出：“滑雪是我要求的，别怕，我肯定对你负责。”

“稀罕。”她对他一本正经的胡话，特别无可奈何。

今天天气比不上昨天，略起了一层薄雾，潮湿冰冷，头上不知道是天空还是云层，灰蒙蒙一片。

她怀疑这样的天气上去顶峰，到底能不能看见所谓的日出。

缆车从滑雪场出发，往再上一千米的高度慢慢爬。周围雾霭越来越浓厚，裹着缆车，压根看不到左右风景。

也就在这种时候，纪亦才敢略微睁开一只眼睛。

“我们现在在云里。”他说。

坐飞机时，迅速无情地穿过云层的时候有。

可是坐着缆车，慢腾腾在云里移动的经历，还是第一次。

匪夷所思。

也不知道究竟过了多长时间，雾霭渐渐褪去，干净如洗的天空一点点从头顶展现。

晴空万里，颜色漂亮到不可思议，仿佛世间万物都剔透清澈。

从缆车下来，踩在实地上，桑苑还不敢置信，一字一顿问：“我们脚下，滑雪场那里是阴天，没错吧？”

“没错。”纪亦横着手掌，一节节往上比画，“从低谷到阴天，再到现在天朗气清的最高峰，什么感觉？”

如果人生是攀爬一座山的话，与陡峭险峻高矮起伏无关，有关的是陪伴。这段旅程从头到尾都有人陪她。

桑苑想了想，郑重其事地回答：“感觉高处不胜寒。”

这答案真现实！

纪亦大笑，又摸摸胳膊，说话时飘出股白气：“不得不说，还真的挺冷，比预想中冷很多。”

他们在观景台上找了个好位置。

往下看，云海翻腾，气势磅礴地铺展开，覆盖整个世界。

往上看，山绵延的边际，金光四溢，有那么几束光芒，仿佛直直流淌到脚边。

他俩围着同一条围巾，分用着同一副兔毛手套，以同样兴致勃勃的表情注视着朝日一点点往上爬。

到最后，赤金而巨大的太阳整个暴露出来。

仿佛伸手可及。

明天旅程就结束了。

桑苑由衷地感叹：“我看雪的心愿完全满足了。”

纪亦瞧她一眼，开开心心地和她数：“还有看沙漠，看草原，看北欧风情……”

“不着急。”她按下他的手，感觉到他手指顺势一根根穿过她指缝，自然而然十指相扣，她没收回手。

不着急，以后时间还多，一个个慢慢完成。

G E B I

YIBAN

JITONGXUE2

第十二章 / 你选哪个?

旅程结束那天，桑苑是在机场和纪亦告别的。

今年寒假她同样不留在本地，而是和外婆一起去广东过年。因而，她与所有朋友再见面时，已经是高三下学期了。

高考的巨兽从蛰伏到攻击，咆哮着冲到面前。

现在它獠牙对准心脏，而所有人不得不殊死一搏！

返校之后，他们面临的第一件事就是百日誓师大会。

高三加上补习班，约二千五百名学生，穿着整齐一致的校服，齐刷刷站在操场上。一眼看过去，有如卷出白沫的湛蓝海浪。

纪亦百般推辞不得，作为学生代表，在主席台上宣读誓词。

他抿了嘴正儿八经站在上面，脊背挺直，把一身普通校服穿得阳光灿烂，意气风发。

张胖子则在长桌后端正地坐着，目光激动。

这是个严肃的场景，但桑苑一看到他俩的组合就想笑。

等纪亦抬手握拳说出“我谨以高三学生的名义在此宣誓”之后，下面一排排学生都摆出同样的姿势跟着他一起念。

“严格自律，以学为乐，争分夺秒，全力以赴！无愧于父母，无愧于老师，无愧于青春……”

也不知道是不是有了火烧眉毛的急迫感，仅高三一个年级，竟然远远超过了平时全校学生集合的分贝！

二月天气尚冷，但一众学生的声音响彻学校上空时，空气都似乎被搅动沸腾起来。

要来了。

学无止境，学海无涯。

提高一分就能踩下千万人，提高一分就多一份全家人的希望。

如果不拼尽全力，别人毕业是毕业，你毕业是失业。

各种激励学生的话由各科老师轮番上阵，敲着黑板吼出来。

他们和以往每一届高三学生一样，每天早上眼睛睁开的时候，就跟自动运行的机器一样，在脑海里滚动播放起各种各样的单词、短语、文言文。

上课是无休止地刷卷子，听错题讲解。

休息时间往来穿梭要么看书，要么念念有词。

有时候实在承受不住，有的学生还会在闹哄哄的早读课上突然哭起来。

桑苑和纪亦也夹在高三大军之中。

一来作为市状元候选人中特有潜力的代表，学校方面表达了希望他们继续参加高考的愿望。

二来两个人还是想通过高考，让专业的选择面多一点。

如火如荼的当下，市一模考试也开始启动。

高中两年半所学的一切东西都要开始倾倒出来，已经到检验成果的时候了。

然而就检验的成果来看——并不理想。

大概因为成功保送后失去了一大半压力，从而动力也减小，桑苑这次考试惨遭滑铁卢。

成绩一下掉到班上第四，年级排名也到十位后面去了。

她前面是陆之遥、李露、何瑶瑶。

打高三和陆之遥换了座位后，一贯娇里娇气的何瑶瑶就开始往另一个方向要强起来。

她以前的喜欢异常果断，现在的决绝也异常果断。

外表和声音并不能轻易定义一个人，何瑶瑶就是个很好的例子。

虽然她依旧会用轻细的声音柔弱地诉苦："我做梦都梦到因为做不来函数题，没考上大学，我真的好难受。"

李露一如既往地当独行侠，不过来来往往的时候，总会带本高考英语语法的小册子，不停地看。

就连胡诗怡在年级上的排名都往前跃了一整张单子。

桑苑在一群进步的人当中格格不入，她为自己的不思进取而愧疚。

而且她也想知道纪亦愧不愧疚，毕竟那家伙失去了牢牢占据了一年半的年级第一，被陆之遥重新抢回去。

默写 6 分，他拿 3 分。

翻译 10 分，他拿 5 分。

诗文阅读 36 分，他总共 18 分。

全都打了五折，齐齐整整。

就算他数学稀里糊涂考出满分，也追不上因为语文与陆之遥落下的差距。

趁着在图书馆遇到的时候，桑苑悄悄问他："掉下第一了不难过吗？"

纪亦一抬眉，笑得纯粹："我寒假没怎么看书。我又不是神，不学习还能拿第一那才奇怪。"

"不难过？"

清华保送还继续留校后，盯着他们的眼睛就多了起来。

尤其这家伙还曾一本正经带着高三学生宣誓，落下神坛后多少会有些心理落差吧。

"可能有觉得丢脸。"他极其坦率，"不过这是我自己造成的结果，也没什么好念念不忘着难过的。等我冲回去……”

他声音突然停下，话锋一转，不好意思起来：“对了，桑桑，二模后我们可能有段时间见不了面。”

“为什么？”

纪亦很㞞地承认错误：“我和语文老师打赌，下次诗文阅读考30分以上。如果没考到……”

桑苑托着腮，似笑非笑：“怎样？”

纪亦抿了下嘴：“缺一分，就在头上扎一根辫子。”

她顿时期待：“那我更要来看你。”

他趴下去，挑起眉喃喃：“被你看到我扎辫子，绝对比考不了第一还丢脸……”

“没事，”桑苑揉揉他头发，“你怎样我都要。”

“这可是你说的！”他又高兴起来，面带春风。

不学习就会输，哪怕对象是纪亦，也逃不过这个规则。

桑苑开始每天昏天暗地地学习。

时间飞快朝着市二模的测验日接近。

某日她照常放学回家，走出校门三十米没到，就站住了脚。

她没想到会看到这样的画面。

半大的小孩子单手撑着墙，腿斜跨着，用手脚将差不多年纪的小姑娘困在墙角。

脸上还挂着斜斜的笑容。

这副小浑蛋的模样，让人很难想到他之前还因为摔伤了脚，而趴在他哥肩膀上哇哇大哭。

被他困着的小姑娘跟小兔子似的，泪眼汪汪，长长的头发垂落在胸前，可爱得有如洋娃娃。

察觉到有人经过，小姑娘立刻用求救似的目光看向这边。

桑苑有点于心不忍。

犹豫片刻，她走上前，拍拍男孩的脑袋：“别做坏事。”

拍哪里不好，偏偏是脑袋！

这可是男子汉全身上下最尊贵的地方了！这样一拍，感觉自己像是什么小宠物一样。

营造出来的强势气氛一瞬间被打破，对方揉了下脑袋，转过头羞愧地大喊：“谁敢打扰老子——”

稚嫩的嗓子喊出与年纪完全不相符的粗话。

桑苑从他身边拉过泪眼汪汪的小姑娘，严肃看着他：“你哥呢？”

见到是她，男孩瞬间软化下来。他摸了下后颈，垂着头嗫嚅：“我没欺负她……”

桑苑冲小姑娘抬了抬下巴。

在她的示意下，小姑娘赶紧背着书包跑掉。

然后，桑苑的视线低垂下来，声音略显严厉：“那你在做什么？”

对方又变成怯懦的男孩，跟面对长辈一样，把手背起，一副等训的样子：“我……我就是想邀她去游戏厅，最近出了台凯蒂猫的娃娃机。”

桑苑一愣：“你就不能好好约她，非要这样？”

肉胳膊肉腿地摆出小痞子姿态，看起来太奇怪了。

男孩答：“我哥教的……”

关键时候卖哥哥。

桑苑又好气又好笑：“你哥都教你一些什么？”

“我哥说追求那种柔柔弱弱跟小兔子似的女孩子最简单，就是要向对方显示自己的勇敢和男人味。”

他老老实实地回答：“逼到墙角圈住对方、说话时挑起对方下巴、说粗口、露出抽烟喝酒打架斗殴无所不为的样子……因为小姑娘不会这些，所以就会觉得对方很帅。”

她瞠目结舌。

不过世界上的人形形色色，说不定也真有人喜欢痞的这一种。

但有一点她还挺确定：“你哥他在意的女生，应该不喜欢这一款。”

你哥喜欢的女生，是个成绩好有着一张冰块脸的女孩。

她把这句话给吞下去。

男孩目光越过她，赶紧低下头，声音微变："我哥……"

桑苑无可奈何："你俩兄弟眼光倒是很相似。"

话音刚落，有只手从后面伸过来，按住她脑袋，声音跟小流氓似的："嗯？我眼光什么样的？"

"陆之遥，我喜欢你。"

不算久违的告白。

对方似乎是高二的女生，手缩在袖子里面，无助地抓着袖口。脖子白皙，额头上飘摇着细细短短的几绺发丝。

陆之遥盯着她刚到肩膀长度的小马尾，一时间有点发怔。

被风吹起的头发晃啊晃，有种捉摸不透的感觉，他视线渐渐穿过迷惑人心的马尾，落到不远处——

周睿正笑嘻嘻地拽了下那边姑娘相似的马尾。

等桑苑皱眉回过头时，他眼疾手快地抓住她手腕："走吧，我也给你搞个什么凯蒂猫。"

"我不去。"桑苑略微挣扎了下。

旁边的小男孩苦着脸给她使了几个眼色，她终于叹着气点点头，然后把手从周睿那里抽了回来。

周睿不在意，懒散地转身，和她并肩而行。

虽然肩膀流里流气地斜着，人看起来却比她高了一大截。

陆之遥恍恍惚惚地又想起某个雨夜，伞下露出来的男生的校服，还有桑苑下楼时轻快的脚步。

他心里猛地一跳。

属于你的真正的太阳。

他久久没有回应，面前小女生又喊了一次："陆之遥。"

声音软糯。

她递着情书，不敢抬头。

不知道过了多久，手上的东西可算被人接过。

她在松了口气的同时，听到对方冰冷至极的一声“谢谢，对不起”，刚一开始就宣布结束。

他外露的情绪像是深夜里卷着不悦的暗潮，让空气都沉重黏腻起来。

陆之遥从她旁边走过，看也不看。

这种失控感让他烦躁，甚至怒火中烧。

桑苑跟着周睿兄弟走进游戏厅。

刚才周睿的弟弟近乎惊恐地和她比口型：我哥要杀了我。

他擅自把酷成古惑仔的男生的秘密暴露出来，被古惑仔修理甚至追杀都是理所当然的事情。

不过周睿貌似压根没听到什么关键话语，也许他在听到“眼光相似”的时候就直接上前搭话了。

本来桑苑也不是什么能让他驻足偷听的人。

眼下他弟弟玩得正开心，硬币投了一个又一个，却什么也没抓上来。

等了十几分钟，周睿终于不耐烦地拍开他弟弟。

“你想要哪个？”他问桑苑。

桑苑看一眼：“女生应该都挺喜欢粉裙子的那个。”

周睿顿时瞟过去：“桑苑，我发现你说话真绕。”

桑苑也说：“周睿，你做事儿不比我说话直白。”

她说到这里，想起什么似的，顿一下：“你去西班牙后，还回来吗？”

周睿一摊手，漫不经心：“谁知道呢。”

桑苑叹了口气。

初中时觉得小学很小，同班同学都住一个家属院，连他们家事都能背出来。

高中时又觉得初中很小，都是临近几条街的孩子，基本知道对方住哪个小区。

现在虽然觉得高中挺大,不过等读了大学大概又会发现高中也很小。

大家好歹都来自同一个城市，大部分还是同一个片区。

桑苑一挑眉：“我突然想到，毕业后大家在不同的城市，就不太容易再见面了。”

周睿皱起鼻子：“你真是多愁善感。一张车票，你想见谁，哥都带你去见。”

桑苑指着那个凯蒂猫。

“我要是像你这样头脑简单就好了。如果是我的话，我还会想，我要说点什么，我要怎么把对方约出来，用什么借口？”

世界这么大，我们见面的理由是什么？

周睿烦躁地抓一把头发：“就你话多。你到底要不要？”

“我想要那个。”她手指绕到背后，在背包里盲找了一会儿，抽出一张纸币给他。

她另一只手指着的是一只金咖色的布小狗。

周睿看着她手心上的钱币目瞪口呆，还有点伤自尊。

几枚硬币的事，让他请客不就行了？

桑苑给他的面额是五元。

五元而已。

结果显然他们都高估周睿的技术了。

就像纪亦看起来阳光灿烂，却对高度和鬼怪恐惧至极。

周睿也只是看起来会玩而已，他把五枚硬币全花光了都没能抓出那个玩偶。

他在桑苑幸灾乐祸的目光里嗤了声：“桑苑，我发现你有时候心眼挺坏，看见谁倒霉就高兴。”

桑苑从善如流的回答颇得纪亦真传：“难道你希望我用悲伤遗憾的目光看你？”

好像那样的话也不太对。

周睿大多数时候是暴力合作，很少会有和人比嘴皮子的时间。

他嘴唇动了动，居然斗不下去，只能耸耸肩：“你别看我了，瘆得慌。”

桑苑忍俊不禁。

周睿脚尖踢了踢机器：“算了，我去买水。都什么季节了，这破地方还开空调，想把客人热死。”

他将弟弟留在这里，嘴里抱怨着走开。

桑苑盯着已经被机械臂抓到边缘，摇摇欲坠的布偶，想了想，把背包放下来，再次找里面的零钱：“你还想玩什么，我去换点币。”

话是对周睿他弟弟说的。

交谈的时候，有人突然插入他们之间，站在被他们霸占的娃娃机面前。

他们在这里伫立着好长一段时间了。

好像不太好。

桑苑往旁边让了让，没听到弟弟的回答。

倒是清淡如冷泉的声音，近在咫尺地冒出来：“要哪个？小狗这个？”

突然传出这个声音，真有种神出鬼没的感觉，能把人吓一大跳！

桑苑猛地抬起头，陆之遥一双墨黑的眼睛正自上而下盯着她。

她愣了愣，几乎脱口而出：“不用了。”

陆之遥把游戏币扔进去，却并不操作机器。

倒是弟弟试探着看了两眼，把手放在红色按钮上。机器臂被操纵的时候，发出轻微的“滋滋”声。

陆之遥没管后面偷偷摸摸的小子，放下手，直直看着她：“你还来学校做什么？”

不是来游戏厅做什么，而是学校。

这话有点没头没脑，倒也是他一贯的风格。

每次事情很多情绪很多的时候，他都挑其中最能表达中心思想的一句说。

惜字如金导致说话总很突兀，别人难以理解。

桑苑不明所以，目光诧异起来。

陆之遥似乎有点儿心气不顺，抬起下巴吸了口气才勉强压抑下来，他轻飘飘地说：“第四名？”

桑苑还在怔忪：“我……”

他似乎不想听她口中蹦出来多余的词，面色难看，突然拽着她往外面走！

袖口被拉扯得很紧，桑苑惯性地走了几步：“你做什么？”

“回家。”他冷冰冰吐出两个字。

桑苑压根不在意他有如锅灰的黑脸，淡然自若：“周睿弟弟还在这里，我总不能把小孩子一个人丢在这里。”

陆之遥眼睛动也不动一下，面无表情道：“七八岁已经不是小孩子了，我七八岁的时候，早就会一个人去少年宫了。”

她七八岁的时候，也会一个人去少年宫了。

桑苑又问：“我为什么要回家？”

他脚步骤然一停，拧着的眉心写着“冒火”两个字。

“如果你满足于你保送的身份，满足于你现在的成绩，你可以去玩，你甚至不需要来学校了。反正你不是最特别的，学校不缺你一个人的升学率。”

他松开手，冷笑：“你连回学校的理由都忘记了吗？杨老师、张主任，还有你外婆，都盯紧了等着你为校争光。而你是准备不思进取下去，为了什么……真正的太阳放弃成绩，然后当个普普通通的中等水平考生是吗？”

她看着他，眼神盛着莫名其妙。

陆之遥喉头滚动一下：“我瞧不起明明得天独厚，却非要泯然众人的人！”

他定定道：“你别忘了你现在应该选择什么？”

成绩，还是太阳？

他难得呼吸起伏大了些。

近乎严厉的话也不知道是说给桑苑听，还是自己听，像是在和上学期爆发出矛盾的周睿较劲似的。

他笃定桑苑只看得到成绩——只会在意优秀的人。

他对周睿充满了鄙夷：富足的家境，和满的家庭，这些优越的条件明明该是让人锦上添花的。周睿却自甘堕落，让自己的优点只剩下了这两条。

这人真逊，和优秀沾不上边。

如果人生是一本书的话，初中是第一卷，高中是第二卷，往后还有三四五卷。

可现在故事仅仅进行到第二卷，走向就开始变得难以掌控。

初中开始他和桑苑就是同桌，然后在初二变成邻居。

她家里最艰难的时候，陆家对其帮助良多。

同样他觉得人生黑暗的时候，桑苑也在旁边。

他们有相似的背景，还有相似的隐忍内敛。

青梅竹马、近水楼台、相濡以沫，什么成语全都占完，接下来该发展出来的那个词应该是……

像是冬天故意呵着气等她关心是不是太冷；

像是偶尔被发短信询问是否需要早餐；

像是乱发脾气的时候突然被哄小孩似的安抚一声。

早就适应了对方出现在自己生活中,好像地球一直以来围着太阳转。如果有朝一日在一起的话，不仅仅是太阳，还有很多很多的理由。

而你和他，根本不是一路人。

陆之遥视线沉沉压下来，积着暴风雪。

“你选哪个？”

他几乎威逼着问。

我不需要太阳。

我当然要学习。

话虽如此，不过桑苑还是等到周睿回来才告辞。

周睿不仅带着饮料，还有一袋奶糖。

见到阴沉着脸色满脸别扭的陆之遥时，他先挑了挑眉，才懒洋洋地把奶糖扔给她：“还你的。”

“还我的？”桑苑想了想，意识到他说的大概是之前她送给他弟弟的那颗糖。

周睿故意扬起声音：“回头我把这狗给你夹出来。”

陆之遥还是面无表情的样子，看起来却像是要吃人了。

桑苑却说：“你还是夹粉裙子的 Hello kitty 吧。”

陆之遥脸色才好起来。

他们很快告别。

回去的路上很安静。

快到楼下的时候，桑苑忽然异常严肃：“你为什么要来找我？”

陆之遥满脸不在乎：“因为你成绩差到我都觉得尴尬了。”

他做出补充说明：“前段时间张主任还表扬说你和纪亦学无止境的精神值得每个同学学习，结果话说完第一场考试，就掉到这个成绩，你自己都不会觉得羞耻吗？反正，我是觉得你太可怜了。”

又来了。

搞不懂这个人到底在想些什么，究竟是好还是不好，究竟是在意还是不在意。

正因他如此，她不敢把话说太满。

桑苑无可奈何地沉下口气，不理他挑衅的说辞，兀自慢慢道：“周睿是因为当了前后桌，所以是关系比别人好一点的同学。大概算是朋友。”

在解释？

陆之遥嘴角若有似无勾了下，刚想说，关我什么事，就听见她补充了三个字——

“你也是。”

他愣住。

GEBI
YIBAN
JITONGXUE2

第十三章 / 高考如约而至

二模如期而至。

在考场等待考试的时候，有一班男生凑到纪亦桌边嘻嘻哈哈：“哥们儿，语文有没有把握？”

等纪亦微微嗤了一声，带着小嘚瑟边笑边点头时，那男生又笑：“我昨天去办公室抱卷子，听到语文老师正在和老李说你扎小辫子的事儿。”

纪亦立刻回过头，眼睛睁大几分，特好奇：“说我什么了？”

“老李可能深受启发，说，你要真扎上辫子了，到时候给你拍两张照，放大了洗出来贴在黑板报上，下面写‘不好好学习的人是不配有尊严的’！”

男生说完，拍着桌子大笑起来。

纪亦那点嘚瑟全部消失干净。

纪亦怕他拍桌子的声音惊扰到桑苑，咳嗽一下：“嗤，三十分是吧，轻轻松松。”

对方还摇头晃脑地哈哈直笑。

纪亦抿下嘴，瞪他：“笑什么？考试前嬉皮笑脸，这是不尊重考场的表现，会遭报应的。”

说话的时候，他的视线瞟到桑苑这边。

桑苑也微微笑着，甚至还对他抬了抬下巴。

他马上软下来改口：“我胡说的。爱笑的人运气都不会太差，祝你笑口常开。”

考试成绩在同学们紧张又期待的气氛中出来。

当日晚自习前，几个女生笑笑闹闹地进来，拍着讲台和他们八卦：“你们去看大厅，一班语文老师被气疯了，太好笑了！”

附带一串幸灾乐祸的笑声。

难得能在枯燥的高三生活中遇到个趣事儿，众人顿时呼啦一阵往外面拥。

不喜欢凑热闹的桑苑居然也站了起来，被胡诗怡和李露牵着往外走。

一班学生整整齐齐站在台阶上。

女生忽略不计，从后面看过去，只见着男生们在空气中的一排排小辫子，跟偷工减料不太扎实的小扫帚一样。

前面围观群众很多，她们三个站在人群中，一眼就看见站在最前面的纪亦。

他额前碎发和头顶的发丝一并抓起，小小一束，在脑袋上迎风招展，像是《小萤的青春》里面女主角的发型。把额头全部露了出来，显得整个人干净利落。

虽然平时打球太热了，他也会用手指把碎发拨开，或者往后一压。但系上小辫子，就和那样子不太一样了。

身边全是笑声。

那天在考场调侃纪亦的男生脑袋上密密麻麻顶着七八个辫子，李甘的脑袋倒是一马平川。

摄像师喊：“都准备好了吗，拍了啊！一，二——”

纪亦脑内雷达突然启动，敏感地朝桑苑这边看过来，然后阳光灿烂地对她们笑了笑，举手比了个“耶”。

脑袋上的小扫把摇啊摇。

“咔嚓！”

摄影师按下快门。

博喻英中 2007 级一班公开处刑大合照，桑苑也不幸受到牵连，被拍摄进去。

大概，在纪亦闪闪发光的眼睛里。

二模因为诗文阅读只考了 29 分，被逼着扎小辫子的纪亦，实际成绩比预想中还好。

要说有多好的话……

大概就是，不知道该不该说是意外，他在激烈角逐中拿了个市状元。总分 702 分，语文 121 分，数学 150 分，英语 141 分，理综 290 分。

桑苑总分正好 700 分，语文 133 分，数学 142 分，英语 144 分，理综 281 分。

这个分段共有五个学生，桑苑占一个，七中占三个。

陆之遥、李露正好 699 分。

纪亦虽然如愿冲上第一了，不过看起来总有点奇怪。

据说是因为他视为最大敌手的七中状元，在成功保送后选择放弃高考，让他觉得有点失落。

少一个对手多一分胜算，不少人都觉得这是件好事。

就连桑苑也会这样想——

毕竟各校最优生都保送后，她想要争个第一，好像也有了点希望。

很多年后，她被陈静拉着看某个女团的总选举，在陈静喋喋不休的话语中听到“要不是 ××× 退出了，××× 也拿不到第一名”，她才明白纪亦是什么感受。

不能光明正大打一场，就算拿了第一，自己也会忍不住怀疑，实力到底够不够？

二模结束，接下来是三模。

桑苑几乎使出吃奶的劲儿在学习。

三模纪亦716分，她715分。虽然还没有平手，好歹分差在接近。

黑板上倒计时一天天缩进。

渐渐到30天，又到20天，然后到10天。

准考证发下来的那天是周五，晚上没上自习，而是开了个班会。

老杨在台上端端坐着，双手交叉，笑着说："这是你们人生至关重要的一场战役，不过我们今天不搞那么严肃，都憋三年了，大家晚上就畅所欲言。有什么想对学校说的话，关于学校的回忆，有什么梦想，有什么祝福都说说吧。"

他说着，还特幽默地晃晃手："先提前说好，可以骂我，但不许骂同学，也不许表白！这两样都会影响考试心情，老师不赞同。"

下面一阵哄笑，不过笑完了，气氛逐渐开始不对。

从门口第一个学生开始，依次站起来说着高中三年有关的事情。

有人搞笑，有人却煽情。

高考的气氛越来越紧张，分别的结局也越来越近。

一些多愁善感的女孩子已经发出零星的哭泣声。

大家说话都特别有个人特色。

第二组某个男生突然说到"在楼梯口被喜欢的姑娘不小心撞了一下，那是高中最好的记忆"时，大家一起发出"吁"的一声。

何瑶瑶偏过头，小声说："我最窘迫的记忆是被周睿绊倒在地上，最好的记忆是被陆之遥拉起来。"

她在和桑苑成为同桌之后，第一次因为谈到陆之遥而面带惆怅。

"其实我以前是觉得陆之遥长得帅、成绩好、性格吸引人，因为这些很普通的理由喜欢他。但摔倒后被他扶起来的时候，我就觉得，不是普通的喜欢了，是被戳中心脏的感觉。"

桑苑沉默一下：“周睿为什么欺负你？”

她茫然地摇头：“好像高一时我告诉老师他逃课后，他就开始针对我了。”

说到底，还是部分青春期孩子的共性，喜欢谁就想捉弄谁，用哗众取宠的手段来博取关注。

何瑶瑶问：“苑苑你呢。最好的记忆是什么？”

桑苑笑了笑：“最好的记忆就是最好的记忆呗。字面意思。”

何瑶瑶露出一副莫名其妙的神情，桑苑却没有要解释的打算。

班会已经轮到田娆发言。

沉默了半年的女生站起来，愣了半分钟，迟疑着说：“希望自己能变成……”

这话刚刚冒出个头，大家就悠悠想到一个答案。

想变成男生。

不料，田娆却说：“希望自己能变成普通的女生。各个方面都很普通，性格、爱好、家庭、心理……”

何瑶瑶看看她那边，悲大悯人似的叹了口气。

第一节课吵吵嚷嚷，第二节课老师给大家发了一张同学录。

老杨眨眨眼睛，双腿跷在讲台上：“这节课留给你们写同学录，不过你们得先给我写完了，再写你们自己的。”

桑苑拿到的是一页蓝色的纸。

她快速把第一页资料填好。

第二页本来该是对老师的祝福，但老杨提前把祝福画掉了，写了个秘密。

她左右看了看，其他人手上都是“秘密”。

老杨在讲台上愉快地哼着小曲。

看不出来这老师还挺八卦。

周围全是落笔唰唰的声音。

桑苑偷瞄了下，何瑶瑶已经含着眼泪密密麻麻写了一大篇了。

她沉吟片刻，也认认真真地写了很长很长一篇。

等回过去看一遍，脸上居然有点微热，会不会太肉麻了？

她以为自己写了很久，没想到环视一圈，还有不少人趴着继续奋笔疾书。

她把蓝色的纸放到一边，写起刚才递过来的其他人的同学录。

第一张是陆之遥的，她写：生活顺利，幸福快乐。

第二张是周睿的，她写：生活顺利，幸福快乐。

第三张不知道是谁的，她写：生活顺利，幸福快乐。

李露转过头看了一眼。

周睿盯着窗外在走神。窗子大开，夜风把他领子吹得抖动。

她笑了笑，写上：出国了别再那么幼稚，幼稚是恋爱的第一杀手，切记同龄女生基本都比男生更成熟。

笔头停了一下，她又补充了一句：可能比你年轻的小妹妹，心理也比你成熟。

班与班之间也会有学生交换同学录，比如说，他们班篮球队的成员都给了纪亦一张。

桑苑偶尔遇到了，会和纪亦说起他们班某某老师给某某同学写了如何苦口婆心的一张同学录。

然后两人一同笑得惬意。

他俩都默契地没有给过对方任何书写回忆的东西。

高考前一天。

高三各班收拾教室，多余的课桌全部堆出去，教室只能剩下三十张桌子，然后大家将各处写写画画的痕迹打扫干净。

教室后面最后一期黑板报的主题是“高考·梦想”。

老杨让他们把自己的梦想写在便利贴，贴在黑板上。

现在大家搞清扫，不得不一张张把“梦想”撕下来。

桑苑和胡诗怡动作的时候，胡诗怡突然说了声：“好像画符。”

“什么？”

她解释：“电影里都这么演的，画符后，要将符纸烧掉或者撕碎，才能有效果。”

同班有个女生嘴快，立刻说：“要不我们去把它们烧掉，这样总能实现梦想了吧？”

陆之遥一边擦黑板一边冷冷道：“未来的梦想会不会实现我不知道，但你们被张主任修理的梦想肯定会立刻实现。”

几个女生缩缩脖子，都不敢闹了。

桑苑的清扫一直没停，只是撕纸动作慢了一点。

她看到自己写的便利贴了，上面写着：旅游作家。想去旅游，想靠记录旅游的点点滴滴生活。

便利贴上不知为何稍微有些折痕，很浅，若不是下角翘起的弧度不自然，她也注意不到那条折痕。

桑苑把纸撕下来，翻过来，立刻一怔。

字条后面写着：“一定能实现！！！”

一共打了三个叹号，要多坚定有多坚定。字写得龙飞凤舞，钩折有力，撇捺潇洒。

纪亦真是无孔不入。

她好笑地捏了下，想要揉成一团扔掉，片刻后，又收手将字条放在口袋里。

快要收拾完毕的时候，骤然响起纷沓脚步声，像是潮水一样四涌，激烈碰撞后渐渐停息。

然后，教学楼走廊上响起高昂的一声吆喝：“一，二——”

无数年轻的声音一起大喊：“高三，加油！高三，必胜！”

有音乐传来。

学生们声音乱糟糟的，却也能听见合唱出来《隐形的翅膀》的歌词。

桑苑跟着同学在歌声中走出教室。

张胖子和几个班主任杵在大厅外，正乐呵呵地看着上面走廊堆着的学生群，一边打拍子一边跟着唱。

他端了三年的架子这时候稍稍放了下来，还好心情地冲他们挥挥手。

再见了，复习的日子。

桑苑抱着一大堆东西，整个高三用到的装备全在纸箱里。

快走到校门口，突然有个棕色头发、打扮干练的女人过来拍了拍她的肩膀。

女人先开口，笑了笑："加油！"

她被吓了一跳，小心询问："您是？"

那女人红唇弯着："是了，你不认识我才对。我是你外婆的学生，我女儿和你一个班。"

桑苑外婆在纺织厂里当过一段时间的技术老师，当初教的一批女工，就算离开工厂了，见面时也习惯性叫她叫老师。

桑苑一挑眉："您女儿？"

女人说出个相处三年，却不太相熟的女孩子名字。

等她再笑着说"加油，不要让你外婆失望，你外婆很关心你"时，桑苑心里就通透起来。

她看着前面不远处的陆之遥，居然有点愧疚。

她一直以为盯梢的人是他。

所以她和他说话格外费劲，总是绞尽脑汁，又要不动声色拉开距离，又不能刺激他，还不能让他知道某个地下党男生。

陆之遥走得很快，露出东西不重、游刃有余的样子。

上次在游戏厅分别后，他就一副冰冷又疏离的态度。有时候看她的表情透着股冷笑狠劲儿，像是在说，我等你后悔。

桑苑摇摇头，把他抛到脑后，继续紧迫地念着下一个词组。

第二天，桑苑准时坐上标明了高考专用的公交车。

学校大部分学生会留在本校考试，不过也有一小部分人被分到了七中的考场。

桑苑就是那不幸的人之一。

纪亦同样在七中参加考试。

见到他的一瞬间，她差点没绷住，笑得弯下腰。

虽然大家都希望自己考试能够红红火火，但表现到他这个程度的人实在不多。

衣服是红的，裤子是红的，就连鞋子也是红的。

纪亦生无可恋地告诉她："我妈非让我穿成这样，说我的幸运色是红色。"

桑苑一边笑一边夸："你妈妈真是天才。"

她上下打量他一眼，好不容易移开视线，只收敛了三秒钟，又笑出声："纪亦，你看起来像外国的邮筒一样。"

纪亦想撞墙了，摸摸烧得通红的耳朵，羞愤欲死："我今晚还要和她据理力争一次，太丢脸了。"

事实证明，他的据理力争有效果，第二天穿着终于正常。

紧张地度过考试最后一秒，学生们几乎是狂喜着奔出教室！

有人激动地冲向考场外等候的父母，有人尖叫着掐住同伴肩膀不停摇晃，还有七中本校学生，迫不及待地将各种资料往天上一扔，纷纷扬扬飘下来后，他们像是发疯一样跑起来！

桑苑在七中校门口看到等待的纪亦。

垂柳、道闸、来来往往的人群，全都在他旁边交织流动，六月阳光打下来，他白色的衬衣领口竟有种反光似的耀眼感。

柔软的头发也闪闪发光。

她跑过去。

纪亦扬起笑脸："怎么样？"

桑苑一本正经："发挥正常，身体和心理状况也都还很健康。"

纪亦好笑地揉揉她脑袋，转身和她一并往外面走："你说张胖他们现在在干吗？"

她想了想："可能在博喻操场拼命制止学生们撕书吧？"

两人互相看一眼，俱是一笑。

桑苑安静片刻，轻轻呼出口气："我现在觉得好荒诞。"

"什么？"

"高中三年，做了无数卷子，背了无数题。整个高三六点就得起床，早上要进行我最讨厌的跑步，晚上做梦都是一个个单词……结果一切都在这两天考试里面结束了。我们整个高中成功与否，只能用这场考试来判定。"

纪亦露着酒窝："和演员一个道理，台上一分钟，台下十年功。"

桑苑点点头，回头看了眼。

阳光灿烂跃动，过于夺目，教学楼墙壁让反射的光芒形成蒙蒙的光晕。轮廓朦胧，虚虚实实。

大概每一届学生在离开学校时都会有种走在云雾间的感觉，不知道是放松还是失落。

这里承载了懵懂又热血的三年。

是他们跨上成年台阶前的最后三步。

他们要离开象牙塔，去更复杂的成人世界里闯荡了。

第十四章 / 我无可救药地喜欢你

高考后第一个夜晚，各班的庆祝方式都不相同，比如二班全体男生今晚去网吧包夜通宵，三班是去 KTV，一班和七班则是谢师宴。

哭着笑着闹着一晚上，然后开始人生中最幸福的一个暑假。

睡到自然醒，手机玩到饱。一边看星空台播放的《萤之光》，一边学着女主角坐没坐姿。

桑家老太太对桑苑的要求似乎到高考结束就跟着停止下来了，就算她有时候睡到中午十一点才起床，老太太也全当没看见。

实际上，桑苑保送后，基本就没感受到什么来自外婆的压力了。

现在算是彻底解放！

还有一件特殊的喜事。

她们要搬家了。

桑母瞒着两婆孙，在市里偷偷盘了一套房子下来。装修通风完毕，才打电话让她们搬过去，说是给桑苑庆祝高考的礼物。

房子没在老厂区，甚至距离老厂区更远了，不过到医院却很近，交通也方便。

新家比租的房子宽敞很多，躺在里面，再也没有以前一举一动都被听个清清楚楚的窘迫，也没有下床稍不小心就会撞到书桌角的窄闷。

桑苑对此极为满意。

对了，搬家前，她是准备和陆之遥打个招呼的。

陆家却没人，说是陆家老一辈强烈要求陆之遥姑姑带孩子回老家看看。

于是作罢。

好像每次搬家，都会错失和别人告别的机会。

桑苑的小日子无比懒惰，回头想想，以前自律奋斗的桑苑好像被高考给吃掉了。

纪亦的生活也大同小异，打打篮球，学学车，到处溜达一圈，和桑桑聊聊天，最后回家呼朋唤友地玩游戏。

幸福的生活持续了一周有余。

某个晚上，被李甘叫着打完台球，对方突然说："年级上的同学，准备毕业典礼的时候送张胖子一个大礼。"

"什么大礼？"

李甘顿时神秘兮兮地笑起来："学校十佳情侣。"

纪亦愣了愣。

李甘又笑："说是为了报复他高三时把大家当犯人一般盯着的行为。就在毕业典礼上放给他看。"

他摸摸下巴："到时候张胖的小表情肯定很精彩。"

纪亦想到张胖子可能会露出来的震惊，也不禁笑出声："这馊主意谁出的？"

"说真的，我一开始以为是你出的。"李甘一本正经，"但实际上，貌似是高一的学生出的。"

纪亦摇头："现在高一的真能耐。"

“说这些，”李甘赶紧把偏远的话题拉回来，“兄弟，你到底参不参加？”

纪亦指指自己鼻子：“我？”

“老实讲，十佳情侣，按照成绩来排的话，你和桑苑应该是第一名。”

他不给纪亦说话的机会，拍纪亦的肩膀：“别说你不参加，我可都报名了，两对。”

“两对？”

李甘耸耸肩：“我表白成功了。”

纪亦把张胖子可能会呈现的错愕提前一步呈现了出来，嘴能塞个鸡蛋进去。

起步晚，基础差的这位哥们儿，怎么突然就展翅高飞了？

李甘却不以为意：“你惊讶什么，毕业后表白的人那么多，咱们班就成了三对。我听露露说，他们班也成了不少，当然也有没成的。据说他们班那个酷酷的周睿，毕业当天和他们班学习委员告白，刚把人家小姑娘往墙上一按，就被扇了个巴掌！那小姑娘一边哭一边吼，我是要读复旦的人，我要去上海了，再也不会见你了，你别以为我还怕你！”

李甘越说越乐呵，笑得一脸褶子。

末了，他拍了拍石化的纪亦：“你别做出一副无辜的样子，以为我不知道，毕业时给你表白的小姑娘还少？那一串一串的，组个世界杯都够了。”

纪亦却满脸严肃，动也不动。

李甘说了半天，终于没趣了：“你怎么？”

纪亦不说话。

李甘恍然，睁大眼睛：“不是吧？”

他震惊：“你……你还没表白？”

“纪大胆”和“纪小屎”。

跳车、死皮赖脸的时候挺大胆，怎么到这种时候又屎起来了？

见到李甘不敢相信的表情，纪亦挠挠头。

“我能说一千次一万次喜欢她，但我就是怕她说……还是当朋友比较好。我怕反而把她推远了。”他声音微弱下来，伴随着叹息。

“你的自信呢？”李甘问。

纪亦盯着屏幕不说话。

再信心满满的人，到喜欢的人面前，都会胆小起来。

因为喜欢得越多，就越患得患失，小心翼翼。

李甘这时候居然也充当起恋爱导师了，晃着脚：“不然你也学学偶像剧，找个女生，试探一下她？”

纪亦想也不想地拒绝：“那怎么行？”

“怎么不行？”李甘循循善诱，“只是演戏而已。”

纪亦果断地摇头：“我不想让桑桑觉得我是个三心二意的人。而且，找个女生演戏这种事……我不想做。对谁都不好。”

李甘坏笑：“那你就一个人烦恼吧。哥们儿我要和女朋友享受阳光大海碧水蓝天去了！”

接到纪亦电话的时候，桑苑还觉得有点不敢置信：“图书馆，你确定？”

纪亦似乎有些心不在焉，听到她声音后反应了一会儿，才坚定地说：“嗯，图书馆！”

桑苑想问他为什么，毕竟高考结束后，会去泡图书馆的人少之又少。

不过，纪亦先她一步给了答案。

“那里安静有气氛，呃……我说话你也能听清楚，而且，地势复杂，不容易逃跑。”

你说话我一直都能听清楚……而且逃跑是什么鬼？

她稀里糊涂地结束这通电话。

桑苑宅在家里很长时间了，六月的太阳让她根本没有心情出门，但她还是打开衣柜挑选起了衣服。

从衣架拿下妈妈刚给她寄回来不久的连衣裙，她心里没来由慌张一下。

裙子有可爱的收腰设计，带了点花边，到了裙摆中段，还有一圈同款式的花边。

会不会太刻意了？

她拎着袖子，摇摆不定，好一会儿时间，还是将裙子放在了枕头边。

就这样吧。

桑苑将长长不少的头发在脑袋上绾成个小团子，临行赴约前，从桌上摸了一支笔和笔记本。

既然是去图书馆，最好还是装出一副在学习的样子。

区图书馆人一直不算多。

今天周二，工作日，又是六月，除了高三毕业生其他人尚且还在读书的时间。

如此一来，人就更少了。

她在漫画区找到独自坐在角落桌子边的纪亦。

空调风斜斜吹过来，层层书架几乎把他完全遮住。

还真是个地形复杂、不容易逃跑的地方。

桑苑到他身边坐下。

纪亦冲她摆出笑脸的时候，她注意到他的手稍稍攥着，眸子略有一分躲闪。

这样子让桑苑心里异样丛生，不自觉跟着紧张了一下，她努力淡定地把笔记本和笔都在桌上摆好。

她根本不知道高中毕业后的自己需要在笔记本上记什么，只能把脑海里面的歌词都翻来覆去往上写。

旁边纪亦看的《火影忍者》也很久没翻篇。

她从他没拉上的背包里看到金属的 logo。

桑苑找了点话题：“这是什么？”

“嗯？”纪亦扭头看一眼，回答，“摄像机，学校那群混不吝想了个惊天馊主意，准备给张胖一份大礼。”

“什么大礼？”

纪亦突然抿出一个微笑：“桑桑，我前几天听李甘说到这件事的时候，也问了和你一模一样的话，一字不差。”

他似乎摇起了看不见尾巴。

桑苑无奈。

“四个字而已。稀疏平常的四个字，有那么高兴吗？”

纪亦还是笑着，回答最开始的问题：“张胖子高三时不是抓男女关系抓得特别紧嘛，于是大家闹腾着拍个校园情侣视频送给他，告诉他，该在一起的人还是照样会在一起，而且有的同学早恋并没有影响学习。”

桑苑好笑：“所以，你负责拍摄？”

纪亦先是一点头，紧接着，严肃地摇了摇头：“大家都是自己负责自己的部分，所以我要拍也是拍摄我们的内容……我是说，你要是愿意，我们也可以拍。情侣视频。”

他把“情侣”两个字咬得特别重。

斜上方的冷风突然热起来，将他们呼吸骤然打乱。

桑苑在手指间晃动的笔渐渐停了下来。

短暂的沉默。

纪亦侧过身子，认真注视着她：“桑桑，那天，高二你突然不理我的那天，下课时张志硕来找我，说有大事要和我商量。我告诉他我没空，因为我有更大的事情。”

“人生大事。”

他眼睛在带了暖橘色的环境中流转出细碎的光影。

专注到仿佛时间停下，世界静止，只有她存在于其中。

她佯装出安静又冷淡的模样，听大男孩在旁边有些磕巴，语无伦次地表达。

“我没夸大其词，我的确把你当成我的人生大事。所以我特别慌，也特别害怕。我不知道我做了什么坏事，但我想，我一定要道歉，绞尽脑汁都要让你开心，不能再陷入冷关系里面了。”

他低下头，声音微微发抖：“因为那三年太难熬了。我总是在周五下午找借口跑到二中门口，偷偷看你出来，不远不近跟着你，送你上公交车。还装成二中学生，混进学校看你成绩，或者你试卷，对了，你桌上摆着几本习题册我都知道。我……我还知道你同桌从来没换。班上有个和你关系不错的男生……”

桑苑终于侧过脸，瞪大眼睛惊奇地看着他。

他真是异常光明正大的跟踪狂。

可一对上他仿佛有点委屈的视线，她心脏没来由泛出股酸涩，不熟悉的悸动像是嫩芽在风里摇晃震颤。

纪亦不知道她想些什么，咬牙切齿起来。

“你老是和别人说说笑笑的，气死我了！我都难过得死去活来了，你怎么还跟没事儿人一样？”

然后，他的语气放轻：“后来我突然想到，或许是感情不一样。我是你少一个不遗憾，多一个不惊喜的朋友而已，但你却是我最特殊的人。所以我有两条路：第一，选择一段更公平的感情；第二，就没脸没皮缠着你了。

“理智里面是有两个选择，但感情还是毫不犹豫选了第二个——不过我觉得，就算我冷静下来用理智好好考虑，肯定还是要选择第二个。”

他挠挠头：“毕竟，喜欢就是喜欢，哪有那么多利弊权衡。感觉骗不了人，我一见你心情就好，控制不住想笑，我想为你变成更好更强大的人。你高兴的时候，我也高兴；你不高兴的时候，我就想着怎么才能让你高兴……”

桑苑缄默地听他说了半天，终于开口。

她努力板着脸，尽可能用毫无起伏的声音掩饰自己心动意乱：“纪亦，你语文考了多少分来着？”

他一愣，乖乖回答：“121 分。”

桑苑点头表示了然，叹口气：“明明在平均线上面，为什么实际应用能力却这么差？”

什么意思？

纪亦眨眨眼。

他乍然被打岔，要说的很多话都纠缠在脑海里，像是线团，理还乱。

整个人都显得呆滞。

桑苑对他笑了笑。

她深吸了一口气，突然得意扬扬地抬起头，打破炙热迷乱的氛围。

“由我这个语文大神帮你理清楚吧，你的中心思想就一个，你无药可救地喜欢我。”

喜欢。

因为这两个字，心底嗖地升起烟花，然后齐齐盛绽。

纪亦从晕乎中慢慢回过神，直勾勾盯着她，像个勇敢的冒险者。

毅然决然。

“对，我无药可救地喜欢你！”

没什么好不承认的。

从头到尾都这样，他想让所有人都知道，他喜欢桑苑，他属于桑苑！

从来不变。

桑苑一挑眉，又露出小恶魔似的神态，而后一言不发地转回去，继续在本子上写写画画。

纪亦浑身僵硬，呆若木鸡。

他搞不清楚自己告白到底是成功了，还是没成功。

对方没有给出回应……是需要时间考虑吗？他如果死缠烂打问下去，会不会让她厌烦？

他心跳快到极点。

桌上传来笔帽扣上的轻微响声，在他尚且恍惚的时候，桑苑缓缓道：“我不太擅长说这些，但是……”

她把笔记本中线压了压，摊开的样子像是完全舒展开的贝壳。然后，她举起本子，亮给他看。

阳光从外面肆意洒进来，在木质的书架间穿梭，染出镏金般的色泽。

给他们朦胧镀上一层光。

细小微粒在光束中飘浮，厚重实木混合着书页油墨散发出古旧醇香。

在这一隅酿出时光的酒。

纪亦表情像是慢动作，先微张着嘴怔忪，而后眼睛弯着，嘴角扬起的弧度越来越高，笑容也越来越灿烂。

他对上桑苑笑吟吟的视线。

对方的目光依旧狡猾，却带着一分青涩，让人心动难耐。

全世界她最可爱！

而他一定是最幸福的男人了。

纪亦笑颜光芒万丈，猛然夺过纸笔唰唰写了一段，然后随手扔到桌上，一气呵成般，大无畏俯身下来！

桑苑被吓了一跳，推他滚烫的胸膛："你做什么？"

"亲你。"他眼神干净又正直，纯洁到让人怀疑自己刚才听错了。

"不行。"桑苑瞪他，"这里有人看着呢。"

他高兴得不知今夕是何夕，重新把笔记本拿在手上，从侧面摊开了举起，欲盖弥彰似的遮住两人靠近的脑袋。

"这样就看不见了。"

桑苑在他近在咫尺的呼吸中，不自觉屏息凝神着——

举起的笔记本上字墨痕迹极新，她笔迹娟秀：我也喜欢你。

纪亦的字却笔走龙蛇：我最喜欢你。

他低下头。

在疯狂的心跳中，将唇贴在她额头上。

轻柔，温暖又坚定。

高二时桑苑看了一本叫《怦然心动》的书。

里面有句话让她印象格外深刻——

“有的人浅薄，有的人金玉其表，败絮其中。有一天你会遇到一个彩虹般绚烂的人，当你遇到这个人后，会觉得其他人都只是浮云而已。”

她觉得这句话也许应该改一下。

遇到这个人后，根本就看不到其他人。

连其他人是指谁，也不知道。

她手被他紧紧拉住。

她仿佛松了口气，没来由的安定感充斥在整个心口。

他的手有力而可靠。

以后他们会这样手牵着手去旅游，会这样手牵着手进大学，会这样手牵着手走进婚礼殿堂，会这样……

很多很多年。

未来复杂难测，可他俩牵着手，就什么也不怕。

(End)

G E B I
YIBAN
JITONGXUE2

番外一 / 毕业典礼

六月下旬，高三学生返校填报志愿，顺便参加毕业典礼。

桑苑在快到学校的时候意外遇到陆之遥。

“你搬家了？”对方一副不甚在意的态度,以常见的方式开始了对白。

“嗯。”她点点头，“搬到公园那边了。”

陆之遥手插在裤兜里面，面无表情。

搬家的事，为什么不告诉我？

他心里绝对没有外表所表现的那样满不在乎，他很在意，非常在意。

连他胸口都缠上了郁结的颜色，并且完全没有高考完以及回老家的喜悦。

可前段时间桑苑那句“周睿是朋友，你也是”至今还撞击着耳膜，心里波澜万丈，恨不得拎着她摇晃着让她清醒一点，把他和周睿分开！

可他是陆之遥。

陆之遥是不能也不会说出这种话的。

他只能用别的途径别扭地表示自己不满:“你背包上的铃铛太吵了。”

桑苑回过手摸了一下。

是她和纪亦去雪山的时候买下的纪念品之一，他俩背包上各自系了一串。

她笑了笑，把话题岔开：“对了，你高考多少分？”

今年高考题特别难，省理科状元也只考了 690 分。

纪亦 687 分，据说 680 分这一分段，全省只有三个人，所以他全省前四的名次还是落实了。

说不定是全省第二。

不过市里面倒是拿下了第一。

桑苑则是在下面的分段上，679 分。

经历了全省比拼之后，才发现以前市里那点学生模测是真的不够看。毕竟高考是个千军万马一起上的事情，稍不谨慎就能摔死无数人。

而生活也不会时时如意，她到底没能和纪亦并肩当上状元。

好在毕业后收获也不小。

各个方面。

陆之遥淡淡道：“679 分。”

“你也是 679 分？”她略一惊讶，抬眉莞尔，“想好报哪个学校了吗？继续考虑清华，还是北大？”

陆之遥盯着她：“如果我说北大呢？”

我俩一样的成绩，我能上北大，你也能。

桑苑想了想：“据说北大文理科都挺好的……嗯，挺好的。就是清华自主招生的分数可惜了。”

陆之遥板着脸理了下袖子——她到底听懂自己的意思没有？

两个人转过校门，他仿佛突然想起个事情：“对了，张主任有没有找你表演毕业节目？”

她点点头：“有打电话来说过。”

“你推辞了？”

“没有，我接受了，和李露，还有以前音乐社一些同学一起表演。”

他皱了皱眉，心里涌起几分困惑，隔一会儿，定定道：“我是和五班的游芸一起上台。你认识她吗？”

“认识。”

游芸在年级上也是出名的人物，脸蛋漂亮，头脑好，公认级花。

以前校草名单出炉的时候，有同学打趣过陆之遥，说这冰块似的校草也就只有火辣辣的游芸能降得住。

可这两人好像压根就没怎么接触过——也或许是桑苑没有注意到，总之，在她的印象里，并没有。

陆之遥嘴角突然勾起一点：“毕业后不是不少人都趁机表白了吗？”

提起这个，她稍微走神片刻。

陆之遥不紧不慢道：“游芸也向我表白了。”

他顿了下：“所以一开始，张主任让我和她表演，我还犹豫了一会儿。”

他转过脸，眸子里涌出些意味不明的戏谑，眉宇突然恶劣起来：“我们是比同学稍微好一点的朋友吧？”

他好不容易按捺住异常态度。

这一句话他差点就说得一字一顿恶声恶气。

他憋住刻意的情绪，在桑苑点头后，又涌上不知道该说是生气还是失落的心思。

明明提到朋友话题的人是他，可因为答案而戾气丛生的也是他。

陆之遥吸了口气，继续使坏地试探：“那你觉得游芸怎么样？”

“见过几面，挺漂亮的女孩，据说性格也不错。”桑苑礼貌地回答，实际上，她根本不怎么了解那个女生。

陆之遥冷冷道：“我也觉得她还不错。所以，我答应了张主任的请求。”

“哦……”

高考结束后，一切恋爱解禁，桑苑最近在各方八卦混战下，几乎快要对这个话题麻木了。

就像她和纪亦地下偷偷往来一样，好几对绯闻中心的人物，以前居然也同样瞒天过海着。

她只是温暾地点点头。

陆之遥却觉得自己看起来有点蠢，伤敌多少不知道，自损八百肯定是有了。

他在热辣的天气和乏味的虫鸣中烦闷至极，躁郁地加快了脚步，又猛地一转身："你能不能快点追上来！"

再不快点，我就是别人的了。

桑苑却突然站住脚！

她摸了摸口袋，露出恍然的表情："我忘了个事儿，音乐社让我早点过去再排演一次，我现在得去音乐社。"

末了，她摆摆手，说声："再见。"转身跑开。

陆之遥微张着嘴，看着她马尾稍在空中划出的弧度。

他火冒三丈地将石子踢进旁边花坛："嗤！"

毕业典礼在前，填报志愿在后。

据说这种奇葩的安排是校主任想出来的——为了防止学生填报志愿后溜走。

貌似实行这个制度之前，每年两千多人的毕业典礼，实际到场人数只有一千多个。

大礼堂里塞满了学生，空调温度开得很低。

年轻人的血气和头顶冷气纠缠，在毕业季里蔓延开。

陆之遥和游芸的朗诵节目第一个进行，郎才女貌养眼组合，就算朗诵内容略微肉麻，大家也能听得津津有味。

桑苑等人的节目是第五个。

她们各自带着小提琴、萨克斯、卡祖笛等上台，一副大阵仗的样子。

然后在学生们屏息凝神中，桑苑按下第一个音符。

接下来，似乎能听到众人下巴齐刷刷砸在地上的声音。

她态度认真，表情严肃，坐得端端正正极有气质，手指下的音符却无比欢快活泼，甚至俏皮到让人忍不住想笑——

《踩到猫了》。

仿佛包着严肃纪实文学外皮的书，打开一看，里面却写的“笑话大全”。

桑苑弹了一半，就已经忍不住，露出个笑容，微眯的眼睛透出股狡猾劲儿，跟奸计得逞了似的。

音乐从《踩到猫了》变成久石让的*Summer*。

陆之遥视线还停在桑苑身上。

老实说，虽然一直知道这女孩会钢琴，可真正看到她表演还是第一次。以前每次活动，她都是默默无闻当后勤，低调到差点让人记不起她还有这个才能。

她心情特好，不知道刚才有没有看到他和游芸的朗诵。

她们表演的音乐串烧以欢快的调子开头，然后越来越热血。

响起《加勒比海盗》插曲的时候，下面掌声雷动！

桑苑很快回到座位上。

斜前方的田娆皱着眉看了这边一眼，然后继续吸着盒装牛奶。吸管发出咕噜咕噜的声音，她好像没注意到似的，神情有些恍惚。

桑苑却压根注意不到那边，只笑眯眯地听着胡诗怡夸她厉害。

接下来，主持人报幕说是“神秘环节”。

“神秘”两个字最激动人心。

副主持从善如流地补充：“在这个环节，我们想要送给我们可敬可爱的张主任一个特大惊喜。”

说着，两位主持人交换一下眼神，齐齐看向张胖子。

一脸鼓励和邀约。

知道内幕的学生已经开始带头起哄，其他人因为起哄声好奇地鼓着掌。

张胖子在期待中站起身来，左右看了一圈，摆摆手，示意大家停下来，然后颇有主任威风地笑着。

“谢谢，我非常感动，同学们有心了！”

桑苑和胡诗怡一起笑起来。

张胖子坐下去，再煽动起鼓掌：“来吧！你们不能偏心，别只是送给我，应该是送给全体老师的礼物！”

张胖子真可爱！真无私！

想到所谓的礼物，俩姑娘顿时笑作一团。

幕布全部拉开，把投影大屏幕亮出来。

礼堂中灯光骤然一暗，大屏幕跃出几个字来——

送给张主任，也送给最好的青春。

第一节同桌物语。

笑声越发大了。

张胖子兴致勃勃盯着屏幕。

很快，两个手牵手的学生出现在了上面。

男生高大，女生纤瘦，温柔专心地看着对方。

下面顿时一阵哗然！

吆喝声漫天。

“这……你们……”

张胖子愣了一会儿，指着屏幕，脑袋来回扭，不知道在看谁。

他脑袋在一帧帧照片中发光。

学生们都兴致勃勃，齐声赞叹，没人注意到这位无助的年级主任。

好半天，张胖子才在旁边几个班主任的柔声安抚下慢慢回过神。

“行啊，上房揭瓦！”他大抵明白了过来，揉着眉心夸张地叹息。

每年毕业典礼，这些浑小子就能给他整点意外出来！

张扬却不过分，全都是年轻肆意的气息。都是这个年纪过来的人，在座也全是毕业生。

他们能理解孩子们，孩子们高考结束了，也没什么好介意的。

张胖子震惊之后哼哼笑起来。

正好，看看这群小浑蛋都怎么隐瞒的。

下次他抓早恋肯定能抓得更准！

这一节共有五对情侣出场,可见大部分暧昧都是从同桌开始发展的。

所谓日久生情?

小片段和照片互相穿插播放。

按照馊主意策划人——高一年级辛辰同学的安排，为了效果逼真，给张胖子更加震撼的体验，大家还特意穿上校服，偷偷溜到学校拍了点所谓的“甜蜜日常”，营造出一种“原来高中三年他俩是这样恋爱的”的氛围。

下面传出不少学生“哇哇”的惊叹。

就算是桑菀也多少能体会到羡慕。

倒不是因为恋爱,而是这个烂漫年纪里,有过浪漫而纯粹的一段经历。

指导、拍摄、剪辑、后期，全是由辛辰负责。

本来说拍照摄像各自独立完成的。不过看了大家乱七八糟的成品后，辛辰还是嫌弃地一挥手：“算了，我给你们拍！”

不得不说，这位摄影社和新闻社的宠儿，名不虚传。

画面流畅自然，调色漂亮，人物扬长避短，跟看偶像剧似的。

第二节“欢喜冤家”播放了一半，桑菀的手机振动起来。

短信飘然而至。

她悄悄走出礼堂,立刻在门口看到背着包、脊背挺直的男……男朋友。

纪亦露着小白牙，笑得可爱：“我们去逛逛艺术校区，还没怎么来过呢。就逛一会儿，时间不长。”

他是怕她不好意思。

毕竟不是明星，没几个人能有淡定看着电视上自己的心理素质。

他手伸过来，桑菀微微一笑，自然地拉住他。

两个人顺着垂柳的树荫在人工湖边漫步。

大屏幕也播放到了第三节故事。

这一节叫“青梅竹马”。

很不幸，这些情侣里面算得上青梅竹马的，只有桑苑和纪亦一对。

偏偏辛辰还对这个题材极感兴趣，一边剪辑一边笑：“同是青梅竹马，怎么我和沈梨就一点也不熟……她逢人便说我是她的天敌。”

桑苑怀疑他不是不熟，而是太熟。

不然怎么会花最多的时间来细致编辑这一段。

背景音乐变成了《永远在一起》，舒缓前奏中出现两个小朋友。

是老照片。

不知道究竟是照片本身泛着黄，还是故意做出的泛黄的效果。

幼儿园的小姑娘一副不高兴的样子，垂着手一脸严肃，旁边的男孩倒是笑得特别开心，伸手在小姑娘头上做着鬼角。

第二张大概是学校组织什么活动，两个小朋友都穿着白色毛衣，抱着束百合，在镜头里眼睛特别亮，比百合花还要明媚。

接下来是公园四人照。四人全部垂腿坐在矮墙上，抿着嘴笑得乖乖巧巧——他们四个都是换牙期，一露牙就能让人笑话。

最后是两个人手牵着手去游乐园。童话风大门矗立在不远处，彩色气球乱飞，大概听到后面一声喊，都齐刷刷扭过头，满脸茫然地看向镜头。

大概为了彰显年龄的增长，照片泛黄的程度越来越轻。

并没有把各个年纪都呈现上来，而是跳过了长长一段时空隧道。

下一张干干净净的照片放出来的时候，下面静默了两秒，突然全体哗然！

一班男生们在反应过来后，顿时拍着椅子夸张地鼓掌欢呼！

有人往七班的方向挤眉弄眼，不停喊：“终于成了，不容易啊！”

还有人抻着脖子问：“纪亦呢，去哪儿了，这小子不会害羞了吧？”

对比一班学生的了然，七班则是后知后觉地喧哗！

篮球队的男生们差点跳起来，像猩猩一样捶着腿。

“失算了，失算了！”他们脸上通红，激动得像是在发表获奖感言。

纪亦到底是个知名人物，座上失落者、艳羡者夹杂其间。

有人单纯羡慕着，想和这样的人谈恋爱。

也有人一开始就成为输家。

张胖子最为震惊，整个身体都僵硬起来！

他张大了嘴，满面错愕，转过脸直愣愣盯着七班老杨。

——你们班桑苑同学怎么回事？

老杨则是张着嘴去盯一班的老李。

——你们班那语文差劲的男同学怎么回事？

最后三个老师一起张嘴看向屏幕。

——等等，这公认一清二白的两个同学怎么回事？

图片上，他俩坐在图书馆。

校服干净，纪亦歪着头，用笔头点着桑苑的笔记本，稍稍抬起眸子，阳光倾洒进来，在他们发丝上雀跃摇晃。

看书，吃饭，笑闹，旅游。

全都是最纯粹的日常。

有时候他盯着她傻笑。

有时候他偷偷把零食放到她桌上。

有时候他得意扬扬地揉她头发。

互相给对方补课；互相给对方买午餐；互相关心、宠溺着对方。

没什么刻意表现，反正纪亦只要看到桑苑，眼睛就自动开始闪闪发光。

每一帧都鲜活又灿烂。

陈静不知道什么时候混进七班，抓着胡诗怡的手，嗷嗷直叫："我也好想谈恋爱，好想有个从小把我宠到大的男朋友！"

胡诗怡作为为数不多的早期知情者，肯定道："他们真好。"

陈静止不住地激动着："你看你看，纪亦一看见我家苑苑，那副傻样！"

周睿抱着胳膊，似笑非笑，片刻后，勾着嘴角摇摇头。

何瑶瑶眉眼浮现出讶异和恍然。

怪不得。

桑苑展现出来的疏离感，并不是因为她在意陆之遥，也并不是什么郑重考虑，只是因为有喜欢的人了。

理由就这么简单。

她微微一笑，忍不住侧过脸看了一眼。

屏幕下方配以字体漂亮娟秀的歌词：

一起拥抱，一起犹豫，一起建造，一起期望。

用心描绘着那样美好的日子。

画面一直阳光灿烂。

这气氛让人觉得舒服愉快，仿佛无忧无虑。

可在这样的环境中，她却看见陆之遥死死看着屏幕。

嘴角不知道是讽刺还是冰冷，面沉如水。

像冰封万里，或者怒火燎原。

何瑶瑶收回视线。

画面终于停止。

张胖子站起来，带头鼓掌："好！"

大家也跟着一起喊："好！"

张胖子咧开嘴笑了笑，有点像是童话里的老巫婆。

他用手指点了下："这个视频给我一份，以后你们要是分手了，和别人谈恋爱了，我就把视频寄过去！"

"不是吧？"

在一片幸灾乐祸欢呼中，有几个当事人发出抗议，不过就算抗议，也是眉眼带笑。

他们并不惧怕，刚步入热恋的他们有初生牛犊般的气势，不必惧怕。

和艺术节一样，毕业典礼也在校歌中结束。

离开礼堂的时候，何瑶瑶问了声：“陆之遥，你还好吧？”

“我有什么不好的？”

他声音轻缓，听不出情绪。

一如既往的骄傲，可又有点死寂。

填完志愿就该和博喻长时间告别了。

桑苑端端正正写下了“清华大学”，然后郑重写着想学的专业。

陆之遥盯了许久，面无表情。呼吸轻到让人怀疑他是块冰冷的石头，覆着寂寂枯雪，一碰就碎。

桑苑把志愿表交上去，和老师告别，和大家说再见，然后走出教室。

外面不多时响起少年带了笑的清爽声音：“桑苑同学，我明晚能请假去打个球吗？”

桑苑说：“明晚又没事，你去就去，和我有什么关系？”

纪亦傻白甜地表达：“我……我明天晚上去打篮球，你能不能过来公园看我？”

“不要，看腻了。”

“那你过来让我看看你怎么样？”

“看我做什么，我又不是篮球。”

“那你看我不行，我看你也不行，我们还是一起去看电影吧？那个好看。”

“骗你的，我去看你打球。”

他俩渐渐走远，老杨这才想起忘记说“小葱拌豆腐”的事情了。

他只能对下面同学挑着眉：“你们要是谈恋爱也能谈到年级一二名，我巴不得你们谈恋爱！”

下面学生表情不一。

靠近窗子的人努力探着头看那两人，中间的同学互相挤眉弄眼，还有人因为老杨的话大声哄笑。

陆之遥垂下头，提笔毫不犹豫地写下“北京大学”。

他把志愿表交上去时，老杨用力拍了拍他的肩膀，语气极其温暖：“人没有那么多走不出去的阴影，给自己好好放个假，你的未来会很辉煌！”

陆之遥顺着被阳光烤得热烫的路往校门口走，镶了大块卵石的石板闪烁着白色的光，时不时晃一晃眼睛。

他面无表情。

背包贴着校服衬衣，背心一块闷热到让他脑袋里如同煮开了沸水，发出尖锐的气音，让他心脏震颤。

可与沸腾完全不一样的寒气却从小腹深处一点点爬上来。

他脚步放慢下来。

张主任站在校门口，正瞪着眼睛，装出一副生气的样子。

小情侣站在他面前，听他说话。

桑苑抿着嘴角，纪亦倒是一如既往笑嘻嘻的，酒窝里盛着阳光和蜂蜜。

张胖子的手不停地比画：“你小子就成天给我设陷阱是吧？”

他一边踱着步子一边点头：“什么找七班物理老师请教问题，什么想当老师所以去七班讲题，还什么学习小组、朗读范文？”

他越想越多：“花样一套一套的，我还真以为你是在学习！”

纪亦反应快，立刻辩解：“张主任，我们确实是在学习。我看到桑苑同学心情就好，就想更努力，想为校争光。要没有桑苑同学，也没有现在的我。”

他被张胖子横了一眼。

纪亦很乖巧：“我觉得这是一个互惠互利的事情，这不，我虽然目的不单纯是真，但我也帮了老师的忙，对不对？”

这小子谈个恋爱，的确是谈得积极向上。

这点没法反驳。

不过，张胖子还是冷哼：“一天到晚油嘴滑舌，装得倒是很听话！”

纪亦一本正经：“我的确很听话。桑苑同学能为我做证，我一直很听话。”

桑苑笑起来，悄悄一掐他的手。

张胖子这次总算听出言下之意了，脸一虎，挥挥手：“算了算了，看在你俩确实为校争光了的面子上，我就既往不咎！你小子最好小心点，别忘了视频还在我手上！”

“谢谢张主任！”

就像张胖子总把“好好学习”挂在嘴上一样，纪亦每次的结束语都是“谢谢张主任”，不过，这次他多加了一句：“您永远是我们最敬爱最喜欢的年级主任！”

那对小情侣对张主任挥了挥手，又留恋地看了看高耸磅礴的校门，蹦跶着，牵着手跑远。

步伐一致，背包拉链上的小铃铛以相同的幅度左右摇摆，发出一串清脆的叮当声。

一模一样的链饰。

陆之遥沉默着看了一会儿，这才走上前，和张主任礼貌地打招呼。

张胖子看看他，略一收脸上的慈母笑，换了张安抚鼓励的面孔：“你们以后时间还长，不要把时间都留给不开心。”

陆之遥沉默着点头，又对张主任略一致意，转身离开。

桑苑虽然搬家了，但依然会有那么一小段路能和他重合。

她却跟着纪亦在校门口左转，在一排排银杏树下越走越远。

陆之遥往右转。

十字路口红绿灯有序闪动，车流人群，喧嚣浮华。

家里没人，这套房子好歹还属于他，而他成年了。也许回老家最大的收获不是亲情，而是让他姑姑远离了这里。

陆之遥把背包在门后挂好，倒了水，坐在沙发上。

屋里安安静静的，对门安安静静的。

班级里大部分人都对那两人的事情感到震惊，可也有极少数的知情者。

偏偏这些知情者，以旁观者的视角在他前面聊着八卦。

他俩是有记忆以来就认识对方的青梅竹马。

纪亦从小就对桑苑好，老爱跟着她跑。

一心一意。

死缠烂打。

恨不得告诉全世界，他喜欢她……

纪亦所做的一切，都让陆之遥感觉到陌生。

纪亦总是能毫无包袱自然而然地做出一些事。

陆之遥抢回第一名后，和纪亦在食堂遇到。

对方一边挑着青笋丝，一边笑："你真厉害，我默写的时候全在想，这都是些啥玩意儿？"

不知他到底是幼稚得没心没肺，还是成熟到无所谓这些束手束脚的面子。

陆之遥没办法在纪亦登上第一的时候夸出"你真厉害"，也没办法像他那样大大方方说"桑苑，我想见你"。

看吧，直到最后，他还在等着桑苑对他表白。

水杯安静地躺在茶几上，里面没有一丝波纹。

钟声嘀嗒。

连自己呼吸都能听见的安静。

"陆之遥，你没事吧？"

"人没有那么多走不出去的阴影，给自己好好放个假，你的未来会很辉煌。"

"不要把时间都留给不开心。"

他听过的这些话翻来覆去在脑袋里播放。

桑苑算不了什么。

多她一个不多，少她一个不少。

他身边有这么多善良的人。

他其实很幸运。

有什么从眼球后面挤压涌上，顺着眼睑轮廓，湿润了眼眶，充盈滚落。

在地上安静无声地留下水痕。

他站起身。

他是陆之遥。

不是其他任何人。

而陆之遥今后也会挺直脊背骄傲地走下去，总有天能走向他的太阳。

GEBI
YIBAN
JITONGXUE2

番外二 / 恋爱脑

“我就跟你说了这个车跑这张地图不行。你别看它速度快，但转弯太飘了。”

纪亦叉起块西瓜，得意扬扬地挑着眉。

李甘轮廓明显的下颌线条紧了紧：“不行，再来，换张地图我把你玩死。”

“可算了吧，这顿饭你请定了。”纪亦飞快把西瓜塞进嘴里，两颊鼓鼓的，含混不清地说，“等下等下，我还没准备好。”

最近哥俩新买了个游戏，叫《极品飞车》。

男人似乎天生就对体育和竞速狂热。

两个人迅速沉迷于这个游戏，甚至还特意买回了模拟开车装置，插在电脑上，一人一张凳子，面前摆上方向盘、刹车、油门等，玩得不亦乐乎。

这一把地图弯道相对不多。

李甘继续用他的爱车，纪亦倒是新换了辆银白色的车。

油门踩到底，小车立刻在城市中以极快的速度飞驰起来！

四周街景变成流动的光影模糊不清地后退，两个人一直处于平手的状态。

前面有个急弯，如果想要拉开差距，就看这个急弯能漂移多漂亮。

他们都沉下口气，紧张盯着自己的车辆。

近了——

一秒钟——

来了！

“砰！”

奇怪的声音突然响起，两人差点没把手上方向盘给摔掉！

光亮的屏幕像是偃旗息鼓，乍然陷入黑暗，正在惊心动魄的比赛猛地停下，这股胜负未分的遗憾感让李甘没忍住骂了一声。

他觉得刚才那把自己完全能赢过纪亦！

纪亦张着嘴对黑下来的屏幕发了一会儿呆，站起身来，挠了挠头：“我去看看，可能跳闸了。”

没一会儿，他一脸无可奈何地回来。

“不是跳闸了，是没电了。我去交电费，你是等我回来再战，还是先回去？”

李甘把东西放下，懒洋洋地说：“朕就在这里休息一会儿。你快去快回，小纪子。”

“嗻！”

纪亦家工作日下午从来都没人，怎么玩都行。

李甘舒舒服服地歪在沙发上闭目养神。

下午的燥热总能轻而易举地让无所事事的人和工作学习的人产生困倦。

纪亦将钱揣兜里，两手空空，清清爽爽地出了门。

他的自行车被他妈妈骑走了，从这里出发去营业厅也就约莫十几分钟，他只能步行过去。

天真热。

太阳疯狂汲取着人身上的水分，好像下一秒连人都会被蒸发干净。

穿过河堤前面的路口的时候，他脚步一点点慢下来。

对岸早就停工的烟囱高耸，远处毛巾厂宿舍的墙皮斑驳。

有姑娘穿着浅蓝的衬衫裙从岸上翩然而过，小马尾甩动，给这斑驳的背景板添上鲜亮清新的一笔。

纪亦脚步这就不受控制了，想也不想，跟着跑上堤岸的人行道。

他笑容明亮得几乎耀眼。

河风吹拂，护堤草波浪似的起伏，把盛夏的火热吹散了两分。

纪亦又抿住嘴角，只露出偷笑的酒窝，故技重施地往对方身后一站，伸出手，遮住她眼睛。

这回他学聪明了，一点声音也不发出来，只垂眸乐滋滋地盯着她乌黑的头发。

猜猜我是谁？

桑苑想也不想给了答案：“纪亦同学，我每次都能猜出你，但你从来都不给我奖励。”

纪亦立刻松开手。

他凑到她旁边，低头看她婴儿似的睫毛，带着大大的笑脸：“桑苑小朋友，你想要什么奖励，冰激凌吃不吃？”

大夏天的，用冰激凌、冰水、刨冰，一切和冰有关的东西来哄桑苑，准没错。

桑苑想了想，果然点头：“我想吃鲜冰激凌，牛奶味儿的。”

普通的一句话，语气正经。

但落在纪亦耳朵里面就像撒娇一样，心都甜化了。

他恨不得立刻开个冰激凌店送给她。

“正好我知道一家。”纪亦殷切地介绍，“是在鸡蛋仔上面做的冰激凌，还装饰有巧克力卷，特别香。”

他见桑苑盈盈看过来，顿时比等着吃冰激凌的女朋友还要心花怒放：

“那家店在廊桥上，我带你去！”

这段河堤上共有三座桥，首尾各一座，中间还有座跨在河堤上方的廊桥。

纪亦大胆行使自己男朋友的权利，牵着她的手。

手心焐得比夏日气温还要热，桑苑并没有松开。

纪亦像是有说不完的关心话。

“桑桑，你大下午的来河堤做什么，不嫌热？”

桑苑摇摇头：“静静她们几个今晚在家聚餐，大家分工合作，我负责买火锅食材。”

纪亦皱起眉，毫不犹豫：“火锅食材，那得多少啊。”他嘴角扬起，“提着累，我帮你提。”

河堤一侧是扶手，另一侧是不到一米高的矮墩。

前面有初中模样的孩子们蹦蹦跳跳站在矮墩上往前走。

桑苑看了一会儿，突然又想到上学时老杨慷慨激昂的声音，顿时 笑。

“高考。”

“嗯？”

她示意前面，学着老杨指点江山的动作：“高考就是千军万马过独木桥，稍不小心被挤下去，就只会粉身碎骨！”

纪亦露着酒窝：“别怕，我拉着你呢，掉不下去。”

桑苑郑重其事：“那你拉着我。”

她说着，也踩上矮墩，轻飘飘地前行。

左边是约莫五米高的斜坡，孩子们最喜欢在这里飞檐走壁。

上次周睿弟弟，就是在这里滚落下去。

桑苑另一只手打平。

她走不平稳，身子总摇摇晃晃的，偶尔失去平衡了，就紧紧拽住他。

时不时也侧眸看他一眼。

这感觉很新奇，好像她比纪亦高了一大截。

终于有种扬眉吐气的快感。

原来平时这家伙就是这样斜垂着眸子，一边居高临下地看她，一边和她并肩而行。

个子高了不起啊！

矮墩好不容易被廊桥切断，她停在前面几步远，抽出手，拉了拉他被河风吹得扬起的一撮头发，然后得意扬扬地宣布：“纪亦，你真矮。”

纪亦冲她温和地笑：“我打赌我一分钟后就能比你高。”

她把手收回去，满脸严肃：“那我在这里站两分钟，你好好想下你打赌输了愿意接受什么惩罚？”

“桑苑同学，你这是耍赖。”

纪亦一本正经。

片刻后，他重新拉住她的手，托起来，笑了笑：“一——二——跳！”

她被他拉着跳下矮墩。

纪亦弯腰盯她，小嘚瑟：“你看，我比你高了。”

他脸凑得太近，笑眼弯弯。

略垂的眼尾线条很是漂亮，眸子里似乎有片星河。

夏风把泥土与青草的气息肆无忌惮地送到他们面前，粼粼水光在不远处闪烁。

真是靠得太近。

仿佛能感觉到他呼吸，少年感十足。

桑苑注视着他长长的睫毛。

她微微一笑，突然踮起脚，脑袋往前一凑——

“咚！”

“嘶——”

纪亦眼睛突然一眨，半眯起！

他露出一副吃痛的表情，捂着额头直起身，一边揉动一边抬眼去看她。

刚才用脑袋撞了他额头的姑娘，已经顺着楼梯跑到廊桥上，奸计得逞似的对他挥手。

纪亦把手拿开，额前碎发略有些乱。

微热的空气轻轻拂过被撞的地方。

他就是痛也痛得开心，笑着扬起声音：“桑苑同学，力的作用是相互的！”

“我知道，但心理作用不相互。”桑苑也揉了下额头，点点头，“我就是想吓吓你。快点上来。”

他听话地踩上台阶，又埋下头偷偷一抿嘴。

力的作用是相互的，他们的喜欢也是相互的。

他们买了鸡蛋仔冰激凌，从冰激凌店出来的时候，手又一次牵在一起了。

桑苑咬着冰激凌上面的尖尖，沁甜味道在口中蔓延开。

“好吃吗？”

“嗯。”她想了想，也递到他面前，“你也吃。”

纪亦扯下一小块鸡蛋仔。

真甜真香。

他眼角余光瞥到桑苑背包细细的带子从肩膀滑落一些，可她一只手握着冰激凌，一只手和他扣在一起。

他立刻自觉又自然地把背包带帮她提上去——

事实上，他很想很想帮她拎包，但刚才见面的时候就注意到了，她衣服和背包是搭配过的。

男朋友用不完的浪漫这时候还是收敛一下比较好，所以他只是傻笑着，不厌其烦地帮她把带子拉回肩膀上。

每次动作完，桑苑就像收到提醒一样，把冰激凌递过来。

然后背包再次滑下来。

也许恋爱的人都是这样。

腻腻歪歪，同样的事情做个千百次还是能怀有热情，觉得甜蜜。

纪亦一路陪着桑苑逛完市场，任劳任怨地提着大包小包，把她送到陈静家门口才停下脚步。

已经傍晚，夕阳从云后溢出来，一层层渲染着天空。

屋里是女孩们的聚会，纪亦绅士又克制地不加入。

桑苑接过他手上的东西，笑了笑：“谢谢。”

他摇摇头，看看外面的天空，略一思索，兴冲冲地询问：“桑桑，你想不想去九寨沟？或者去海边？我们一起去。”

桑苑沉吟片刻，不太确定：“我晚上给你打电话再说。”

“好。”他愉快地应下来，直直站着，半天不转身。

桑苑晃动拎着的口袋碰碰他：“快走吧，我进去了。”

他还是答：“好。”

她不再管他，准备敲门。

不过手指刚刚屈起，还没放上去又停下来。

她想到一个非常关键的事情，扭头看一眼：“对了纪亦，你下午出门是不是有什么事？一直陪着我，没关系吗？”

“好像是有什么事。”

纪亦挠挠头，皱眉想了半天，展颜露出个超开心的笑容。

“我忘了。”

他在夕阳下，两手空空，清清爽爽地往回走。

二了吧唧的笑容在灿灿霞光中摇曳。

桑桑真甜。

桑桑真可爱。

……话说他忘掉的事究竟是什么来的？

算了。

桑桑真甜。

桑桑真可爱。

G E B I
YIBAN
JITONGXUE2

番外三 / 毕业旅行

毕业旅行的最后一站，是伶仃岛。

虽然纪亦打的是“要去桑桑玩过的地方”的主意，但在被桑苑问起来时，他还是假模假样吟了句诗。

“惶恐滩头说惶恐，零丁洋里叹零丁。”

他特别正直，特别正经。

“我就是想去感受一下，诗人的气息。”

是吗？

真厉害。

桑苑似笑非笑看他一眼。

高中老是对语文提不起兴趣，古文成绩全科最差，满脑袋都是理科公式的数学竞赛生，竟然对文人气息产生了兴趣。

真是难得。

纪亦摸着良心对她甜甜地解释：“我觉得我不能一心扑在某一科上，还是有必要全面发展的。”

我就假装信你吧。

桑苑善良地想。

总而言之,询问过其他几个人也没有意见之后,毕业旅行的最后一站,就这样定了下来。

早上八点四十分的船票，从珠海香洲港出发。接近两个小时，抵达海岛的港口。

头顶日光熠熠，窝在山脚的旅店、排档、渔家顺势绵延铺开，海岛在绝好的天气中一览无遗地展示自己的风情。

几个人绝不浪费时间，以最快的速度收拾好一切，立刻去往沙滩。

太阳高高悬在头顶。

桑苑怕热又不喜欢乱动，自觉找了个遮阳伞下的位置坐着。

纪亦甘之如饴地跑前跑后，送来一堆零食、刨冰、沙冰之后，才在李甘他们的催促下，依依不舍离开她。

游泳是下午的事情。现在趁着凉快，先打打沙滩排球。

——这个提议来自胡诗怡。

胡诗怡加入女排队之后，就对排球兴趣大增。

作为一行人当中唯一擅长这个体育项目的人，到了沙滩后，第一反应自然是打沙滩排球。

他们对战明显不公平。

胡诗怡、陈静、李露三个女生，对战李甘和纪亦两个男生。

简直过分!

桑苑就远远看着纪亦、李甘两人，被对面女子军团打得落花流水。

唉。

她在心里装模作样叹了口气，然后憋不住，抿着嘴一笑。

好吧，她承认。

她喜欢纪亦受苦的弱小可怜样子。

不过，不出二十分钟，纪亦、李甘两兄弟摸着门道了，场上实力就开始渐渐持平。

从一开始输得彻底，到略处下风，再到勉强持平。

纪亦总算觉得没那么丢脸了，他好在等球的空隙偷偷看桑苑几眼，盯一下梢，摇摇无形的尾巴。

湿湿的海风被浪峰卷动着递到面前来，大海哗啦啦直响。

桑苑目光还落在那边，思绪却越飞越远。

这样躺着真舒服。

她意识一点点模糊了。

桑苑自己都不知道自己什么时候睡着的。

大概没睡多久，那边年轻人们还热火朝天打着球，只是纪亦转过来时表情放心了一些，冲这边甜甜一笑。

满身阳光。

桑苑端着杯子，对他抿抿嘴角，然后喝口加了碎冰的西瓜汁，醒一下神。

她小睡的时候，海岛上人多了一些——

旁边那把太阳伞下就多出来两个女孩，叽叽喳喳聊个不停。

游客们各有各的玩法。

孩子们在沙滩上嘻嘻哈哈捡着贝壳，有人试图把自己埋在沙子下，有人冲浪，不远处有人尝试着掬起把海水，尝了下，然后表情难看地呸开。

桑苑发现看着别人玩耍，是件很容易犯困的事情，因而纪亦一转过身，她就开心地玩起了手机上的《贪吃蛇》。

旁边太阳伞下女孩子的声音，在暂时的静谧中飘过来。

“怎么样？”

“挺帅的……他在对谁笑？”

“不知道。”

说话的女孩约莫扭着头看了一圈，周围的人都事不关己，各玩各的。

她声音笃定：“这周围也没什么特别漂亮的女生，你是最最漂亮的。

说不定——是对你笑？”

“怎么可能？不……不过，我也觉得是。”

那边爆发出小规模的笑声。

“我要不要去和他说说话？”

“去吧去吧，找他要电话号码。”

“还是算了。”

“怎么，不敢？”

“怎么不敢！”

撺掇一声比一声热烈。

桑苑一副两耳不闻窗外事的样子，嘴角却忍不住弯了弯。

如果你们讨论的对象是那边那个像大金毛的男生的话，你们大概想错了，他在对我笑。

幸与不幸，他的确是我男朋友。

她有点好奇被搭讪时纪亦的反应——

是会被吓得磕磕巴巴，还是坚定果断地说不，或者寻求帮助般地看看她？

心里的小恶魔坏坏地挥舞三叉戟，她半垂着眸子，想要等她们行动。

只是有句话说得好，生活不可能时时如意，总有事与愿违的时候。

她没等到旁边那最最漂亮的姑娘行动，倒是她自己旁边悄无声息多了个红着脸的男孩！

对方若无其事地坐在另一张沙滩椅上，突然和她说话：“你也是第一次来这里旅游吗？”

桑苑愣了愣，手机上刚开的一局《贪吃蛇》，以历史最低分数输掉。

她抬起头，一时没反应过来，整个人都怔怔的。

男生紧张地握着膝盖：“我还是第一次来这个海岛旅游，也不知道这上面有什么好吃的好玩的。据说有个什么情侣体验游戏，还有什么，香港风景……”

桑苑微微张着嘴。

男生说顺了之后，声音总算不那么结巴。

“对了，你是一个人来玩吗？你叫什么名字？”

这是，搭讪？

桑苑终于回过神，放下杯子，想要打断他。

不过那男孩已经在海浪下一次拍在岸上碎开的时候，率先对她笑了笑：“我不是什么坏人。我现在休大一暑假，我叫……”

不是。

她提了下嘴角，对他摆摆手。

话还没说出口,不远处传来个清爽轻快的声音,把这边动静全部截断。

“桑桑！”

纪亦开开心心跑过来，发丝上多了点湿意，细碎闪烁。

他目不斜视地经过那对漂亮女生，停在她面前，微微垂着笑眼。

纪亦喝了口她的西瓜汁，睫毛扇了扇：“怎么样，我厉不厉害，反败为胜了。”

嗯。

桑苑亲昵地戳戳他的小酒窝。

“还行。”

附近有些轻微响动，刚才和她说话的男生似乎离开了。

纪亦凑得很近，她不得不紧贴着椅背。

她还没觉得不对劲时，年轻的大男孩耳朵就先红了。

他咳嗽一声，退开一点，依然直直地看着她。

看不见的尾巴摇得开心，像是等着什么。

——干吗？

虽然这样想着，桑苑还是抬手揉了揉他的头发。

收回手后，她不可思议地盯着自己掌心。

都快变成本能了。

纪亦心满意足，一边觉得自己得了个大表扬，喜不自胜，一边开始事后害羞，认为自己太……傻。

他抿了下嘴，明亮的笑容收敛两分，一副道貌岸然的模样，认真道："别乱和别人说话，坏人多。"

"行了行了，赶紧去玩你的吧。"桑苑推推他。

纪亦理了理她额前的发丝，笑了笑，跑回去。

身边陷入沉默。

两个女孩的话题已经从纪亦那里，转移到了蓝天白云。

大概觉得不好意思，两人刻意地不再聊男孩子。

桑苑有点遗憾。

没能看到她们搭讪她男朋友啊……

纪亦依然频频回头，看看桑苑，再看看桑苑旁边那张空白的椅子。

伞下软绵绵的阴影中，桑苑眼睛特别明亮，发丝像是朦胧的云絮，轻轻拂动。

最关键的是——

不知道想到了什么，她突然弯起眼睛，对他绽开一个特别可爱的笑脸。

这怎么得了！

纪亦一瞬间钉在原地，心里开出最绚烂的花，晴空万里，让他傻傻站在那儿，有些恍惚。

不过桑苑很快就不笑了，反而换上有些惊讶的神色，眸子略微瞪大两分。

嗯？

"砰！"

球毫不客气地砸在纪亦脑袋上！

纪亦吃痛，哀号一声。

他在周围一片"见色忘正事"的嘲笑中，不好意思地揉着后脑勺。

他很可怜。

"你们怎么能笑得这么开心？"

李甘把球捡起来：“谁让你不专心，全程都我帮你打球了。”

纪亦摇摇头，放下手，恢复到有板有眼的假模样，从善如流：“我只是为了让你有更好的打球体验。我认认真真打了，你还玩什么？”

“可拉倒吧。”李甘嘴也不笨，和他斗嘴惯了，“你就是二五仔。”

“我这是低调过人，把风头让给你。”

陈静把头发别到耳朵后面，打断他俩：“好了，纪亦，我去帮你占领桑苑旁边那张椅子。”

正好累了。

纪亦立刻一点头，郑重其事对她竖了下大拇指。

光荣的任务就交给你了！

陈静递个眼色表示心领神会，蹦跶着跑到桑苑旁边。

那边年轻的男孩女孩重新开始他们的排球战，奔跑，跳跃，接发球……鲜活而意气。

纪亦战斗力直线上升，一副重新做人，好好表现的模样。

真是被桑苑牵着走。

刚才桑苑玩手机，他就打得心不在焉。

这会儿桑苑看他，就大发神威。

李甘想揍他一顿。

太欠扁了。

陈静随着桑苑视线看向那边，吃了口刨冰，倏地语出惊人：“苑苑，我就直接问了。”

“你和纪亦亲过没有？”

咳咳。

西瓜汁冰凉，她差点呛住！呼吸间全是甜甜的味道。

她难得没那么淡定，脸上有些可疑地发烧。

“嗯。”她从呼吸间轻描淡写吐出个音节，视线拉远，若无其事地咬着吸管。

陈静一脸激动，看样子不准备放过她了：“怎么亲的，怎么亲的？”

“陈小静，你为什么这么八卦？”桑苑横她一眼。

陈静特开心：“我这是在关心我的好朋友呀。”

桑苑抿了抿嘴，沉默半天，叹了口气：“在图书馆的时候亲过我的额头，亲过我的头发。我也亲过他的脸。”

“我可不是那个意思——”陈静拖长了声音，“你知道我在问什么。”

那个场景好像有点……无法想象。

在过去的十八年里面，桑苑一直觉得，那是存在于电视和小说上的场景，根本没法放在自己身上想象。

她觉得自己耳朵有点烫，手指偷偷攥得更紧：“你问这个做什么？”

“因为我听李露说了个八卦。”她大大方方地卖队友，“我就想问问，纪亦是不是还很……㞞？”

那只金毛是不是还很㞞？

桑苑握着杯子，看了她半天，一低头。

她话语轻飘飘的：“㞞。”

陈静哈哈大笑起来！

那边打球的男生不明所以，转身对她们远远比了个“耶”，扬着大大的笑脸。

不得不说，陈静那个问句，太有杀伤力了。

桑苑脸上若无其事，淡定得不敢置信，心里未必如此。

实际上，那之后，桑苑和纪亦凑在一起的时候，但凡陈静视线扫过来，她心脏就忍不住乱跳。

她不禁猜测，陈静是不是还在关注她和纪亦有没有……咳，亲过的问题。然后又揉了揉额头，很无可奈何。

这只是个小插曲，可能人家早就把这件事抛到脑后了，就她还在胡思乱想。

不纯洁，太不纯洁了。

她这种奇怪的状态持续到了回家那天。

他们返回市里已经是深夜。

陈静和胡诗怡同路。

两人家不在地铁线路上，只能坐机场大巴。

陈静扬着手和大家告别之后，桑苑悄悄松了口气。

不料对方走出没两步，又突然回过头，对她眨了下眼睛，露出个意味深长的表情。

桑苑心脏一下又乱跳起来！

“怎么了？”

纪亦疑惑地凑过来，看看陈静，又看看她，很严肃：“你俩好像有什么小秘密？”

“没有。”

桑苑条件反射地立刻回过去。

唉。她闭了闭眼睛，叹了口气。

神经过敏，可能说的就是她现在这个状态。

纪亦愣了几秒钟，见她转过身往地铁走，立刻跟上去，用揪住小辫子的语气笑着喊她。

“桑苑小朋友——”

桑苑像什么都没听见，只顾往前走。

纪亦从后面踩着她步伐的节奏，像个好奇宝宝似的：“桑苑小朋友，做什么坏事了？告诉我好不好？”

那根小马尾在他面前甩来甩去，映着周围的光，细碎闪烁。

纪亦忍不住轻轻拨了下她头发。

他表示出两分失落：“不能告诉我吗？”

“桑桑——”他笑着喊她名字，声音中带上些许奶气，十足的青葱少年味儿。

“不能。”

桑苑终于停下脚步，瞪他一眼。

“快点，赶不上末班车了！”

好吧。

纪亦听话，小跑到她身边，甜甜一笑。

这个点地铁上几乎没什么人，四个人承包了一整节车厢。

李露和李甘兄妹都是疲惫至极的模样，叮嘱纪亦不要因为沉迷桑苑而忘记下车，到站之后记得叫醒他俩之后，往后一靠，都开始睡得香甜。

纪亦觉得这对兄妹简直太瞧不起他，他的形象到了他们口中，都毁得不成样子了。

所以他很负责。

从盯桑苑的空隙中，分出两分精力去盯上面的站点信息，等到了市一纺，非常负责地把他俩叫醒。

我基本上还是很靠谱的，对吧？

纪亦完全不记得他的斑斑劣迹，非常具有阿Q精神地自我安慰。

他侧过眸子，看桑苑一眼。

到了这里就该分别了。

不是见不到，是回到平时有空就出来见一面，约约会的相处方式。

但他心里莫名空荡荡的。

这时候就只能搬出《白夜行》的名句了——

失去某种东西，不代表就会回到当初没有这种东西的状态。

他很会给自己找理由。

要说失去了什么的话，大概就是失去了和桑桑朝夕相处的机会吧。

他跟着李甘兄妹走下站台，然后停下脚步，转过身。

桑苑端端坐在车座上，靠在腿边的行李箱轻轻晃动。眉眼柔和，微微笑着。

见他转身像大型犬只似的可怜巴巴瞧过来，她斯文地举手摆了摆，表示再见，然后嘴角一弯。

空荡荡的车厢，她眼里铺着浅浅光影，垂下的裙摆微微拂动。

地铁开始响起即将关闭车门的警示音。

三。

二。

一。

车门缓缓关闭，轻微“啪”的一声中，完全合拢。

“轰轰”声传来。

列车微微震颤着启动，越来越快，越来越快，最后在轨道上呼啸着前行奔远！

地铁站空调开得凉快，李露打了个呵欠，揉揉眼睛。

外面炎热到站着不动，也会出一身细汗，里面冷风拂在身上，她还稍稍打了个激灵，感觉冷出一身鸡皮疙瘩。

李露摸了摸手臂，觉得后面过于安静，几乎悄无声息，不由得扭过头:“纪亦，你快——”

话还没说完，就登时截断！

她对着后面的空气干瞪眼，看新鲜似的拉拉李甘。

“纪亦呢？”

李甘也转过身。

“……”

两兄妹对着地铁站空荡荡的大厅沉默一会儿，一起叹了口气。

他又跟着桑苑跑了。

“你做什么？”桑苑瞪着纪亦。

突然若无其事跳回来，非常自然地坐回她身边，顺势拉住她的手。

纪亦握紧她，笑得理直气壮又奸计得逞：“帮你拎行李。”他眨了下眼睛，“怕你拎不动。”

装吧你。脸皮厚。

桑苑抿着的嘴角微勾，没有把手收回来。

打桑苑搬了家之后，两个人住处便距离很远。

跨越大半个城，地铁要经过十个站，因而下车的时候，接近半夜。

繁星在空中闪烁，四周空无一人，安静到能听见彼此心跳，裹挟着盛夏炎热的风轻轻扑在身上。

桑苑没急着回家，两个人默契地在楼下花园长椅上坐了下来。

蝉虫鸣叫，好像又回到了高中的六月。

好半天，桑苑好心提醒他："纪亦。"

纪亦的应答很温柔，有些薄薄的笑意："在。"

"我们刚才回家的那趟地铁，是末班车。"

"我知道。"

"公交车也已经停运了。"

"我知道。"

她用不可思议的目光看着他："你知道还不赶紧走？再晚一点，出租车都坐不到了。"

"那就走回去。"

他满不在乎，略一低头，像个大姑娘似的，抿住秀气的酒窝。

"你回家了我再走，不然我不放心。"

哦——

桑苑点了点头，眼睛微微一眯。

"那我先回家了。"

她作势要站起来，却被纪亦拉住胳膊。

"桑桑。"他很可怜，"别走。"

说我回家了再走的是你。

不让我回家的也是你。

桑苑睫毛微垂，眼睛弯出小恶魔的弧度。

"不走做什么？"

"随便做什么。"

桑苑想了想，突然问他："纪亦，你听见伶仃岛晚上的海风了吗？"

海岛晚上的风特别大，狂龙一般，在外面肆虐扫荡，如果走出门，感觉人都会被吹走。

酒店老板特意叮嘱了，一定要关好窗户，防止窗户被损坏。

大家自然照做。

尽管如此，海风还是没有就此放过他们，咆哮着不停地拍打脆弱的玻璃。

他们这边从没遇到过这么可怕的风。

简直记忆深刻。

纪亦点点头，不明所以。

却见桑苑一挑眉，笑了笑，慢悠悠地道："你说，如果世界上真的有鬼的话，叫声是不是就和伶仃岛的海风一个样？"

纪亦愣住，眼睛睁得圆圆的，直勾勾地看着她，显然还没回过神来。

桑苑叹息着摇摇头，很开心。

"反正闲着也是闲着，不如我给你讲鬼故事吧？关于海岛的鬼故事——其实在伶仃岛那天晚上我就想给你讲了。是这样的，五个人去海岛上度假……"

"等……等等！"

桑苑刚起了个头，就被纪亦按住！

"桑桑，你不能这样。"

桑苑瞧着他，特无辜："你不是说，随便做什么吗？"

纪亦可怜巴巴："你不能这样欺负我，一会儿我还得一个人走回去呢。"

桑苑问："那我能怎样欺负你啊？"

纪亦噎住。

在他的言传身教之下，不知何时，桑苑也掌握了轻而易举带跑人思路的对话方式。

她特别得意，抬了抬下巴，把自己有些坏的笑容都暴露给他。

纪亦张口结舌一会儿，睫毛扇了扇。

他身子一歪，脑袋靠在她肩窝，毛茸茸的、柔软的头发贴上皮肤：“这样欺负我吧。”

想得美。

她看着纪亦坐直身子，叹了口气。

人的自控力啊。为什么反思了无数次，自控力还是不能提升？

她头靠过去，重心轻轻放在他肩膀上。

夜空太温柔，月色都变得缱绻。

“我真该回去了，纪亦。你再不走，也打不了车了。”

“嗯。”他轻轻回应。

大男孩气息轻快活泼，在空气中一点点散开。

“送你到楼下大厅，我也就真的回家了。”

他好商量地笑了笑，抬了下眉毛。

“走吧。”

纪亦和她十指相扣，用最慢的速度往居民楼走。

每栋楼都有个小小的大厅。

厅前有块小区域，设置了报箱，旁边公告栏上贴着物业和水电气相关信息。

头顶圆盘灯挥散出金色的灯光。

他进出过无数次这栋楼，基本每个细节都知道。

刚到报箱面前，便听到桑苑的声音。

“到这里就行了。”

她笑吟吟伸出手，示意他把行李箱还给她。

纪亦在心里叹了口气，埋怨时间过得太快。

他动了动，要把行李箱递过去。

不料桑苑却歪了歪头，上前两步，越过他递送东西的范畴。

她手捏上来：“你耳朵怎么了？”

指腹略凉，触感清晰，沿着耳朵上的神经往心脏奔流，窜着小闪电。
他差点打个激灵，脑袋“嗡”的一声响！
“真红。”
桑苑表情又认真又好奇，目光盈盈，好像他是个值得研究的小动物。
指尖无邪地掠过耳朵，有沙沙的声音不停刺激着他。
纪亦眼睛一眨不眨。
她那神情，真……像棉花糖一样，想要尝一口。
他梦游一般。
“好像，刚才在花园，被蚊子……叮了。”
一句话说得断断续续，费了不少力气。
“痒吗？”
他老实回答：“痒。”
而且，现在更痒了。
桑苑还是那副专注的样子，想了想，扒着他袖子，踮起脚。
“呼——”
温热的气息快速拂过耳边，轻轻摩挲着耳垂。
她站直，跟做了件苦力似的，大功告成地拍拍手：“不痒了吧？”
纪亦一时没说话，眼睛明亮得让人心悸！
“桑桑。”好半天，他喊了遍她名字，声音携着异样的颤抖。
热浪一阵阵拂过来，明明是大半夜，温度却在一层层上升。
纪亦现在红的可不止一边耳朵了，两只耳朵都红得几乎剔透。
桑苑心脏突然一跳！
之前那个不纯洁的问题顿时钻出来，让她手心发烫。
“什么？”
纪亦吞了下口水，低头凑近一点，看着她眼睛。
“我们……”
他心跳如擂鼓，连呼吸一口，都让人觉得紧张羞涩。
“我们……”

攥着的手，指节开始发白。

他眼巴巴盯了她一会儿，在气氛凝滞堆叠到顶点的时候，突然吐出口气！

他有些懊恼地揉了下额头。

“不，不，没什么……那个，上……上楼小心。”他结结巴巴地冒出一句，脑袋上无形的犬耳朵都似乎耷拉了下来。

他很沮丧。

桑苑只是随手帮了个忙，和揉他脑袋、戳他酒窝一个道理，自然而然的亲昵行为。

只是他在那里……乱想。

会吓到她的。

纪亦无论如何都驱逐不走让他浑身发烫的心动，只好垂着头，别开视线，把拉杆递到她手心。

桑苑咬了下嘴唇。

她突然甜甜一笑：“你好像有什么小秘密？”

“没有！”纪亦条件反射地反驳。

“纪亦同学，”她不疾不徐，“做什么坏事了？告诉我，好不好？”

这话有点耳熟。

纪亦乍然想起，是他从机场出来，追着她问的问题。

真是天道好轮回。

他想捂住自己脸——太烫了，目光躲闪到不知道该看哪里好。

“桑桑。”

他艰难地又喊一声。

桑苑笑了笑：“纪亦。”

“在。”

“我个子不高，都怪你老摸我头发。”

纪亦愣愣的，显然不明白她意思。

桑苑微笑着叹了口气，脸上多出几分狡猾。

“你太高了，只能麻烦你弯一下腰。”

嗯？到底什么意思？

来不及思考太多了。

云里雾里间，他眼睁睁看见桑桑伸出手。

衣领被她拉住，接着，突然将他往下面一扯！

她轻盈地凑近——

一个青涩、温柔而甜蜜的吻。

G E B I
YIBAN
JITONGXUE2

番外四 / 初中那些事儿

初中教室同样分四个大组。

桑苑和陆之遥坐在第二组的第二排，后面坐着的是个叫叶旭的男生和叫邱婷婷的女生。

那时候全班只有邱婷婷有部摩托罗拉的手机，能玩《五子棋》，特洋气。

学生们在家庭、学校、朋友的环境里耳濡目染地长大，比起十年后、十五年后过早通过网络接触社会的同龄孩子都要稚嫩很多。

至少，十五年后初一生的游戏大概来自电脑或者平板，而这时候的初中生游戏，还简单如这样。

——猜口型。

邱婷婷尤其热衷于这个游戏，经常大张着嘴，夸张地用口型变化来传达自己想说的东西。

陆之遥甚至听见她和叶旭在晚自习的时候，互相猜测对方口型说的是哪个明星。

某天晚自习，无辜的桑苑和陆之遥也被拉进了他们的游戏。

邱婷婷玩了半天，把国内七七八八的歌名猜了一遍之后，戳戳他们，说："我们来猜人名吧？"

桑苑是不怎么参与这种幼稚游戏的，不过她温和地笑了笑，给足面子捧场："什么人名？"

邱婷婷兴致勃勃比着口型。

——喜欢的人。

陆之遥轻轻叹了口气。

他坐直身子，抬着下巴，特别骄傲。

"邱婷婷，你都初中了，怎么还像个小学生一样？"

邱婷婷一撇嘴："你不玩就不玩……"

"我不玩。"

陆之遥是小王子，有资本傲慢地拒绝别人。

邱婷婷"嘁"了一声。

桑苑也摇摇头。

不过不是拒绝，她说的是："我没有喜欢的人。"

邱婷婷立刻喜笑颜开："那就说对你来说很重要的人！一定要是个男生！"

陆之遥叹着气摇摇头，把这一课时的单词来回抄写。

旁边响起嘻嘻哈哈的声音，基本是叶旭和邱婷婷在互相猜测，桑苑偶尔才插一句嘴。

过了好半天，总算是轮到她。

初一上半学期才过了一半的陆之遥并不在意他同桌喜欢谁。

只是八卦心人人有之，小王子也不例外。

尤其对方时不时露出一副超凡脱俗的样子，八卦起来让人格外有兴致。

他抬起头，看向格外早熟稳重的桑苑。

她露出一排贝齿笑着，脸颊边有浅浅酒窝。

她似乎在说什么，又似乎单纯在笑，眼睛很明亮，比夏夜星空还要明亮。

邱婷婷这就抱怨：“苑苑，你耍赖！我们都说了，就你不说！”

桑苑露出莫名的神色反驳：“我明明说了，你们没看出来而已。”

“你没说！”

“我说了。”

她们争论起到底要没要赖的话题。

陆之遥摇摇头，不再搭理。

童年时的记忆被时间的雨冲得斑驳，那天晚自习的游戏像是老墙上长着青苔的暗斑。

直到很多年后，陆之遥突然想起那个晚自习。

这时候才知道，桑苑没骗人也没有耍赖。

她确实说了。

她说的名字叫纪亦。

多好。

一个能让人微笑着念完的名字。

他们学校每周五下午五点半准时下课，陆之遥总是以和桑苑相同的速度收拾好背包，接着一前一后走出校门。

那时候他俩已经是邻居了。

他并不喜欢桑苑的外婆，也觉得被外婆施以那样压力的桑苑应该不喜欢回家才对。

可每到了周五下午，桑苑心情就特别好。

是肉眼可见的心情好。

初三有个周五，下午学校请了疯狂英语李阳的徒弟来开讲座。

两个小时讲座结束，才四点半，但学生可以直接回家。

只是陆之遥因为黑板报，要和其他几人在学校逗留一段时间。

日头渐渐往西。

五点半。

折腾完了打道回府，他刚一走出教学楼，就看到桑苑坐在人工湖边。

她在看书。

柔顺的头发束在一起，和湖水一起反射着阳光，粼粼闪烁。

她似乎有点心不在焉，时不时抬起头往校门方向看一眼。

同行的男生对陆之遥挤眉弄眼："哟，在等你。"

陆之遥瞥他一眼："无聊。"

话虽如此，心里却有些奇怪，还有奇妙的兴奋感，感觉好像自己终于凌驾于某个介意的人之上了似的。

他故意钩着肩膀上的背包，露出一副什么也不在意的样子，又冷又酷地往台阶下走去。

不和她打招呼，就假装自己什么也没看见。

等她主动开口。

可他忍不住偷偷瞟向那边——

他看得真切。

在他们快要走到人工湖旁石子路时，桑苑抬起头，视线定住一会儿，突然抿着嘴笑起来。

仿佛松了口气。

她把书放进背包，拉上拉链。

陆之遥身边的男孩已经扬起声音喊出来："桑苑——等人呢——"

调侃的音调被拉得老长，在人工湖上回荡。

她蓦地转过头，愣了愣，一瞬间脸上表情十分精彩。

有被突然发出的声音吓住，也有被撞破小心思后的无措羞恼，还有强行露出的镇定。

三秒后就恢复平静。

她对他们微微一笑，颔首致意。

男孩用胳膊肘撞撞陆之遥，一脸老奸巨猾。

陆之遥没理他，沉于思索中。

他不太明白桑苑那个表情是什么意思……她刚才收拾背包，到底是察觉到他们过来了，还是没察觉到？

要是察觉到了，怎么会被吓一跳？

要是没察觉到，为什么要收拾背包？

他想不出答案。

陆之遥看她一眼，把问题抛到脑后，倨傲地说："走了！"而后迈开步子，率先往校门方向过去。

后面的男孩驻足片刻，和桑苑走在一起，还在八卦个没完。

"在等人？"

"这可都放学一个小时了。"

"老实交代！"

"说嘛说嘛，我不会告诉别人。"

到最后，桑苑不胜其烦，回了一个简单的音符："嗯。"

嗯。

男孩嘿嘿笑起来："果然在等人。"

校门口一如既往的热闹非凡。

卖食物的摊贩前都是馋嘴的人，文具店里挤着小学生，报亭前站着被杂志遮住脸的男生，穿着英才中学校服。

自行车铃声一串串响，两旁梧桐叶几乎给整条窄街洒下树荫。

桑苑在身后和同学挥手告别。

陆之遥脚步放慢片刻，等她跟上来。

等她距离他只有两三步远的时候，他才隐隐笑着继续往前。

两三步，不远不近。

陆之遥不会停下等待，桑苑也不会加速追赶。

这样也好。

骄傲的小王子本就该如此。

本就该让人追逐着，又故意拉开距离。

纪亦初三时特别喜欢跑的地方，除了二中的校门口，还有就是区图书馆。

起因是他陪同学来图书馆，意外看见桑苑坐在三楼资料区。

外面七月阳光白炙，给图书馆里铺上毛茸茸的光影，细小尘埃在穿过书架空隙的光柱中飘浮。

桑苑垂着头，因为握笔而微微勾起的手腕皓白。

隔了点距离，她翻动资料册，书页抖动仿佛带着空气都微微颤抖，将崭新的钢笔墨水香味传过来。

旁边同学抬头看着书架找书。

纪亦没扭头，伸手按住他手臂。

“小声点。”他很严肃。

“我没说话啊。”

同学莫名其妙。

“噢……”他还是直勾勾盯着那边，胡乱点头，“好。”

同学挠挠头，一脸无辜：“你有点奇怪。”

纪亦却咧开嘴笑得高兴：“不，我现在特别正常。”

博喻英中对自主招生考试的前一百名学生有优惠政策，成绩排名前 50 名的学生可以全免学费，50 名次以后则是半免。

桑苑一直想进博喻，只是家庭负担不了私立学校的学费，她必须靠自己能力往里面考。

虽然纪亦坚信她能拿到全免名额，但他还是小心翼翼的。

生怕影响了她冲刺。

图书馆的偶遇，让他开始有事没事就往这里跑。

经历了无数次扑空，总算摸清楚了她的生活规律。

暑假期间，她一般是周三周五来图书馆。

开学后就是周六过来。

雷打不动坐在三楼，位置并不是固定不变，但一定坐在窗边。

她做数学题的时间比较多。

每次来图书馆都不会拎包。

大概因为家离得不远，抱本练习册，封面别着钢笔、铅笔各一支，再往里面夹个草稿本，就径直过来了。

纪亦的生活非常艰难，一边要盯她，一边不能被她发现，一边还要注意自己形象不能变成痴汉——

不过不管怎么艰难，他都完成了守株待兔的任务。

他老是坐在隔着层层书架的桌子边，带着画册，描着她勾勾画画。

某个秋老虎的下午，又到了桑苑固定去图书馆看书的时间，他再次偷偷摸摸跟她到三楼。

纪亦把笔记本在桌上摊开。

今天难得不是素描册。

因为这周开始，老师要求他们每周交一篇周记。

内容不限，题材不限。

纪亦只稍微一想主题，就托着腮，大剌剌写下标题。

观察记录。

开篇第一句话。

“我有一株世界上最珍贵的花。”

“……”

“一直努力汲取养分，力争上游。”

“我连睡觉都会梦到这株花。”

下午三点开始，天气越来越热，就连大开的空调也挡不住这股腾腾的热意。

太阳没于浓云之后，明明阳光没有直晒，皮肤却好像还热辣着。

纪亦在笔记本上写："是本该生于寒带的植物，不耐高温。太阳曝晒下会没精打采，冬天严寒时倒是精神百倍。"

他眼看着桑苑从一开始支着额头，变成下巴搁在手臂上，最后揉揉眼睛趴下去。

周围翻书声、细细交谈声还有放轻的脚步声，绝对比寂静的环境更加催眠。

他又写。

"不过，不管是什么样子，都很好看。我全都喜欢。"

桑苑似乎真的睡着了。

纪亦观察记录全部完成，对方也没有抬起头来。

他露着小酒窝，看了一会儿，将桌上东西放回背包，然后站起身，轻手轻脚往她那边过去。

桑苑是被玻璃上水珠跳跃响亮的声音给吵醒的。

时间还早，四点出头，可天色昏暗得像是傍晚。大滴大滴的雨珠砸在旁边窗户，散发出泥土的味道。

她对外面正接受大雨洗礼的城市发了阵呆，脑袋尚且有点晕。

片刻后转回头。

微微一愣。

桌上多出来个东西。

一把伞。

普普通通的灰蓝色格子伞。

上面贴着张便利贴，写了三个字：

“给你用。”

字刻意歪歪扭扭着，勾折间却有股收不住的潇洒味儿。

桑苑重新把视线投向窗外，嘴角稍稍抿出个笑。

G E B I
YIBAN
JITONGXUE2

番外五 / 世界上唯一的花

“你觉得自己是个什么样的人？”

人一生中总会听到很多次类似的问题。

小时候会写和自己有关的作文,学生们的同学录,毕业前老师的提问,还有未来会遇到的各种各样的面试……

这会儿听到胡诗怡也发出这个问题，李甘一瞬间笑起来。

纪亦天生一张俊秀却温和的脸，也许在陆之遥、周睿一流当中，并没有他们那样惹眼，可当他笑起来的时候没人能比过他的魅力，仿佛全世界都明亮了起来。

如果在笑容这个领域，纪亦独领风骚，陆之遥、周睿都只是普通人的阶层，那么李甘给自己定位到普通人再上面一点点的位置。

他下颌较宽，骨骼突出，看起来总有点不近人情似的。

不过一笑起来就全面崩坏，一脸褶子。

这是自己的特色。

总比那些笑起来平平淡淡的人好。

李甘摸了摸下巴，没有太多犹豫：“这个问题我经常听到，但我的回答从来都只有一个。”

他突然闭紧了嘴，看着不远处，把对方胃口完全吊上来之后才缓缓说道。

“我是一个优秀的人！”

他抬起下巴，突然坐直了身子，脸上是浑然天成的骄傲，看起来不像是在说笑。

从小到大，李甘似乎都是圈子里面默默无闻的那个人。

纪亦品行端正，一表人才。

桑苑沉稳善良，内心坚定。

李露独来独往，骄傲冷静。

这些人都太鲜明也太鲜亮。

对比起来，他好像没有一丁点特色，一直以“跟班”的形象在各个不同的人身边磋磨时光。

小学二年级，他们学画画。

一学期课程结束后，各自家长来接孩子回家。

李甘从绘画教室出来的一瞬间，就注意到了门口伫立的宋老师，还有两个眼熟的家长。

宋老师满脸和蔼地摸摸自己小胡子，说着文绉绉的话。

“纪亦想象力丰富，下笔不拘一格。你们家桑苑笔触细腻，擅长写实。两个孩子都很不错，好好教导，肯定能成大器！”

被老师点名的两个小朋友手牵着手，对后面大人们若有似无的硝烟浑然不觉。

李甘看得清楚，纪亦想不拘一格地摸桑苑长长的头发，却被那细腻的姑娘瞪了一眼，顿时乖乖缩了回去。

希望他刚才和宋老师学的词没有用错。

李甘背着包，得到的只是宋老师微笑的点头。

回去路上，爸爸妈妈止不住嘀咕。

“你说纪主任家那孩子，怎么就这么聪明？”

“回头吴老太又要明里暗里炫耀半天。”

“反正她盯着比的是纪主任家,和咱们孩子扯不上什么关系。唉——”

远离是非应该是一件好事。

可母亲那一声叹息包含了太多太多，就算李甘年纪不大，也渐渐体会了其中遗憾的味道。

就好像你越是讨厌一个人,就越是要去关注他,然后越是恨得牙痒痒，让自己憋出一口气。

注意到一件事之后，原本混不吝的态度就会渐渐发生改变，大人们一个眼神一句话都要被他反复揣摩收集。

你为什么学习比不上年纪没你大的露露？你为什么画画比不上桑苑？你为什么钢琴没有纪亦弹得好？

你，为什么这么不优秀？为什么这么让我们失望？

听得多了，就连李甘自己也忍不住发出质疑。

我没有他们聪明吗？我不如他们吗？

落于人后的感觉轻易勾出心里黑暗的一面，滋生壮大，最后在胸口横冲直撞。

大人们总自以为是给小孩子冠上“小孩子能懂什么”的评价，但小孩远比他们想象中懂的多。

李甘的不爽积攒到快要冲破负面情绪储蓄罐的时候，便总喜欢一个人蹲到河堤的草坪上，然后报复似的将草叶折断。

远远扔开后，好像把烦闷也一并扔开了。

他依然和玩伴们泡在一起。

他从没和任何人说过自己的不满。

毕竟优秀没有错。

他朋友们的优秀不是天生而来。

他见过他们很多样子，其中绝对包括了奋发努力的一面。

但如果不抱怨朋友们的优秀，他又应该责怪谁？

李甘有时候也会迷茫。

他似乎从小就比他们想的多。

李甘的难过生于懵懂的七岁，却在八岁早早夭折。

正是小学三年级，班上举行了一个活动。

有点像是古时候玩的击鼓传花游戏，但传的不是花，而是优点。

鼓声响起的时候，大家依次飞快说出前面一位同学的优点，如果超过五秒没说出来，或是鼓声恰好在这里终止，就得上台表演节目。

李甘至今还记得座位，李露、桑苑、纪亦、同学 A、他自己。

很不幸，他和他们中间隔了一个人。

偏偏那同学平时和他不太熟。

他特别担心，自己这种黯淡无光的人，会不会让对方一个优点也说不出来？

鼓声响起后，同学们飞快传递着旁人的优点，往前推进。

让李甘松了一口气的是，对方居然也说出来了三条。

就算到了第四轮，对方开始词穷，李甘也觉得异常满足。

只不过他满足了，不代表小伙伴们就满足。

后面那群死党好像生怕那男生被惩罚一样，偷偷给对方提供帮助。

纪亦得意扬扬地说："李甘会跳舞，跳得特好。唱歌声音能飙老高。"

李露说："我哥会后空翻，打乒乓球特别厉害。而且很讲义气，谁敢说我们不好，他就揍谁。"

桑苑总能吐出一堆他们似懂非懂，觉得特别厉害的词语："李甘很热血，也很善良。特爱打抱不平，匡扶正义。"

然后纪亦毫无悬念地去附和桑苑的话:“对对对,电视上说什么侠……侠……侠……”

他像是卡带的复读机，说了好几次，都没能把那个词念出来，只好把求助的目光投向桑苑，小声喊:“桑桑!”

桑苑淡定地帮他把词补完。

“侠骨柔情。”

“对对对，侠骨柔情。虽然我不太懂这个词，但他就是个侠骨柔情的人，会温柔帮助有困难的人。”

他们七嘴八舌、争先恐后，说他心思细腻，说他长相坚毅，说他谦虚好相处，说他幽默诙谐……

那该是对他影响最为深远的一刻。

朋友们温柔而热心地说了很多很多连他自己也想不到的优点。

身后的男同学按照他们的提示飞快解脱，他却因为走神而被大家哄笑着推到桌子围成的圈中间。

李甘转身茫然看了一眼。

纪亦正拍着桌子对他挤眉弄眼，被桑苑推了一把后，立刻老实下来，只对他竖起个大拇指，寓意加油。

人总是很难看清楚自己自然而然的行为举止。

有的人只看得见自己的优点，有的人却唯独看不见自己的优点。

也许纪亦也意识不到他自己的阳光开朗。

也许桑苑也意识不到她自己的沉静内敛。

可是他们都用欣赏的目光看待身边的朋友。

就那么一瞬工夫，李甘豁然开朗——

我并不差，我也有很多他们没有并羡慕的东西。

我和他们同样优秀。

那之后，没有任何事情能够推翻他在几个伙伴中的自信。

他的优秀仍保持至今。

高二因为纪亦和桑苑的和好，他跟着死党，有了很多接触七班学生的机会。

大概正如小学三年级纪亦从桑苑那里套出来的侠骨柔情、心思细腻，李甘轻而易举地看到了胡诗怡的窘迫。

沉默又愤怒。

孜孜不倦地拿别人的闪光点和自己做着比较，然后无声地控诉着所有不公平。

像极了当初蹲在草坪里，对应着一个烦恼，就折断一根草远远扔开的自己。

这种比较本来就不对。

本来就是不公平的。

在胡诗怡疑惑的眼神中，李甘拧开矿泉水，灌了一口，突然笑了笑："小时候我爸妈老拿我和纪亦做比较，搞得好像我不如他一样。"

胡诗怡看他一眼，目光有点奇怪。

李甘耸耸肩："我承认他确实很厉害。"

"但——"他话锋突然一转，"但我打赌他根本分不清楚拉丁舞里面的斗牛和牛仔有什么区别。他跳舞没天分。

"小时候，他建议桑苑手牵手骑自行车，因此摔掉一颗牙。我就不会，因为我知道那样不安全。

"我们偷偷喝啤酒，我喝了两杯，一点事情也没有。他喝了一口，脸红得跟小龙虾一样，那时候我们才知道，世界上还有酒精过敏这种东西。"

说到这个地方，他开心地点了点头，表示赞同自己的话。

"你看，在他的世界里面，我是没他帅，没他阳光，没他会画画弹琴的好友。但是在我的世界里面，他就是不够义气见色忘友，没我稳重，没我会跳舞，还不能喝酒的二五仔。"

大人们总是用“比你优秀”来轻易否定一个孩子。

但，人这么复杂的生物，又怎么可能是一通比较就能得出结论的呢？

纪亦也会有怕鬼怕到发抖超逊的时候。

桑苑也会因为吃醋而乱发小脾气。

李露小时候不也玩鬼按铃，被抓住后哭得撕心裂肺。

他那阵总想，他应该埋怨谁？

埋怨过于优异的朋友，还是埋怨无能的自己？

后来电光石火地想到，最应该埋怨的，难道不是按照自己喜好，若无其事给孩子打上标签的成年人吗？

他对上胡诗怡视线，很快又转开，心思稍稍一晃。

他摸着自己脖子，用脱口而出的话来掩饰一瞬间的羞赧。

“人各有所长，所以我不需要知道我朋友哪里比我好，我又哪里比我朋友好……”他声音低下去一点，而后掷地有声，“我只知道，我们都很好！”

头顶紫藤花一串串垂下，纠缠的藤叶之间漏下一束束光柱。花廊外海棠铺着粉云，空气里都是花木气息。

胡诗怡盯着脚尖，很安静。

李甘递过去个东西：“听歌吗？”

胡诗怡看看他手上的耳机，迟疑着点了点头。

片刻后，她问出来：“这是什么歌？”

“《世界上唯一仅有的花》。”李甘扬着嘴角笑一声，“桑苑特喜欢这歌。”

我只知道，我们都很好。

一个个人，一个个不同的个体，在各自的世界里或艳丽或文雅地绽放下去。

我们都是世界上唯一仅有的花。

GEBI
YIBAN
JITONGXUE2

番外六 / 归为平凡

2014 年，一部名叫《昼颜》的电视剧在网络上悄然走红。

引起的话题热烈，就连田娆的同事也议论纷纷。

田娆在茶水间休息的时候，有个和她关系不错的女孩进来，瞟她一眼，又开始喋喋不休说起这周的剧情。

也许男主角的浪漫帅气太让人心动，那女孩感叹一会儿，突然长长地叹了口气：“我距离出轨就差两个男人了！”

她露出极其向往的表情，深刻诠释着何为花痴。

可田娆端着杯子的手却突然微微颤抖起来。

她霍然站起身，在朋友第三次提及出轨的时候，有些凶狠地说道：“我绝对不会那样做，我恶心那样的人！”

对于田娆来说，一切都开始得太早。

应该责怪的是那一枚硬币。

上小学的时候，美术老师要求大家买一盒水彩笔。

田娆和父亲说了这件事，父亲一边皱着鼻子咒“现在学校就会让学生乱花钱”，一边把手伸进夹克的内兜，掏出来一把票子。

父亲是个普通的维修工，一个月工资接近七百。

现如今一个肉饼五毛钱，一碗麻辣烫一块五……这么个水平下，一盒水彩笔却要八块钱。

父亲抽了张皱巴巴的五元纸币给她，咕哝着又翻出张绿色的贰元纸币，却在一块钱这里卡了壳。

他没有一块钱。

也没有两张五毛钱。

所以他再次掏了一遍口袋,好不容易摸出枚锃亮的硬币,放到她手上。

“什么水彩笔还要八块钱，你们老师肯定要拿回扣。”

田娆不懂回扣是什么意思。但有一点她很清楚,八块钱对于父亲来说,很多，很艰难。

光是掏出一枚一块钱硬币都显得艰难。

家里钱都归田母管，田父每个月为数不多的薪水都老实上交。

田母总会一边点钱，一边皱着眉点出两张十块，递过去。

“这么点钱,你也能干得下去！我麻将馆里客人都有工资上千的了，你再看看你的！”

她总是这么说，父亲就会还嘴：“我怎么了，我工作挺好的。”

“你工作挺好，你这工资能养家不？人家新闻都说平均工资九百元了，你才六百多，不怕人笑话。上次小刘说和你开饭馆，厂里让你去当个技术师傅，还有让你搞个零售，都多好的机会，你全不去，你看看你这点钱！”

她妈说得多了，她爸就会不耐烦，最后变成质问：“你就是虚荣，你瞧不上我工作是不是？”

“我不是瞧不上你工作，我只是瞧不上一个没有上进心的男人。”

田母经常会把“没有上进心”挂在嘴边上。

田娆搞不懂父母争吵的点。

在她看来，两口子的钱足够让这个家庭处在中等水平生活下去就可以了。谁更强谁更有什么什么上进心，有那么重要吗？

她攥着刚到手的八块钱，父亲皱眉的脸还在脑袋里播放。

她知道父亲一次能拿到的零花钱只有二十元，因而午睡的时候，她思来想去半天，还是决定去母亲开的麻将馆一趟。

如果从母亲那里拿到了钱，就把这八块还给爸爸。

田娆早早从床上爬了下来，往麻将馆出发。

总之一切事情都不太顺利，那枚一块钱硬币将她本来就破了一角的口袋越挤越开，快到茶馆的时候，忽然落在地上发出清脆一声响！

田娆眼睁睁看着硬币掉在地上，滚到铁门后面。

铁门后面是个快荒废的小区，保安亭没人，铁门紧锁。

她只能拼死把手伸过去，脸费力地贴在栏杆上。

然后，视线转动之际，田娆看到母亲和男人拉拉扯扯的，从旧房子下来。

涂着红色指甲油的手指轻佻地和男人的手交缠在一起。

田娆好不容易够到了那枚硬币，将它紧紧攥在手里。

她手微微发着抖。

硬币竟然沉重到让她难以承受。

她似乎一天之内就早早成熟，稚嫩纯真的孩童时代飞快离去。

田娆像是魔怔了似的，总是去关注母亲和那个年轻男性。

一边怀抱着母亲能够重回家庭的梦，一边忍受着对父亲知情不报的愧疚，一边又因为母亲的不知悔改而难受。

母亲每天出门时间越来越早，回家时间也越来越晚。她渐渐不再对父亲说出“我瞧不上一个没有上进心的男人”这句话，就算对女儿，也多少露出敷衍的态度来。

父亲还是一无所知地做着赚不了几个钱的维修工作，田娆却渐渐发生着改变。

2001年，田娆以极其优异的成绩升上初中。

稚嫩的脸庞逐渐长开，眉眼舒展之后，她有着一副极为漂亮的脸蛋。

在很小的时候，她总是会看着对镜子打扮的母亲，想自己什么时候也能像母亲一样漂亮。

但好不容易长出这张脸，田娆又觉得自己看起来面目可憎。

与此同时，她还发展出了一个极为特殊的兴趣爱好——篮球。

不是为了突出自己的与众不同，是小学时代厌倦乒乓球后，自然而然发展出来的兴趣。

可正因为这份兴趣，漂亮的脸蛋，还有在每天运动下越来越修长苗条的身材，让她在男生中极其受欢迎。

可她在女生中没有受欢迎过。

她当成好友的女生，笑嘻嘻和别人策划着怎么排挤她。

宿舍没有钥匙，每天晚上都是由宿管阿姨给她们开门。每次下课，那些女生就一窝蜂回到宿舍，然后关上门。

等田娆回去，面对着紧闭的宿舍门，伸手一敲，里面却传来刻意的声音："谁啊？"

她们平时压根不和她说话。

有时候聊天聊到她了，还故意不大不小地说："田娆真讨厌！"

近乎刻意地让她听到她们的对话。

正因为她们几乎敌对的状态，让田娆手足无措站在宿舍门口，连简单一个字"我"都说不出来。一来是拉不下脸；二来，她根本无法预测这群女生听到她回答之后的反应。

她们会接着问"你是谁"，还是根本就当没听到了？

那样不是更加尴尬吗？

田娆办理走读成功。

回家过夜的第一个晚上，在吃晚饭的时候，听到母亲抱怨麻将馆里某个客人。对方年轻貌美，学识渊博，不到三十岁，已经在单位上当了个小官。

“她肯定和她上司有什么，不然怎么可能升职这么快？”母亲信誓旦旦说着，要么是贿赂了别人，要么是更肮脏的关系。

田娆怔怔看了母亲一会儿，突然有种极为无力的感觉。

整个人都似乎被拖入了黑暗的旋涡，不管她从哪个方向挣扎，都无法逃离出去——

家和宿舍没什么不同。

嫉妒眼红的嘴脸，还有口蜜腹剑的模样。

她们诠释着何为“卑鄙”。

这个年纪的少男少女有资本去放纵堕落，不用考虑太多未来的路怎么走、生活要怎么继续下去一类的东西，放心大胆自暴自弃就可以了。

田娆成绩一落千丈，稳稳坐实了对女生的仇视，和男生勾肩搭背，无所谓对方是否用“吃豆腐”的想法对待自己。

她憎恨母亲，觉得自己不幸的一切都是母亲带来的。

可是田娆无数次自我反驳的内心中，依然藏着那么一抹期待。

希望母亲能发现，自己变成现在这个讨厌的样子，全是因为她。

母亲可以回归家庭，她也可以变好。

只是这个愿望，直到最后都没有实现。

在法院门口抓狂地吐出那段想说很久的话之后，她潇洒地转过身，却偷偷用眼角余光看到。

母亲同样转身离开。

一次都没回头。

也许她一直都是偷偷注视着母亲，偷偷盼望着母亲注意力回到自己身上的孩子。

田娆经历了两次高考。

2007 年第一次高考，失利，成绩连三本线都没有摸到。

复读一年。

2008 年考上一个普通的二本院校。

有一年田娆从学校坐火车回家的时候，居然碰到了张志硕。

对方打量她一会儿，才不确定地喊了声：“田娆？”

田娆转过头，对他笑着点点头。

张志硕这才后知后觉地搓搓手，有点尴尬：“我差点没认出你……你变化真大。”

她能读懂张志硕眼中的惊讶——气质这个词读起来有点虚幻，可给人造成的影响绝对不小。

譬如说她，脸还是那张脸，只是比之从前黯然失色，混到人群中就会立刻被人潮吞没。

田娆还是微微笑着，没有开玩笑似的逼问“那你觉得我是变好了还是变坏了”，只是在突然涌出来的酸楚中笑着说：“是啊。”

我变了。

变成了自己向往的样子。

在法院门口，她第一次喜欢的男生，垂着头听她抱怨完，平淡地制止了她对桑苑的说辞——也制止了她变成她自己讨厌的人。

如果是别人的话，可能早就凶巴巴，满脸不耐了。

但是，纪亦极为绅士。

后来再回想这一幕，她很感激。

对方温和有礼的态度没有被她打入尘埃，果断又不带暧昧的言辞使她脱离了深陷泥潭的窘境。

还有最后那句祝福——虽然连田娆自己都对所谓“向往”的概念感到模糊。

也许她对纪亦的喜欢就是带着向往的。

能闪闪发光，又能处理好一切关系，不会惹人嫉妒，不会让人觉得锋芒毕露。

她无法变成那样的人。她学不来。

她只能走向另一个方向。

除了初中被放弃的学习，她又扔掉了篮球，扔掉了游戏，扔掉了能和男生打成一片的个性。

脸改变不了，就让自己性格变得不讨男生喜欢。

她像个笨蛋一样在女生面前嘻嘻哈哈，能徒手捉老鼠，能在所有女生被吓得上床时，咚咚地踩着蟑螂。

也会有同学问男生："喜欢田娆吗？"

男生会露出惊恐的表情："开什么玩笑，那个爷们儿？"

田娆会像什么都没听懂似的傻呵呵笑着。

她把因为母亲而生的棱角和尖锐通通扔掉，好像这样也就能把曾经盼望母亲回头的那个愚蠢的自己给扔掉了。

没有引人关注的个性，她如此平凡。

她向往的样子大概就是这样。

普通的心态，普通的女生。

好像也有普通的家庭。

她很好。

同事还站在茶水间没走，耸了耸肩膀："那是因为你没看到，那个丈夫本身就出轨……"

田娆的手已经不发抖了，她说："因为对方做了不道德的事情，所以自己也要做不道德的事情？那我只觉得，两个都不是好人。"

"丈夫还是个妈宝娘娘腔！"

田娆很冷静："离婚能解决的事情，为什么非要让自己降到道德底线下面？"

同事哑口无言一阵，有点不耐烦了：“一部电视剧而已，何必上纲上线。”

她转身走出门外。

茶水间的门给空气制造了一阵颤动，田娆目光没了定点。

如今一切都很现实，她稍微可以理解母亲那时候的苦衷。

但她绝不支持母亲的做法。

她想，不管丈夫是什么样的人，她都会这样主张：可以离婚，但不要拖着家庭，给家庭留着一丝希望偷偷出轨。

与感情、依赖性都无关。

只是对自己负责。

也是对孩子负责。

让孩子有足够的底气去撑起一个原本有趣的灵魂。

田娆深吸了一口气，擦擦眼睛，走出门外。

没关系，她虽然失去了很多，但她并非一无所有。

还有坚守的底线，还有内心的标尺。

她没变成自己讨厌的样子。

她现在，真的很好。

番外七 / 不是太阳

每往上一个阶段，视野就会开阔一个层面。

小学到初中再到高中，竞争越来越激烈，也越来越有山外有山的感觉。

更别说，进入了北大。

不过唯一没变的，似乎是陆之遥的异性缘。

不管是系里活动，还是社团作业，甚至平时出去吃个饭撸个串，都有女孩子借着这个机会，支支吾吾表达出喜欢。

今天又是聚餐。

大家本来一直有说有笑，可不知道为什么，热闹骤然结束，饭桌陷入一片诡异的沉默当中。

对面开玩笑的“我要杀了你”就显得格外突兀起来。

大家视线齐刷刷凝聚在他们身上。

小学妹一愣，悻悻收回了放在学弟领子上的手。

陆之遥突然想到，读高中的时候经常发生这样的事情。

没有老师看守，吵吵闹闹的自习课上，大家骤然一下安静下来。

好像什么乐曲演奏到快要高潮的部分戛然而止，留出荒诞扭曲的空白感来。

然后过了两秒，班上同学会一起大笑。

年轻真好。

哪怕毫无理由，也能笑得开怀肆意。

可现在饭桌上的朋友们没有笑。

只有小学妹在对面局促地捏着手指，像做了什么坏事一样，可爱的苹果脸一点点红起来。

“我们刚才开玩笑呢。”

小学妹解释了一句，脸更红了。

她伸手把垂在脸颊边的头发别到耳后。

浅色发丝后透过灯光，疏疏落落之间，能够看到柱子那边也有一桌聚餐的学生。

全是女生。

奇怪的是，隔了一点距离，在人声吵闹之中，陆之遥似乎也能听见那边的聊天声。

有个留着和李宇春参加“超女”时差不多发型的女生，拍了拍手，大声说：“都认真的，说下理想型吧，我给你们做参考。”

她点名：“晓晓，你先说。”

“我？”穿着粉色毛衣的姑娘指了指自己鼻子，露出被黑幕了一般的夸张表情。

她想了一会儿，才慢慢说：“我喜欢会跳舞的……就我男朋友那样。”

她旁边的人立刻接口：“那我也喜欢我男朋友那样的，会踢足球的。”

轮到最后一个女生时，毫无疑问：“会弹钢琴的。”

“你们呀你们。”短发女生叹了口气，对她们摇头，“太不纯洁了。”

众人不服。

“怎么不纯洁了？”

短发女生：“跳舞的男生，腰好；踢足球的男生，体力充沛；还有弹钢琴的男生，手指多灵活呀。”

“你才不纯洁！”那边顿时爆发出一阵尖叫打闹。

陆之遥人生中第一次，居然有种要被呛住喷水的感觉。

原来清华大学的女生也会讨论这些没营养的话题，他想。

他胳膊肘突然被人撞了撞。舍长探过头来，露出狡猾的表情，对他一挑眉：“问你呢。”

“什么？”陆之遥刚才走神了。

舍长说：“小学妹问，咱们是不是不喜欢她那种过于活泼的女生。”说着，和他一咬耳朵，“根据她说话时的眼神判断，她应该只想知道你的答案。”

陆之遥的异性缘就这样再次发散出来。

他在对方羞怯躲闪又偷偷摸摸的眼神中张了张嘴，刚要说话，眼角余光却瞥到女大学生那一桌当中，有个人站了起来。

于是，陆之遥到了嘴边的话就变成了“我出去站站”。

宿舍男生们在身后不停打趣，他却顾不得解释什么，一路到门口。

然后，连呼吸都屏住了。

他脚步放轻，慢慢走出去。

北大和清华相隔太近。

1.5 公里，一条街，两个站的距离。

可在这里度过四百余日，还是第一次见面。

“好久不见。”他率先打了个招呼。

高中以前的时光分为两个阶段。

按照陆之遥的分法，一个是小学阶段，一个是初中阶段。

这两个阶段中，又各有代表性的那么一天。

小学一年级暑假某日，上完补习班后回家。

一般来说，到家后立刻能吃到冰冰甜甜的西瓜，但是这一天却什么都没有。

陆之遥打开家门，看到的只是有些异常的父母和空气中若有似无飘浮着的，未散尽的战火。

家人，对于孩子来说是世界上最熟悉的人，哪怕有一点不对劲，都能够立刻察觉出来。

“回来了。”他妈妈胸膛还在不停起伏，努力冷静地说了一句，“我去做饭。”她站起身来，掩饰着微红的眼眶，往厨房走。

父亲则一言不发，目光沉沉看着电视，嘴角透露出心气儿不顺的讯息。

这样的气氛让陆之遥觉得害怕。

他努力想要说点什么缓解家里紧张的氛围，奈何声音就好像完全被堵在肚子里面，一个字都说不出来。

晚饭异常沉默。

快结束的时候，他妈妈突然放下筷子，声音微微发抖：“你是不是觉得，不管你做了什么，我都能原谅你？”

不是对他说的，是在对父亲说话。

陆之遥抬起头，借着金色的落日余晖，看到母亲眼睛里面飘着抹水汽。

那天开始，父亲和母亲开始分房住。

两个人虽然住在同一屋檐下，吃着同一桌饭，但是谁也不搭理谁。

据说他爸偷偷挪了三万元去买股票，血本无归。

母亲查账发现不对了，差点急晕过去，后来得知真相，又是气晕。

三万元在那个年代，可是大数目。

他们冷战大概持续了一个星期。

有天晚上，父亲一个人出门散步，陆之遥出来端水，意外听到母亲打电话：“真的，他就是仗着……到最后道歉的是我……”母亲一边说话一边抽泣，声音断断续续的，“这么多年了，都是这样。他就站在那里不说话不理我就行了。他就是骄傲，要面子……可谁还没有自尊呢。还能怎样，找他和好呗。我给你说，感情就这样，谁先喜欢，谁就输了。”

谁先喜欢，谁就输了。

说出这句话的时候，母亲语气里透出股认命般的无奈感。

陆之遥那时还不能理解话的意思，只知道做错事的是爸爸，最后道歉的是妈妈。

因为爸爸是被爱着的人。

小学二年级，学校艺术节。

他们班表演话剧。

具体演了哪个童话故事，陆之遥记不太清楚了，但他清清楚楚地记得，那时候老师站在讲台上，问：“谁来演王子呢？”

班上同学齐刷刷地看向了陆之遥。

文娱委员用稚嫩的声音大声说：“陆之遥来演！”

班级里立刻响起一片巴掌声，毫无疑问地通过了这个提议。

可事实上，他对要怎么演好这个角色，根本就一头雾水。

他被动地接受了老师和同学们的安排，然后苦恼地背着书包回家。

他好像天生就没有艺术天赋，但那么多人把希望的目光投到他身上，他根本拒绝不了。

陆之遥希望自己每件事都能做得成功，他难以面对失败——或者说，他难以面对失败之后的挫败感。

这种话不能对身边的朋友说，他只能回家求助父母。

等妈妈听到他的问题之后，立刻笑了起来：“小王子啊。可不就是你爸爸的样子嘛。”母亲眉眼柔和，声音中掺杂了两分叹息。

陆之遥应该好好去观察一下父亲的样子。

可不知道为什么——

他莫名想到了去年暑假时母亲那通电话。

那就是，按照电话里的形容来演绎就行。他把王子这个角色诠释得很好，维持了他一如既往的完美形象。

那之后，他在同班女生间多了个称呼——

小王子。

他像王子那样活着，因为他记得很清楚，那样才能被爱。

青春最不缺的经历，其中绝对有一段叫：一厢情愿的误会。

初二。

随着“时代在召唤”推行，市里的初中响应召唤，居然来个体操比赛。

而且是学校评优赛。

陆之遥作为形象好的学生，就算不感兴趣，也必须参加，而且得站在第一排。

他觉得桑苑大概会把“无聊幼稚”的标签打在比赛上，没想到选拔参赛学生的时候，她居然特别认真地跳着。

老师在前面来来回回走，始终没有钦点桑苑。

眼看着一百个名额就要满员了，桑苑突然对邱婷婷比了个口型。

陆之遥作为帮老师挑选人的“内定选手”，在人群中穿梭时看得清楚，桑苑口型比出来的两个字——选我。

热衷于口型游戏的邱婷婷，一解答出她的密码就兴奋地拽拽老师衣角：“老师，你看看桑苑怎么样！”

桑苑在千来个学生中，终于也被“钦定”。

陆之遥想不明白对学校艺术节都不感兴趣的桑苑，有什么理由对一板一眼的广播体操感兴趣。

就连邱婷婷也想不明白。

只有叶旭在后面信誓旦旦地说：“她的动机绝对是为了某个人。”

为了某个人。

陆之遥心脏突然一跳。

比赛那天，桑苑心情明朗地去了英才中学，回来时却闷闷不乐。

三个人像猜测桑苑参加比赛理由一样，又猜测起她不高兴的原因。

陆之遥心里隐隐约约有那么一个底。

叶旭没参加比赛。

揭开谜底的就只有邱婷婷。

“我看到了，十班班花，给陆之遥表白了！”

这句话完全重合了陆之遥本来的想法。

像是双重肯定，让误会诞生得理所当然。

直到高中毕业的暑假，他在公园篮球场遇到了纪亦一群人。

陆之遥心情复杂地和他聊了几句，突然问他：“你初中是哪个学校？”

纪亦回答：“英才，怎么了？”

果然。

陆之遥又问：“你记得初二时，你们学校举办过一次广播体操比赛吗？”

“记得。”

“那你记得比赛那天，你做了什么吗？”

问出这句话的时候，他喉咙突然干涩起来，死死地盯着对方。

也许他最希望纪亦说出来的是：没做任何事。好给他一个松一口气，扬眉吐气的机会。

纪亦虽然诧异他的问题，却也老老实实想了半天。显然，他的检索没有答案，他摇了摇头。

倒是李露开了口：“那天我哥玩‘真心话大冒险’输了。”

纪亦眼睛一亮：“噢，好像是有这么一回事。”

李露接着说：“班上那群损货让我哥比赛时穿裙子，还准备了假发。”

纪亦说：“对。”

李露面无表情道：“我哥那阵才刚开始发育，又瘦又矮。”

“对。”

李甘不满意了：“人家问纪亦比赛时做了什么，又没问我，你爆我黑历史做什么。”

男生有时候很粗神经。

除了纪亦这种恨不得让全世界都知道他喜欢桑苑的人，其他人的感情心思，男生们都很难互相察觉。

李露看着眼前两个粗神经的男生，叹了口气：“因为我觉得陆之遥想知道。”

她哥不满：“你又晓得了。”

李露不理他，转脸对着陆之遥：“然后，因为纪亦笑得跟二百五一样，我哥报复他，冲上去抱着他亲了一口。”

陆之遥的幻想在李露的声音中四分五裂。

尘埃落定。

他离开之际，李露追了上来。

“我答应了桑苑不把这件事告诉纪亦，但我没答应她不告诉别人。”她擦了把汗，冲他笑了笑，“我和桑苑那阵在闹矛盾，所以我对她说，亲纪亦的人，是纪亦女朋友。”

陆之遥安静地看着她。

李露耸了耸肩：“不过我觉得，桑苑后来应该有想到，那是男生。我猜她家里出事，脱离了从小到大的圈子，和纪亦也分开了，所以需要一个途径撒气，或者说，确认自己地位——我可能表达不出来，不过我能理解。女生心思本来就难猜。你别那样看着我，她不是菩萨，不会没有一点脾气。她只是不对别人闹脾气而已。我说这些就是……嗯，你别乱想了，祝你以后万事如意，开开心心。”

李露冒出来一句过年时才会用到的祝福语。

他们都是温柔的人，直到最后也照顾着他的自尊心。

饭店门口的灯是暖橘色的，和老家楼梯间的拉灯颜色一样。

桑苑转过头，眼睛弯起来。

刚才吃饭时就注意到了，她看起来比高中时候开朗许多。

不过总体来说，没什么区别。

陆之遥突然松了口气。

虽然李露说，那是女生的心思，但他竟然稍微有了体会。

生活圈相隔远了，害怕再见面时，对方在自己无所察觉的时间里，变成了另外的模样。

“好久不见。”桑苑也这样笑着说。

陆之遥作势抬起头望望，然后若无其事地问：“你一个人出来的？纪亦没陪你？”

“我们宿舍聚餐，没他的事儿。”她摇摇头，马尾晃动一下，“你呢？”

“我们也是宿舍聚餐。”

他们沉默了一下。

陆之遥舔了下嘴唇，缓缓开口：“我去看过《白夜行》了。”

桑苑对这个话题露出犹豫的态度，过了一会儿，只问：“好看吗？”

陆之遥没有回答，倒是问她：“你以前和我说，你也因为没有爸爸妈妈，而有过特别阴暗的时期。这件事到底是真的，还是用来安慰我的？”

桑苑莞尔：“真的。小学的时候吧。”

是真的就好。他接着问：“你什么时候开始喜欢纪亦的？”

“不知道，”不管对谁，她都是这个回答，“我说不出来具体时间，但就是觉得，他是我的。”

“你喜欢过别人吗？”

桑苑目光凝在不远处，毫不迟疑就给出了回答：“我从来没考虑过他以外的人。”

“因为纪亦是你的太阳？”

他做了一番铺垫，把看似无关的问题一个个抛上来，像是接二连三的陷阱，引人入套。

最后才点出主题。

和以前一样别扭。

桑苑抿着嘴笑起来，对面霓虹灯在她眼睛里面闪烁，仿佛洞悉了他的企图似的。

陆之遥突然有些心虚。

她没有戳穿他，只单纯回答问题：“不是，理由是说给需要它的人听的。我和纪亦在一起没什么理由，我觉得我本来就生活在晴天里，我不需要多余的太阳。”

想了想，她又一笑：“我和纪亦没那么复杂，很简单的关系，就是从小在意对方，然后在合适的年纪自然而然成为恋人，就这么简单，没有理由。”

陆之遥还记得高二时在水房被纪亦撞到自己收情书的场景。

他虽然蛮欣赏纪亦，却在那时候产生了分歧。

他觉得应该好好倾听对方的心意，然后婉转地让对方明白不可能。

纪亦却说，在对方表达之前就直接拒绝。

这会儿陆之遥突然觉得心中一块石头落地。

幸好，就语言表达这一方面，桑苑和纪亦是一样的人。拒绝人的方式干脆利落，绝不拖泥带水，给对方留一丝希望。

早在李露追上他和他说明初二事件的时候，他就该明白的。

有句歌词是“明明是三个人的电影，我却始终不能有姓名”。

但现实是，那只是两个人的电影。

第三人从未走进镜头之中。

这样也好。

不破不立。

希望被完全粉碎之后，迎向一段崭新的人生。

陆之遥回去桌子，男生们还在大笑，说：“遥哥，正好轮到你。”

“什么？”

“问你喜欢的人是什么样子？”

陆之遥视线飘动一下：“我以前喜欢的人，有个小马尾，手很小，但手指又细又白。被男生欺负了不会恼怒，而是用‘你真幼稚’的目光怜悯地看着对方……一个很特别的姑娘。”

“哟，还真有！”男生们发出不敢置信的呼喊，赶紧问，“没在一起？”

看起来好像他没追上他喜欢的女生，是多不可思议的一件事一样。

陆之遥露出个淡淡的笑容：“没，她有喜欢的人。”

真难得。

还有人看不上陆之遥的？

对面的小学妹忐忑道：“那你还喜欢她吗？”

还喜欢吗？他想了想，慢慢说：“反正以后不会喜欢这种类型了，太伤自尊。”

他自嘲似的笑了声。

隔壁兄弟立刻搂住他肩膀：“没事儿遥哥，来喝酒。多喝点。”

男生们慢悠悠往回走的时候，陆之遥再次看到桑苑。

以前的四百多天没能见面，今天一天倒是见了两次。

她那帮朋友不见踪影，倒是纪亦站在旁边。他俩步调一致，走路姿势一致。

桑苑没绷住，板起脸：“你怎么又学我？”

纪亦觍着脸，死皮赖脸地笑：“夫妻相夫妻相。”

“谁和你夫妻。”

纪亦牵住她：“桑桑，你有没有什么喜欢的求婚地？”

桑苑露出诧异的表情，片刻后，和他数：“摩天轮，热气球，穿梭在烟花中的直升机，还有面朝大海的悬崖断壁。”

她每说一个短语，纪亦脸就白一分：“啊？”

桑苑睫毛垂下：“纪同学，咱们才大二呢，你想那么远干吗？”

纪亦咳一声："我其实还想了想，要是有孩子了，女孩子叫纪知苑，男孩子叫桑逢亦。"

"说你想得远，你还来劲儿了是吧？"她顿了顿，语气中突然有了点不自然。

她尽可能不当成一回事地交代："对了，吃饭的时候遇到陆之遥了。"

纪亦一愣："他现在怎么样？"

"挺好的，挺有精神的。"

"有女朋友了吗？"

"不知道，没问。"桑苑也像他那样坦率地表达，"他就问我，你是不是我的太阳。"

太阳？

高三在雪山里那通关于《白夜行》的电话？

纪亦笑起来："那你怎么说的？"

"我当然说不是。"她对他得意扬扬地一挑眉，"说你是太阳也太抬举你了。"

纪亦立刻回以可怜的眼神："那我是什么？"

"是金毛啊。"她摸摸他的脸，"你要再傻一点，就叫你哈士奇了。"

他不满地咕哝："林澈才是哈士奇。"

"你要不是和林澈的脸不一样，我真怀疑你们是双胞胎。"

"为什么？"

"惊人的相似。像《哈利·波特》里面的韦斯莱兄弟，你俩大概是……跟踪狂兄弟。"

他俩手牵手，轻快地走过小广场，然后在草坪外的自动贩卖机旁停了下来。

纪亦买了两瓶饮料，打开了递给她一瓶，自己喝一瓶。

不过，他只喝了一口，就皱着眉伸手："桑桑，帮我拿一下。"

桑苑用空闲的手帮他拿住。

不疑有他。

对面男生那双笑眼里却涌上些别的。

该说是狡猾还是机灵。

在桑苑两手不空的时候，他突然俯身啄在她嘴唇上。

桑苑举着两瓶饮料推也不是拉也不是，最后横他一眼:“你做什么？”

纪亦摇着无形的尾巴，笑容灿烂：“金毛的亲昵行为。”

这场未完的两人电影，陆之遥只看到了这里。他夹杂在一群朋友之中，从他们旁边走过。

心里惆怅、失落，乃至难过都有。

可奇妙的是，也有前所未有的轻松。

他的感情到此为止了。

总有一天，他也会在阳光灿烂的日子里，有个单纯喜欢的人。

不。

他已经在阳光灿烂的日子里了。

只缺一个单纯喜欢的人。

会有的。